AF431956

Série Dimitri Hennessy

Le code Minotaure

Benedict Taffin

« Quelqu'un est en train d'apprendre
à tuer Internet. »

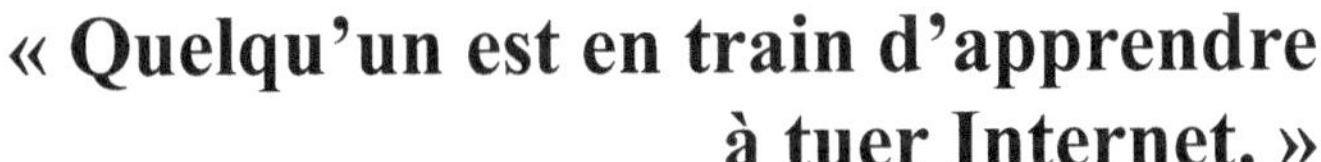

*Bruce Schneier, expert en Cybersécurité
et directeur de la technologie de Resilient.*

Septembre 2016

Activation Apocalypse
58:27:43.001

Une nouvelle rafale d'arme lourde crépita. Dimitri Hennessy se tassa derrière la protection du pilier. Cela n'empêcha pas les éclats de béton de lui vriller douloureusement la peau. Il grimaça. Décidément, venir à Homs n'avait pas été sa meilleure idée. Mais avait-il réellement eu le choix ? Il fallait qu'il récupère l'Opale de l'Abîme. Il tâta l'écrin au fond de la poche de son jean, comme pour vérifier qu'elle était bien là. La transaction s'était passée dans de bonnes conditions. Un échange de quelques milliers de dollars contre une pierre semi-précieuse. Le seul hic était la position du vendeur… Homs… au beau milieu du conflit entre Bashar El Assad et son peuple.

– Maudits Occidentaux qui n'écoutent rien ! marmonna Yazane, les mains sur la tête, les paupières closes.

Dimitri se tourna vers lui. L'homme, de petite taille, les cheveux noirs bouclés et la peau tannée, était son interprète depuis son arrivée en Syrie, trois jours plus tôt. Ensemble, ils avaient déjà eu à savourer les joies des tirs de snipers, des obus qui vous tombaient dessus sans prévenir, des contrôles inopinés des miliciens, des parties de cartes et de dés. Au fil des heures et des dangers partagés au cœur de la zone de guerre, ils avaient appris à s'apprécier. Lui,

Dimitri Hennessy, baron écossais à la recherche de l'Opale de l'Abîme et, lui, Yazane, interprète syrien, père de famille, étaient devenus amis.

– Ça ne sert à rien de bougonner, fit remarquer Dimitri. Ça ne va pas nous aider.

Les deux hommes se tenaient sous le porche d'un immeuble branlant qui menaçait de s'écrouler à chaque instant. Une large rue, saturée de décombres, les séparait d'un bâtiment qui avait dû être semblable au leur avant de se déverser par pans entiers sur le macadam. Les ogives de Bashar El Assad étaient passées par là.

Dimitri observait les lieux avec tristesse. Ce qui avait été autrefois une avenue animée de Homs n'était plus qu'un charnier à ciel ouvert. Ici et là, parmi les blocs de ciment, on pouvait apercevoir une main, un pied ou pire, un visage aux orbites vides, figé dans la mort. Hommes, femmes, enfants, personne n'avait échappé au carnage. Les snipers tiraient sur tout ce qui bougeait. Les obus massacraient sans distinction.

Un nouveau tir arracha des morceaux de béton au pilier. Agacé, Dimitri chassa la poussière de son gilet pare-balles d'un revers de la main.

– J'aurais jamais dû t'écouter ! s'exclama soudain Yazane. On n'aurait jamais dû venir à Baba Amr ! Foutu bâtard d'Anglais !

Dimitri ne prit pas ombrage de l'insulte. Yazane connaissait parfaitement les risques auxquels il s'exposait en l'accompagnant et ne l'avait pas suivi à Baba Amr à contrecœur. Bien au contraire. Et Dimitri connaissait suffisamment son guide pour savoir qu'il appréciait autant de se retrouver au cœur du danger que de s'en plaindre.

— Je croyais que tu aimais le quartier de Baba Amr, ironisa Dimitri. Avoue que sans ce sniper, ce serait une balade sympa…

— Baba Amr, sans sniper ? De nos jours… T'as plusieurs années de retard, l'Anglais !

— Le temps passe si vite… Une idée pour s'échapper ?

— Non ! maugréa Yazane.

— Je vois… Tu préfères ronchonner.

— Oui, je ronchonne ! À qui la faute, l'Anglais, si on est dans une telle situation ? J't'avais pourtant prévenu !

Dimitri l'ignora, préférant chercher un moyen d'échapper au tireur embusqué.

— Traverser la rue est exclus. Nous ferions de trop belles cibles…

— Je te le fais pas dire…

Dimitri se tourna vers le bâtiment qui les abritait. De là où il se trouvait, il ne pouvait pas apercevoir le sommet de l'édifice, mais il savait pour les avoir vus plus tôt que les derniers étages avaient été désagrégés. Comme pour l'immeuble d'en face, des pans entiers s'étaient affaissés et tenaient en équilibre sur le dernier plancher encore en place. Le moindre mouvement pouvait déséquilibrer l'ensemble et faire s'écrouler ce qu'il restait. Et pourtant… Une lueur amusée prit naissance dans ses iris gris pailletés d'or. Il fixait le trou béant dans le mur du rez-de-chaussée.

— On va passer par là.

Yazane blêmit.

— T'es timbré, l'Anglais ! Si ça nous tombe dessus ?

– Dans ce cas, il ne reste plus qu'à attendre que le sniper se lasse... Tu as amené des dés ?

Yazane se rembrunit.

– Ses petits copains vont pas tarder à rappliquer…

– On y va alors…

Yazane, désabusé, le dévisagea un moment puis ramassa son sac avec un long soupir et s'avança vers le trou.

– Si je m'en sors vivant, je jure que je ne travaillerai plus jamais avec toi !

Dimitri emboîta le pas à son guide.

– C'est ce que tu as dit hier… et avant-hier.

Les deux hommes pénétrèrent avec prudence dans l'immeuble. À l'intérieur régnait un chaos indescriptible. Il y avait eu un appartement ici. Une famille, nombreuse sans doute, y vivait. Dimitri se demanda ce qu'elle était devenue. La ville comptait tant de disparus, d'hommes et de femmes qu'on ne retrouverait jamais. Des morceaux de béton s'amoncelaient sur le plancher. Le duo entreprit de s'y frayer un chemin. Des débris de meubles en bois, de la vaisselle, des jouets transparaissaient ici ou là.

– T'as vu, l'Anglais ? fit Yazane dans un souffle.

Le Syrien lui désignait le plafond du menton. Au-dessus de leur tête, des failles traversaient le béton armé. Par endroit, on pouvait même apercevoir les fers de soutènement.

– Il vaut mieux ne pas s'attarder, répondit Dimitri à voix basse.

Le moindre bruit, le moindre heurt semblait susceptible de faire s'écrouler la bâtisse sur eux. Ils se mirent à avancer avec lenteur, prenant garde à poser leurs pieds sur une surface stable. Une poussière âcre s'élevait à chacun de leur pas, tourbillonnait autour d'eux, les prenait à la gorge, les empêchait de distinguer à plus de deux mètres devant eux. Secoué par une quinte de toux, Yazane plaça un mouchoir sur son nez et sa bouche. Dimitri l'imita.

– Là, une porte, glissa le baron.

Ils se dirigèrent vers elle, espérant qu'elle serait la clé de la liberté. Dimitri la poussa. Elle résista.

– Viens m'aider !

Évitant au maximum les à-coups, les deux hommes parvinrent à l'entrebâiller suffisamment pour se faufiler. De l'autre côté, sur le mur d'en face, une fenêtre aux volets clos. Leur salut. Ils entrèrent. Une odeur pestilentielle emplit aussitôt leurs narines alors qu'un atroce vrombissement saturait leurs oreilles. Une nuée de mouches tournait au-dessus de ce qui avait dû être autrefois des lits. Une partie du plafond s'était effondrée, broyant le bois, écrasant les occupants. Les corps en décomposition gisaient là, sous le tas de gravats. Le Syrien fit une prière. Dans un interstice entre les plaques de béton, apparaissaient deux enfants encore serrés contre la poitrine de leur mère. La gorge du baron se serra. Il haïssait les hommes qui avaient permis un tel drame.

Un grondement soudain lui fit lever la tête vers le plafond. Une nouvelle fissure venait d'apparaître. Elle s'élargit, courut le long de la voûte jusqu'à la fenêtre. Des éclats de béton se mirent à tomber. Dimitri se jeta en avant.

– Cours, Yazane !

Une poussière épaisse se répandit, noyant les lieux dans une brume corrosive. Dimitri toussa malgré son masque improvisé. Il n'y vit bientôt plus rien. Il tendit les bras et, à tâtons, continua d'avancer. Sa main rencontra un mur. Il reconnut la fraîcheur d'un tesson de vitre sous ses doigts.

– Par ici, Yazane…

Il n'obtint aucune réponse, se retourna, scruta la poussière.

– Yazane ?

Il ne distinguait rien. Plissant les yeux, il s'avança, fit un brusque saut de côté pour éviter la chute d'un bloc de béton qui s'écrasa à ses pieds dans un grondement de tonnerre.

– C'est pas tombé loin, grommela-t-il.

Il leva les yeux. Le plafond cédait par larges plaques. Il fallait sortir ! Et vite !

– Yazane !

Son appel resta sans réponse. Dimitri rejoignit le mur le plus proche, le longea, hélant son ami entre deux quintes de toux. Les particules de ciment en suspension pénétraient ses yeux et ses poumons, s'infiltraient sous sa chemise. Toussant, pleurant, butant contre des objets invisibles, s'aventurant dans des équilibres précaires, évitant les chutes de béton, il progressait lentement. Enfin, il distingua une ombre devant lui. Il s'approcha, aperçut le corps trapu de son interprète, s'agenouilla.

– Yazane !

Le Syrien resta immobile. Inconscient. Un hématome gros comme un poing lui bleuissait la tempe droite, une balafre sanguinolente lui barrait le front. Dimitri se releva à grand-peine, à bout de souffle, harassé. Il hissa comme il put son ami sur ses épaules et refit le chemin à l'envers, un pas après l'autre. Il rejoignit enfin la fenêtre, chercha le crochet qui maintenait les volets fermés, s'entaillant les paumes sur des tessons de verre. D'une poussée, il ouvrit les battants. L'afflux d'air balaya la poussière. Le grondement du bâtiment grimpa dans les aigus. Il attrapa Yazane par sa chemise, le tira vers l'ouverture, les muscles douloureux. Comme dans un cauchemar, il avait l'impression d'agir dans un liquide poisseux qui restreignait ses mouvements.

Des cris résonnèrent soudain à l'extérieur. Des mains se tendirent à travers la fenêtre, se saisirent de Yazane, l'extirpèrent du bâtiment. À bout de force, Dimitri tenta de se hisser sur le montant et perdit connaissance.

Quand il reprit ses esprits, Yazane et lui étaient adossés au mur d'une ruelle. Une dizaine d'hommes les entouraient. Il les reconnut. Avec son interprète, il avait partagé une cigarette avec certains d'entre eux, le matin même. Les hommes de l'Armée Syrienne Libre. Un grondement de fin du monde lui fit tourner la tête. L'immeuble s'écroulait. Sa main se referma sur l'écrin contenant l'Opale de l'Abîme au fond de sa poche.

Yazane, morose, se tenait à son côté.
– Tu dois vraiment partir ?
La tristesse était palpable dans la voix du Syrien. À quelques mètres stationnait le vieux camion beige qui

allait ramener Dimitri vers le monde occidental. Le tas de ferraille avait depuis longtemps laissé passer son heure de gloire. Sur son plateau à ciel ouvert aux rambardes rouillées se massaient une vingtaine d'hommes là où il n'y avait de place que pour quinze.

– Je dois rentrer chez moi, mais je reviendrai...

– Mouais... Vous les Anglais, vous dites tous ça. Et puis... pourquoi revenir dans un pays en guerre, hein...

Le baron lui posa la main sur l'épaule, souriant.

– Pour revoir des râleurs comme toi. C'est que c'est plutôt rare...

– Mouais... Et ben, ne tarde pas trop, hein... Un sniper aura vite fait de me descendre !

Dimitri rit franchement.

– T'es bien trop ronchon pour les snipers... Même les balles ne voudraient pas de toi...

Ses paroles arrachèrent un sourire maussade à Yazane. Les deux hommes se donnèrent l'accolade. Ils avaient vécu tant de choses durant ces trois jours passés ensemble, si souvent cru à leur mort prochaine sous un tir isolé ou une ogive tombée trop près. Cela avait tissé des liens très forts entre eux.

– Fais attention à toi, l'Anglais.

– Veille sur ta femme et ta fille, l'ami.

Dimitri se dirigea vers le camion, se retourna une dernière fois. Yazane s'éloignait déjà. Dimitri le fixa un long moment, songeur, avant de grimper à bord de la cabine. Trois hommes se serraient sur la banquette. Ils se tassèrent davantage pour lui céder une place. L'instant d'après, le camion démarrait. Pressé contre la fenêtre, Dimitri décida de profiter du paysage.

Le voyage de retour fut laborieux. Pour trouver un aéroport civil en fonction, ils devaient d'abord rejoindre le Liban et pour cela parcourir cent cinquante kilomètres d'une route défoncée, encombrée de camionnettes miteuses et de chariots surchargés. Sur le bas-côté, ceux qui n'avaient pas la chance d'avoir un véhicule marchaient, épuisés. Tous se dirigeaient vers Beyrouth, ses rues et ses hôpitaux surchargés d'exilés syriens.

Arrivé à l'aéroport libanais, Rafic Hariri, Dimitri resta de longues minutes, les bras ballants. À ses yeux se dévoilaient les sols de marbre immaculés, les vitrines richement achalandées, les badauds souriants et pourtant, dans son cœur il ne voyait que les décombres de Homs, les traces des bombardements, les victimes des snipers, les horreurs de la guerre. Il finit par s'installer à la terrasse d'un café et y commanda de quoi se restaurer : des espèces de boulettes de pois chiche appelées fallafels, un kafta d'agneau et une boisson anisée dénommée arak. Il dégusta les plats, savourant chaque bouchée, pensant à ses amis syriens. Yazane et ses frères mangeraient-il à leur faim, ce soir ? Son repas terminé, il déambula dans les boutiques, observa les voyageurs, reprit lentement contact avec la civilisation.

Enfin, son avion fut annoncé. À bord, il se plongea dans les actualités des journaux. Un nouveau scandale politique avait éclaté. Un conservatiste aurait touché des pots-de-vin d'un riche homme d'affaires pour qu'on lui octroie un terrain pour un prix modique. La Bourse de Londres avait connu une hausse exceptionnelle la veille. Le chômage avait une nouvelle fois baissé. Un virus informatique inquiétait les experts. Les Russes, accusés d'en être les inventeurs, dénonçaient le parti pris des États-Unis à leur encontre, niaient toute participation à une quelconque tentative de piratage informatique. Au demeurant, le virus détecté semblait inactif aux dires des experts. Le Premier ministre français, nouvellement élu, appelait l'Angleterre à respecter les consensus européens. Les taxis londoniens menaçaient de faire grève. On ne savait pas trop pourquoi. Les récoltes agricoles de l'année à venir s'annonçaient catastrophiques en raison d'un énième épisode pluvieux. La météo ne se voulait pas optimiste pour la semaine… Le baron finit par s'endormir. Cinq heures plus tard, il arrivait à l'aéroport d'Heathrow.

Une voiture l'y attendait. Il salua son chauffeur, James, et s'installa sur la banquette arrière. Ils prirent aussitôt la route pour la résidence du baron, dans le quartier londonien de Marylebone. Il était à peine l'heure du thé. À Homs, la nuit était tombée depuis longtemps. Dimitri songea à Yazane et sa famille, survivant dans un danger permanent alors qu'à seulement quelques heures d'avion, on vivait dans le luxe, la sécurité et l'indifférence la plus totale pour la Syrie.

Il émit un petit soupir et se détourna de la vitre. Histoire de reprendre contact avec son univers, il alluma son téléphone portable, conservé éteint depuis son départ pour la Syrie. Il se mit à biper furieusement. Des dizaines de mails attendaient son retour. Sans les consulter, Dimitri mit l'appareil en veille.

La voiture se garait déjà devant un immeuble ancien. Dimitri y possédait un appartement luxueux de deux cent mètres carrés, héritage de feu son grand-père. Alors que James se chargeait de ses bagages, Dimitri pénétrait dans l'ascenseur pour rejoindre son *home sweet home*. Il engagea la clé dans la serrure du panneau de commande et l'engin entreprit de grimper jusqu'au troisième étage.

Henry l'attendait à la sortie de l'ascenseur. De haute stature, la cinquantaine heureuse, les cheveux gris tirant vers le blanc par endroits, le majordome le salua d'une inclination de la tête, avec cette solennité toute protocolaire dont Dimitri n'avait jamais su le défaire. Il avait servi ses parents avant lui et avait toujours refusé le moindre laisser-aller, si ce n'était le léger embonpoint qui malmenait sa veste.

– Monsieur a fait un bon voyage ?

– Très bon, Henry. Très bon.

– Deux messieurs attendent monsieur.

Surpris par cette visite inattendue, Dimitri fronça les sourcils. Qui cela pouvait-il être ?

– Vous sachant de retour, poursuivit le majordome, je me suis permis de leur proposer de rester.

Dimitri acquiesça.

– Vous avez bien fait, Henry.

– Il s'agit de votre ami Alexeï Alexandrov, monsieur le baron.

– Alexeï ?

Dimitri se dirigea vers la pièce qui lui servait de bibliothèque et où il recevait ses visiteurs. Il en poussa la porte. Deux hommes se levèrent à son entrée, deux hommes qu'il reconnut aussitôt.

Le premier, Igor, les cheveux noirs, coiffés en brosse, les yeux d'un bleu glacial, les traits rudes, s'avança. Il claudiquait légèrement, le résultat d'une balle reçue dans la cuisse droite une dizaine d'années plus tôt. Le second, Cyril, plus petit d'une tête, blond, la joue gauche barrée d'une longue cicatrice, roulait des mécaniques, incapable comme à son habitude de demeurer posé. « Les Bogdanov » comme Alexeï et Dimitri les avaient surnommés. Dimitri sentit un frisson lui parcourir l'échine. Pourquoi ces deux gardes du corps du père d'Alexeï étaient-ils là ? Où était Alexeï ?

— Que puis-je pour vous, messieurs ?

Igor s'avança jusqu'à lui et lui tendit un petit paquet. Dimitri regarda l'objet sans le prendre, conscient de l'imminence d'une mauvaise nouvelle.

— Nous sommes désolés, déclara le garde du corps, confirmant son impression.

Dimitri prit le paquet du bout des doigts, comme s'il risquait de s'y brûler.

— Tout a été organisé, monsieur. On passera vous prendre, demain matin, vers 6 h.

Dimitri acquiesça vaguement, le regard fixé sur le paquet. Il ne pesait presque rien et pourtant, il lui semblait si lourd. Les Bogdanov s'éclipsèrent sans qu'il s'en aperçoive.

Il s'assit dans l'un des fauteuils, ouvrit le paquet. À l'intérieur, il découvrit un portefeuille de cuir noir, celui qu'Alexeï affectionnait particulièrement, et une enveloppe. Il décacheta l'enveloppe, en sortit le faire-part de décès. Le portrait d'Alexeï côtoyant une croix orthodoxe stylisée lui brisa le coeur. Le souffle lui manqua. Les larmes lui montèrent aux yeux. Son ami d'enfance était mort.

Activation Apocalypse
45:10:08.002

Le bourdonnement incessant des machines et la course rapide des doigts sur les claviers constituaient les seuls bruits audibles dans la salle des serveurs de la société Penbroak. Roxane Harris repoussa une longue mèche de cheveux auburn et jeta un regard amusé à son écran. Des centaines de lignes de code défilaient, bleues et rouges. Chaque lot de lignes bleues représentait une tentative d'intrusion informatique. Chaque ligne rouge correspondait à la réponse du pare-feu que Roxane venait de mettre en place. La jeune femme releva la tête, sûre d'elle. Jonathan Harper, ex-pirate informatique, reconverti en expert technique chez Penbroak, ne parviendrait pas à pénétrer le système. Elle le voyait, à quelques tables de là, les mains plaquées sur son clavier comme un pianiste, le front couvert de sueur, l'œil mauvais. Il tentait une énième intrusion, mais elle était vouée à l'échec comme toutes les précédentes. Ses techniques d'infiltration dataient de plusieurs mois et ne démontraient strictement aucune imagination. C'était un pirate moyen qui ferait un expert moyen. Et tant mieux pour elle. C'est grâce à ce genre de personnage qu'elle touchait un salaire confortable.

Sa tentative à peinc avortée, il voulut en essayer une nouvelle. Roxane estima qu'il était temps de terminer ce jeu de dupe. Elle enfonça une touche de son clavier, laissant le virus envahir l'ordinateur du soi-disant expert. Une alarme émana bientôt de l'engin, une petite musique de « Game Over ». Jonathan referma son ordinateur portable dans un grand claquement sec. Désappointé, il se leva.

– Je vais avertir M. Willy Penbroak que les systèmes sont au point, énonça-t-il entre ses mâchoires serrées.

Roxane ne répondit rien. L'air de vengeance accomplie qu'affichaient ses traits parlait pour elle. Jonathan ne lui jeta qu'un rapide regard avant de s'éclipser. Roxane savourait sa déconfiture. Ce blanc-bec l'avait prise de haut à son arrivée chez Penbroak, trois jours plus tôt. Pour lui, une femme n'avait pas sa place dans le domaine informatique, surtout une femme à la silhouette moulée dans une combinaison de cuir fauve, la gorge parée d'un collier ras du cou rouge sang qui lui faisait comme une balafre. Avec ses cheveux auburn très courts, à l'exception de deux longues mèches de chaque côté du visage, elle pouvait ne pas inspirer confiance. Mais elle savait ce qu'elle faisait, très exactement, et elle venait de le prouver, une fois de plus.

Elle s'étira longuement sur sa chaise, puis entreprit de déconnecter son ordinateur des serveurs Penbroak, contrôlant une dernière fois que tout était en place. Elle achevait ses vérifications quand un message apparut sur son écran.

– 17 h 30 – Raines Law Room - Parlor - LP

Elle sourit. Le Perse avait besoin d'elle, enfin ! Elle adorait son métier d'experte en sécurité informatique. Parcourir les États-Unis pour optimiser la cybersécurité de grandes sociétés était l'un de ses plus grands plaisirs. Pourtant, la monotonie des interventions rendait parfois son travail ennuyeux. Avec Le Perse, elle ne savait jamais à quoi s'attendre. Les missions qu'il lui confiait l'obligeaient souvent à trouver des solutions impossibles à des problèmes improbables.

– Miss Harris ?

Elle referma son ordinateur, avec la hâte d'une élève prise en faute, les joues rouges, le regard brillant d'excitation contenue. Une grande blonde montée sur talons hauts se tenait dans l'embrasure de la porte.

– Monsieur Penbroak vous demande.

Roxane regarda sa montre, contrariée. Il était déjà 17 h et même à moto, elle mettrait du temps dans les embouteillages new-yorkais pour rejoindre The Raines Law Room.

– Il y a un problème ?

– Je ne sais pas. Par ici, je vous prie.

Elle ramassa ses affaires et, résignée, suivit la secrétaire jusqu'au bureau du patron. Elle avait rapidement rencontré ce dernier lors de la signature du contrat et il ne lui avait pas inspiré de bons sentiments. Elle se serait bien passée de cette entrevue imprévue. La secrétaire lui ouvrit une lourde porte de chêne et elle se retrouva face à Willy Penbroak, la cinquantaine bedonnante, le cheveu rare, le nez en forme de patate. Il n'avait décidément rien pour lui plaire. Ses petits yeux marron la détaillèrent un peu trop à son goût avant qu'il ne l'invite à s'asseoir.

– Je suis pressée, annonça-t-elle.

Gêné par ce refus inattendu, l'homme se dandina dans son large siège de directeur général, indécis, avant de se lever et de s'approcher d'elle. Il sentait l'eau de Cologne à plein nez. Elle eut un léger mouvement de recul.

– Nous sommes très contents de vos services, Miss Harris. Au point que nous aimerions vous compter parmi nos collaborateurs.

Ce n'était donc que cela, une nouvelle offre d'emploi qu'elle allait se faire un plaisir de décliner. Rester le cul vissé sur une chaise à regarder éternellement le même écran ne l'intéressait nullement. Elle aimait bien trop l'imprévu, l'aventure et tout particulièrement les missions concoctées par Le Perse.

– Je suis navrée, monsieur Penbroak, mais je préfère travailler en tant qu'indépendante.

Elle sortit une carte de visite de la poche de son pantalon de cuir et la lui tendit.

– Vous pouvez toujours me contacter à ce numéro si vous aviez à nouveau besoin de moi.

Il prit la carte noire aux lettres d'argent du bout des doigts.

– Je me permets d'insister, Miss Harris. Votre salaire s'élèverait à…

Elle le coupa d'un signe de la main.

– Vous pourriez m'offrir des millions que cela n'y changerait rien, monsieur Penbroak. Je ne suis pas intéressée.

Il jouait avec la carte, le regard bas, cherchant visiblement un argument pour la retenir. Vu le luxe ostentatoire de son bureau, l'argent et le pouvoir étaient ses seuls moteurs. Il était incapable d'imaginer qu'il n'en soit pas de même pour tous. Il ne comprenait pas qu'elle puisse refuser aussi vite une telle proposition. Elle profita de son embarras.

– Si vous voulez bien m'excuser, on m'attend…

Elle sortit du bureau et entendit clairement qu'il la hélait, mais continua son chemin comme si de rien n'était. Le cœur léger, elle prit l'ascenseur. Pour l'heure ne comptait plus qu'une chose : rejoindre The Raines Law Room au plus vite.

Elle gara sa moto au 48 W 17th Street, descendit une paire de marches, et se retrouva devant une maison classique. Seule une plaque dorée à côté de la lourde porte de bois indiquait qu'il ne s'agissait pas d'un lieu ordinaire. En majuscules noires, il était écrit « The Raines Law Room » et, en délié, d'activer la sonnette et d'attendre. Elle se conforma aux instructions et Kyle vint lui ouvrir. En la reconnaissant, le serveur lui octroya un large sourire.

– Miss Harris. C'est un plaisir de vous voir.

Elle lui rendit son sourire et se glissa à l'intérieur, traversa le lobby et arriva dans le salon, une pièce confortable décorée dans le style des années 1920. Plusieurs canapés, fauteuils et autres sofas étaient disposés de manière à créer d'agréables lieux d'échange et de repos. Chaque alcôve bénéficiait d'une petite sonnette, encastrée dans le mur, permettant d'appeler le serveur en toute discrétion. À cette heure précoce, seul un couple occupait l'une des banquettes, détaillant à mi-voix, sourire aux lèvres et joues rouges, la tapisserie égrillarde qui couvrait une partie du mur. Un peu plus loin, huit larges canapés formaient quatre îlots, en rangs de deux de chaque côté d'une allée menant au bar, une gigantesque table ovale où les serveurs concoctaient les meilleurs cocktails de New York.

– Une table vous est réservée dans le parloir, précisa Kyle.

Roxane le suivit jusqu'à l'un des îlots, appréciant l'ambiance feutrée des lieux, intime, propice à la confidence et au romantisme. Elle s'assit dans l'un des deux canapés qui se faisaient face autour d'une longue table basse au plateau de verre. Kyle tira les rideaux, les isolant, lui et sa cliente, du reste du bar.

– Que désirez-vous boire ?

– Un Ritz champagne cocktail.

Elle appréciait particulièrement cette boisson dont la recette remontait à la nuit des temps et qui mélangeait allègrement champagne, cognac, bitters et un morceau de sucre. Kyle hocha la tête comme s'il était satisfait de son choix et s'éclipsa. Roxane se retrouva seule et se laissa aller contre le dossier du canapé, profitant de l'instant présent. Elle se sentait ici comme dans un antre. Kyle revint bientôt avec son verre. Elle le remercia d'un sourire serein et attendit qu'il soit reparti pour se mettre au travail.

Elle se leva alors et s'approcha du mur. Elle sortit un tournevis de sa poche et dévissa la plaque de la sonnette d'appel. À l'intérieur se trouvait une clé USB. Elle la prit et remit la plaque en place. Elle se rassit, but une gorgée de son cocktail avant de brancher la clé dans son ordinateur portable. « En attente d'identification » s'afficha sur son écran. Roxane appuya sur son tour de cou, à l'endroit exact où se trouvait une micro puce. Le signal envoyé confirma son identité. Deux options se matérialisèrent devant ses yeux : « Daneel ou lecture ». Elle choisit cette dernière alternative. Un fichier s'ouvrit. Elle se plongea dans son étude, curieuse et impatiente d'en apprendre davantage sur sa prochaine mission.

Ce soir-là, conformément aux ordres reçus, elle prit un vol pour Paris.

Activation Apocalypse
37:29:45.003

– Monsieur le baron !

Henry frappait à la porte de sa chambre. Dimitri regarda le réveil. 5 h 30. Il laissa sa tête retomber sur l'oreiller. Il n'avait pas fermé l'œil de la nuit. Il n'avait cessé de penser à Alexeï, à tous ces moments qu'ils avaient vécus ensemble. Ils étaient comme des frères. Ils s'étaient rencontrés au pensionnat, à l'institut Montana, un collège privé perdu au cœur de la Suisse, près de Zug. Ils n'avaient alors que onze ans. Tous deux venaient de perdre des êtres chers : sa mère pour Alexeï, ses deux parents pour Dimitri. Même s'ils ne traversaient pas cette crise de la même manière, leur souffrance les avait rapprochés. Ils avaient partagé une chambre, des cours, des filles, des joies et des peines, toute une vie ou presque. Dimitri passait une partie de ses vacances chez Alexeï, à Paris, et Alexeï venait lui rendre visite dans le manoir familial, près d'Aberdeen, en Écosse. C'est chez les Alexandrov que Dimitri avait rencontré la belle Hilda, une jeune cuisinière, sa première fois. Tant de souvenirs. Dimitri ne parvenait pas à croire qu'Alexeï était mort. Il n'avait pas trente ans.

– Monsieur ?

Le majordome frappa un peu plus fort à la porte.

– J'arrive, Henry !

Il se leva, groggy, prit une douche rapide avant de s'habiller. Il revêtit un costume noir, approprié à l'enterrement qui aurait lieu dans quelques heures, se regarda dans la glace et se trouva une mine épouvantable. Même les paillettes d'or dans ses iris gris semblaient plus pâles qu'à l'accoutumée. Il remit un peu d'ordre dans sa chevelure noire, passa une main sur sa mâchoire carrée, rasée de près.

En retournant dans sa chambre, il vit l'écrin de l'Opale de l'Abîme posé sur sa table de nuit. La veille au soir, accablé, il n'avait même pas pris la peine de ranger la pierre semi-précieuse. L'écrin en main, il sortit de la chambre pour se rendre dans le bureau. Une volumineuse bibliothèque se répandait sur l'ensemble des murs, ne cédant la place qu'à la porte d'entrée et à une porte-fenêtre donnant sur le balcon qui faisait le tour de l'appartement. Un lourd meuble de chêne datant de l'époque de son grand-père faisait office de bureau. Dimitri longea les étagères sur sa droite, laissant sa main caresser les reliures, et choisit un livre qui ressemblait à s'y méprendre à ses voisins. Il ouvrit l'épais ouvrage, révélant une cavité rectangulaire creusée dans les pages. Un parallélépipède de métal y reposait. Dimitri l'en extirpa, le posa sur son bureau et appliqua ses pouces de chaque côté de la boîte. Un couvercle se désolidarisa de l'ensemble. Dimitri le repoussa. À l'intérieur, jetant des feux irisés, se trouvaient quatre opales. Dimitri déposa l'Opale de l'Abîme à côté des autres et contempla un instant les pierres semi-précieuses avant de refermer le boîtier et de tout remettre en place. Un jour, la collection de son grand-père retrouverait son intégrité. Il se l'était juré.

Il venait d'avaler son mug de café quand les Bogdanov se présentèrent. Il grimaça en les voyant. Ils avaient vraiment la tête de l'emploi. De vrais croque-morts.

– Notre train part dans deux heures, monsieur. Vous êtes prêt ?

– Le temps de terminer mon sac et je vous suis…

Un toussotement lui fit tourner la tête.

– J'ai pris la liberté, monsieur le baron.

Dimitri remercia Henry d'un sourire.

– Je suis prêt alors…

Il se leva. Les Bogdanov se dirigèrent vers l'entrée.

– Vous avez omis de me dire, hier…

Igor et Cyril stoppèrent avec un bel ensemble.

– De quoi est mort Alexeï ? continua Dimitri.

– Une crise cardiaque, monsieur, répondit Igor.

Dimitri tiqua.

– Une crise cardiaque ? Alexeï avait des problèmes cardiaques ?

– Je ne sais pas, monsieur.

Dimitri fronça les sourcils. Depuis quand un homme de moins de trente ans mourait-il d'une crise cardiaque ? Sans prévenir ? Du jour au lendemain ?

– On sait ce qui a provoqué cette crise cardiaque ? insista-t-il.

Igor, embarrassé, regarda le bout de ses chaussures, avant de relever la tête.

– Il vaudrait mieux poser ce genre de questions à monsieur Alexandrov.

Dimitri le dévisagea longuement, avant de répondre.

— Je n'y manquerai pas…

— Il faudrait vous dépêcher, intervint Cyril, ou on va rater le train… et l'enterrement avec.

Dimitri les suivit jusqu'à l'ascenseur, songeur. Alors que l'engin grimpait jusqu'au troisième étage, son visage s'assombrissait. Les questions se bousculaient sous son crâne.

— Il est mort quand, Alexeï, exactement ?

Les Bogdanov s'entreregardèrent, de nouveau gênés. Les portes de l'ascenseur s'ouvrirent.

— Dimanche soir, finit par lâcher Cyril, avant de pénétrer en hâte dans la cabine. Allez ! Faut qu'on se grouille !

Igor jeta un regard noir à son collègue qui se dandinait d'un pied sur l'autre.

— Baron, ajouta Cyril, penaud.

Dimitri restait immobile. Dimanche soir… Avant-hier… Cela signifiait qu'on enterrait Alexeï moins de deux jours après sa mort. C'était contraire aux croyances orthodoxes. Sa mère, d'origine russe, se serait offusquée de pareil traitement. Il savait le père d'Alexeï non pratiquant, mais de là à précipiter les obsèques… Pourquoi agissait-il ainsi ? Et avoir pris la peine de venir le chercher, lui, Dimitri, personnellement, jusqu'à Londres, alors qu'il ne l'appréciait pas… pourquoi ? Et ces regards embarrassés, que cachaient-ils ?

— Monsieur le baron ! On y va ? le pressa Igor.

Dimitri acquiesça vaguement, prit le sac de voyage que lui tendait Henry et grimpa dans l'ascenseur. Au pied de l'immeuble, les attendait une Lincoln MKS noire. Les trois hommes montèrent à bord, Dimitri à l'arrière, Igor à la place du mort. Cyril prit le volant et démarra en trombe.

Alors qu'ils se dirigeaient vers Folkestone pour prendre l'Eurotunnel, Dimitri se replongea dans ses souvenirs. Il songeait à tous ces moments partagés avec Alexeï, à leurs blagues de potache à l'école, aux mauvais tours qu'ils avaient joués à leurs professeurs, aux nombreuses fois où ils avaient fait le mur, aux petites amies qu'ils se refilaient. Ils avaient vraiment passé du bon temps ensemble. Ces dernières années, ils se voyaient plus rarement. Chacun d'eux était pris par ses activités. Pourtant, leur amitié demeurait forte et sincère. Ils devaient d'ailleurs se retrouver sur Paris, un mois plus tard, pour fêter l'anniversaire de Dimitri. Le baron n'y avait mis qu'une seule condition. Ne pas rencontrer le père de son ami, ce Vladimir Alexandrov, un milliardaire russe qui ne lui avait jamais inspiré que de la défiance. L'enterrement hâtif d'Alexeï ne faisait que renforcer cette impression.

Ils furent bientôt à bord d'une des voitures de l'Eurotunnel. Assommé par son retour de Syrie, sa nuit blanche et le deuil de son ami, Dimitri se laissa aller au sommeil.

Il rouvrit les yeux sur une trois voies encombrée de véhicules, dans une grisaille ambiante, et comprit aussitôt qu'il se trouvait sur le périphérique parisien. Il avait dormi la plus grande partie du trajet. Il s'étira et se pencha vers l'avant de la berline.

– Nous sommes encore loin ?

– Nous approchons de la porte d'Italie, répondit Igor. Nous devrions être à Sainte-Geneviève-des-Bois d'ici une demi-heure.

Sainte-Geneviève-des-Bois, le cimetière russe parisien par excellence. Dimitri jeta un œil à sa montre. Ça allait être court. L'enterrement était prévu à 11 h et il était déjà 10 h 30. Devant la berline, une longue file de voitures avançait au pas.

– C'est pas gagné, conclut Dimitri.

Il se renfonça dans le cuir épais de la banquette arrière et le souvenir d'Alexeï revint le hanter. L'image de leur course-poursuite en rollers dans les couloirs de l'hôtel particulier Alexandrov s'imposa à sa mémoire. Il sourit. Ils avaient alors douze ans et la vaste demeure résonnait de leurs rires et de leurs cris enchantés. Ils avaient franchi la porte du salon sans y réfléchir, pris dans leurs jeux de gamins, oubliant l'interdiction formelle du père d'Alexeï de pénétrer dans ce lieu dédié à ses si chères œuvres d'art. Quand Vladimir s'en était aperçu, il avait déboulé dans le salon comme un taureau enragé et Dimitri avait cru sa dernière heure venue. De peur, Alexeï avait raté une manœuvre et glissé au sol. Dans sa chute, il s'était rattrapé de justesse à une petite table. Elle avait vacillé, puis chu, emporté par le poids de l'enfant. Un énorme vase précieux en verre de baccarat s'était fracassé au sol, expédiant des tessons un peu partout dans la pièce. Alexeï s'était mis à crier. Vladimir avait poussé des hurlements à vous glacer les sangs. Il ne s'était pas inquiété une seconde de l'état de son fils, préférant se précipiter sur les morceaux restant de son vase adoré. Il était impossible de le réparer.

Alexeï, lui, s'était remis rapidement de sa foulure. Son père semblait ne jamais lui avoir pardonné cette perte. Dimitri, offusqué de l'attitude de Vladimir, s'était juré de l'éviter le plus possible.

L'arrêt de la voiture tira Dimitri de ses pensées. Dehors, il pleuvait des cordes. Ils étaient arrivés au cimetière. Igor vint lui ouvrir la porte et, abrités sous un large parapluie sombre, les deux hommes prirent la direction de l'église orthodoxe, Cyril sur leurs talons. Dimitri remonta le col de son manteau, jeta un coup d'œil rapide à sa montre. Ils étaient en retard d'une vingtaine de minutes. Ils franchirent une arche de pierre peinte en blanc, surmontée d'un christ artistiquement entouré de deux magnifiques anges aux robes somptueuses. La pluie dessinait des larmes sur leurs joues séraphiques. Sur la droite se dressait un campanile : accrochées au-dessus d'un bâtiment blanc, deux grosses cloches en étain sous un dôme bleu surmonté d'une croix orthodoxe. En face, reposait la petite église Notre Dame de la Dormition, identique au campanile, les cloches en moins. Une grande porte rouge en barrait l'accès. Cyril essaya, sans succès, de l'ouvrir.

– Il n'y a personne…

Dimitri tressaillit. Il avait raté la cérémonie. Les Bogdanov l'invitèrent à s'avancer vers le parc. C'est là, parmi les pins et les bouleaux que se dressaient les tombes : dômes bleus, toits verts et croix orthodoxes. La pluie ne faiblissait pas, noyait le paysage sous un vent changeant. Malgré les parapluies, les trois hommes étaient trempés. Dimitri repéra bientôt un groupe d'une vingtaine de personnes rassemblées autour d'une tombe. Des gardes du corps, costumes et lunettes noirs, assuraient la sécurité des lieux et maintenaient une dizaine de paparazzis et journalistes à distance. Un prêtre à la voix enrouée ânonnait des prières russes sans grande conviction. Dimitri s'approcha et avisa aussitôt un homme de haute stature : Vladimir Alexandrov.

À part un début de calvitie au sommet de son crâne qui formait un trou dans la grisaille de sa chevelure, l'homme n'avait pas changé. Il avait vieilli, mais on lisait toujours la même détermination sans faille dans sa mâchoire volontaire, dans la cruelle finesse de ses lèvres, dans la glace de son regard bleu, presque transparent. Vladimir inspirait la peur et il aimait ça. Dimitri chercha une trace d'affliction sur son visage, en vain. Il enterrait son fils unique, mais ne montrait rien de son désarroi. En éprouvait-il seulement ?

Une jeune femme était accrochée à lui comme une droguée à son dealer, ses bras enserrés autour du sien, les mains cramponnées à la manche de son manteau. Vladimir restait de marbre, comme indifférent à ce poids mort suspendu à lui.

À quelques pas derrière le couple, droit comme un « i », le crâne rasé, le profil osseux, se dressait Vassili Domachev, l'âme damnée de Vladimir, celui à qui on laissait accomplir toutes les sales besognes, insoucieux des crimes commis s'ils l'étaient pour le bien de son maître.

– « Un chien ! Non, pire qu'un chien ! » disait Alexeï.

Un mouvement se fit parmi les présents et le cercueil apparut à la vue de Dimitri. Son cœur manqua un battement en découvrant la dernière demeure de son ami, un simple coffre en chêne sans autre ornementation qu'une croix russe sur le couvercle. Le prêtre avait terminé son homélie. Des hommes puissants s'emparèrent des cordes détrempées qui passaient sous le cercueil et tirèrent de toutes leurs forces pour le soulever. Ils avancèrent, côtoyant la fosse, dérapant dans la boue, avant de laisser les cordes se dérouler et le cercueil descendre vers le fond. L'émotion submergea Dimitri. Des larmes embuèrent son regard. La boîte glissait lentement vers les profondeurs et chaque centimètre lui labourait le cœur. Il ne voulait pas dire adieu à Alexeï, pas déjà. Ils avaient encore tant à partager. C'était un frère qu'on lui arrachait. Le bruit du cercueil raclant le sol lui serra la gorge. Tout était fini, terminé.

Les premières poignées de terre, gorgées d'eau, heurtèrent le couvercle de bois. Mécaniquement, Dimitri prit place dans la file. Tel un automate, l'âme en souffrance, il ramassa un peu de boue, la laissa tomber sur le corps enfermé de son ami et resta immobile, la main pendante, salie, le regard brouillé de larmes. Un toussotement le ramena à la réalité. Il bloquait la file.

Il fit quelques pas pour s'éloigner, tête basse, ignorant la pluie qui continuait de se déverser sur lui. Quand il releva les yeux, il distingua à quelques mètres, en partie masquée par les arbres, une femme rousse vêtue d'un grand manteau beige qui lui faisait des signes. Il regarda autour de lui, cherchant à s'assurer qu'elle s'adressait vraiment à lui.

– Baron Hennessy ! le héla alors une voix masculine.

Il se retourna. Deux hommes en imperméable gris, col relevé, la tête rentrée dans les épaules, s'approchaient. Dimitri jeta un regard en arrière, en direction de la femme rousse, mais elle avait disparu.

– Nous sommes désolés de vous déranger en un pareil instant, monsieur le baron, mais nous avons des questions à vous poser concernant le décès de monsieur Alexeï Alexandrov.

Les deux hommes lui présentèrent leur carte de police avec un bel ensemble.

– Si je peux vous aider, répondit Dimitri.

– Monsieur Hennessy ! intervint l'âme damnée de Vladimir, de sa voix âpre. Monsieur Alexandrov aimerait s'entretenir avec vous ! Suivez-moi !

Dimitri foudroya Vassili du regard. De quel droit venait-il ainsi interrompre sa conversation ? Et cette rudesse dans le ton. Le prenait-il pour le laquais de son maître ?

– Monsieur Domachev… commença l'un des policiers.

– Je vous en prie, insista Vassili, le visage dur. Vous pourrez vous entretenir avec monsieur Dimitri Hennessy plus tard dans la journée. Monsieur Alexandrov vous en sera reconnaissant, lieutenant.

Dimitri trouva étrange que des paroles censées apaiser puissent contenir autant de menaces latentes. C'était là tout l'art de Vassili. Ses mots avaient moins d'importance que le ton qu'il employait. Les deux policiers rangèrent leurs cartes, visiblement de mauvais gré. On ne dérogeait pas impudemment aux ordres d'un puissant comme Alexandrov. L'argent donnait bien des pouvoirs. Dimitri en savait quelque chose.

– Repartez-vous immédiatement pour Londres, monsieur le baron ? questionna tout de même le lieutenant.

– Je ne sais pas encore, répondit Dimitri.

– Monsieur Hennessy logera chez monsieur Alexandrov le temps nécessaire ! trancha Vassili Domachev.

Dimitri, pourtant viscéralement agacé de voir Vassili s'octroyer ainsi la gestion de son emploi du temps, ne protesta pas. Il était bien trop pressé de rencontrer Vladimir, à présent, bien trop curieux de savoir ce que Vassili entendait par « temps nécessaire », pourquoi Alexandrov avait pris la peine de le faire venir à l'enterrement de son fils et pourquoi la police voulait l'interroger au sujet d'Alexeï.

– Nous reprendrons bientôt contact avec vous, monsieur le baron, fit le policier.

– Je suis à votre disposition, lieutenant, assura Dimitri.

Les policiers, maussades, saluèrent Dimitri et Vassili, avant de s'éloigner.

– Venez à présent, monsieur Hennessy, ordonna Domachev.

Vassili l'amena auprès de Vladimir et s'éclipsa, les laissant seuls. Les deux hommes s'observèrent un long moment. Ils n'avaient jamais éprouvé la moindre sympathie l'un pour l'autre.

– Mes condoléances, monsieur, finit par lâcher Dimitri.

– Tu déjeunes avec nous. Nous commémorerons Alexeï.

Dimitri se raidit. Ce n'était pas une proposition, mais bien une injonction. Son premier réflexe fut de refuser, mais il préféra accepter. Il voulait connaître tous les détails sur la mort d'Alexeï et le cimetière ne constituait pas le cadre idéal pour pareille discussion.

– Si c'est pour Alexeï... dit-il, froidement. D'ailleurs, merci d'avoir pris la peine de venir me chercher...

Vladimir lui jeta un regard peu amène, mais ne commenta pas l'ironie perceptible de ses dernières paroles. Ce n'était pas dans les habitudes du milliardaire, toujours prompt à l'attaque. Face à ce silence éloquent, Dimitri se demanda de nouveau quels motifs inavouables pouvaient bien avoir poussé cet homme distant à l'avertir de la mort d'Alexeï. Il s'écarta. Déjà, des proches et des membres de la famille se pressaient autour de Vladimir pour lui présenter leurs condoléances.

– Je suis très heureuse de faire votre connaissance, baron Hennessy. Alexeï m'a tellement parlé de vous...

Un joli minois ceint de longs cheveux blonds, sous un chapeau à larges bords, s'était approché de Dimitri. Il reconnut la jeune femme pendue au bras de Vladimir quelques instants plus tôt. Vingt ans peut-être, le visage encore rond de l'enfance, un regard azur enjôleur. Un maquillage naturel, si on oubliait le rouge à lèvres écarlate. Elle portait un court manteau noir qui ne cachait rien de ses longues jambes fuselées gainées de bas. Souriante, elle lui tendit une main élégamment gantée.

– Je m'appelle Olga, Olga Alexandrov. Je suis l'épouse de Vladimir.

Dimitri marqua un temps d'arrêt, surpris. Ainsi, le père d'Alexeï s'était finalement remarié. Alexeï ne l'avait pas évoqué. En même temps, ils ne parlaient jamais de Vladimir. Il y avait tant de sujets plus réjouissants. Dimitri baisa la main tendue avant de la rendre à sa propriétaire.

– Alexeï aurait été si heureux de vous voir, ajouta-t-elle.

La gorge de Dimitri se serra. Ses yeux perdirent leur éclat.

– Il va me manquer…

Olga ne lui permit pas de sombrer dans la mélancolie. Elle s'empara de son bras avec possessivité et l'entraîna à sa suite.

– Venez ! Laissons Vladimir aux condoléances et allons nous abriter de la pluie dans la voiture. J'ai vraiment trop froid !

Une longue limousine à six portes, encadrée de deux gros 4X4, les attendait au bord d'une allée. Deux gardes armés veillaient sur les véhicules. Reconnaissant Olga, ils laissèrent monter les deux jeunes gens à bord.

À l'intérieur du luxueux habitacle, quatre larges sièges recouverts d'un épais cuir couleur « beurre frais » se faisaient face. Dimitri et Olga s'assirent en vis-à-vis. Le jeune homme ne put s'empêcher de faire courir ses doigts sur les revêtements de cuir et de bois.

– Elle est magnifique, n'est-ce pas ? demanda Olga, amusée, après avoir retiré son chapeau.

– Magnifique et unique ! répondit Dimitri. C'est une Rolls Royce Phantom limousine de 2004. Elle a été rallongée de quatre-vingt-cinq centimètres et blindée par Armor Tech. Un moteur de 460 chevaux. Un zéro à cent en moins de six secondes. Cette voiture est la perfection incarnée.

Elle sourit.

– Vous aimez les voitures…

Dimitri n'avait pas cessé de promener ses doigts sur les revêtements.

– Nous avons souvent emprunté cette limousine, Alexeï et moi. Il m'en faisait toujours la promotion.

Olga perdit son sourire.

– Il me manque tellement, si vous saviez…

Dimitri la contempla. Le visage de la jeune femme exprimait une profonde détresse et pourtant, il demeurait étonnamment lumineux. Elle était vraiment très belle.

– On m'a dit qu'Alexeï était mort d'une crise cardiaque. Qu'est-ce qu'il s'est passé exactement ?

Elle haussa les épaules.

– Je ne sais pas trop. Il… Il…

Sans prévenir, Olga fondit en larmes et se jeta dans les bras de Dimitri. Surpris, il eut un instant de flottement avant de la serrer contre lui. De la main, il effleura ses longs cheveux dans un geste de réconfort. Elle se laissa aller contre son torse. Ils restèrent là, étroitement enlacés, la blonde chevelure d'Olga dessinant des voiles d'or autour de leurs visages. Dimitri pouvait sentir son parfum, un mélange d'iris et de rose. Son corps svelte se pressait contre lui plus que la décence ne le permettait. Son souffle tiède se perdait dans son cou.

– On peut y aller !

La voix de Vladimir brisa la douceur de l'instant. Les deux jeunes gens sursautèrent, comme deux amants pris en faute. Olga se rassit à sa place à la hâte et se mit à lisser sa jupe qui n'en avait pourtant pas besoin.

– Je vois que vous avez fait connaissance, fit le milliardaire sur un ton sec.

Il s'installa à côté de son épouse, son regard malveillant fixé sur Dimitri. Le baron crut lire de la suspicion sur son visage, une insulte à peine voilée dans son attitude dédaigneuse. Il se renfonça dans son siège, désireux de ne pas prêter le flanc à la critique, irrité du comportement d'Olga à son égard et plus encore de celui de son époux. Pour qui le prenait-il donc ? Olga se remit à pleurer, en silence, tamponnant ses yeux et son nez du bout de son mouchoir. Dimitri détourna la tête, se plongea dans la contemplation du paysage, regrettant déjà amèrement d'avoir accepté la proposition de Vladimir Alexandrov. Il se rasséréna. Il aurait bientôt les réponses à ses questions et il pourrait alors quitter cette compagnie délétère.

L'instant d'après, la limousine démarrait, entourée par les deux énormes 4X4, suivie par la Lincoln des Bogdanov.

Activation Apocalypse
31:57:25.004

Un taxi attendait Roxane à l'aéroport de Roissy-Charles-de-Gaulle et l'amena au Royal Monceau où la suite Ray Charles avait été réservée à son nom. Le concierge eut un mouvement de surprise en la découvrant intégralement vêtue de cuir ocre mais, en bon professionnel, ne fit aucun commentaire.

– Un agréable séjour parmi nous, mademoiselle, lui dit-il avec un net accent américain.

– Merci. Veuillez me faire monter un petit-déjeuner. Je meurs de faim et les plateaux dans les avions ne sont pas ce qui se fait de mieux en matière de restauration. N'est-ce pas ?

Elle s'exprimait dans un français parfait, mâtiné d'une légère pointe d'accent anglais. Il hocha la tête.

– Ce sera fait selon vos instructions, mademoiselle.

Accompagnée d'un groom, Roxane prit l'ascenseur et se retrouva bientôt dans une chambre d'une centaine de mètres carrés au luxe tapageur dont elle n'osait imaginer le prix pour une simple nuit. Le Perse ne lésinait jamais avec ses agents et Roxane appréciait d'autant plus de travailler pour lui. Elle déambula dans les lieux, s'étonnant de l'épaisseur de la moquette, de la finesse des marqueteries, du veinage des marbres. Dans la salle de bain, une grande baignoire et des produits Kiehl's lui offraient la promesse d'un bain relaxant. Dans le salon trônait un piano à queue. Depuis les fenêtres de sa chambre, elle apercevait la Tour Eiffel et les toits de Paris. Elle regarda quelques minutes le monument dans le soleil levant puis se secoua. Il lui fallait mériter pareil confort.

Elle sortit son ordinateur portable du sac à dos qui ne la quittait jamais, le posa sur le sous-main en cuir du bureau, prit place dans le large fauteuil et se connecta au réseau de l'hôtel. S'il était aussi luxueux que le reste des lieux, elle devrait obtenir un excellent débit. Ce n'était pas réellement le cas. La France était plutôt à la traîne dans ce domaine, mais cela lui suffirait pour ce qu'elle avait à faire. On frappa à sa porte.

– Entrez !

Un serveur fit rouler un chariot chargé de victuailles jusqu'à elle, s'inclina, et s'en alla en refermant la porte. Roxane rapprocha le chariot du bureau, y piocha un peu d'omelette, une saucisse, un petit pain au chocolat et se servit un grand café recouvert d'un peu de crème avant de retourner s'asseoir.

– *Okay*, Daneel. Au travail !

Une voix mâle synthétique sortit de l'ordinateur.

– Bonjour, Roxane. Que faisons-nous aujourd'hui ?

Elle sourit. Elle était plutôt fière du logiciel qu'elle avait conçu. Certes, il ne serait probablement jamais ce qui s'appelait une Intelligence Artificielle, mais son aide lui avait déjà été précieuse lors de précédentes missions. Sa façon de reformuler les données d'un problème lui permettait bien souvent d'y voir plus clair.

– Revoyons ensemble les paramètres de la mission… Je ne veux pas commettre d'impair. Il ne s'agit après tout que de sauver le monde… Une fois de plus.

– Très bien, Roxane. Nous devons retrouver une clé USB contenant le code Minotaure. Ce code devrait nous permettre de stopper le virus Apocalypse.

– Quel est ce virus, Daneel ?

– C'est un programme créé par le célèbre pirate informatique russe Loukian Minovitch et destiné à détruire toute unité informatique, quelque soit son système d'exploitation.

Roxane grimaça. Elle connaissait de réputation ce Loukian Minovitch et s'il y avait un pirate informatique capable de créer le pire des virus, c'était bien lui, mais quel était son but ?

– A-t-on des preuves de l'existence de ce virus, Daneel ?

– Plusieurs experts informatiques ont fait part de sa présence sur de nombreuses unités informatiques.

– Ils n'ont pas cherché à l'éradiquer ?

– Leurs tentatives en ce sens se sont soldées par un échec. Le virus se réinstalle à la connexion Internet suivante.

– Et les antivirus ?

– Apocalypse est un virus polymorphe. Il échappe à la majorité d'entre eux.

Roxane réfléchit à sa prochaine question.

– Pourtant les ordinateurs fonctionnent toujours, n'est-ce pas ?

– Oui.

– Alors, pourquoi parler de destruction ?

– Suite à l'activation du virus, il serait impossible de récupérer l'usage de l'ordinateur sans une lourde série de manipulations techniques.

– Si le virus n'a jamais été activé, comment sait-on les dommages qu'il causera ?

– Cette information provient de Loukian Minovitch lui-même. En état d'ébriété avancée, il a donné les caractéristiques du virus Apocalypse à un autre pirate informatique. Ce dernier en a parlé autour de lui. L'information est remontée jusqu'au Perse.

– Pourtant les ordinateurs fonctionnent toujours, répéta Roxane.

Avec tout autre logiciel, la réponse fournie aurait été la même, mais pas avec Daneel. Les répliques de son interlocuteur étaient analysées et permettaient de faire évoluer ses propres interventions.

– Le virus Apocalypse doit se déclencher à une date donnée.

– Quelle date ?

– Le 25 novembre à vingt et une heure, heure de Moscou, soit dix-neuf heures à Paris.

– Cela ne nous laisse qu'une trentaine d'heures, fit Roxane, songeuse.

– Trente-deux heures exactement, précisa Daneel.

– Combien d'unités informatiques seront atteintes à ce moment-là ?

– Il est difficile de le savoir. Le virus est presque indétectable.

Elle réalisa qu'elle avait mal posé sa question. Daneel cherchait à lui donner un chiffre exact et ce n'était pas ce qu'elle désirait. Il faudrait qu'elle travaille l'esprit d'initiative de l'intelligence artificielle sur ce point.

– Quelle estimation du nombre d'unités informatiques infectées à cette date ?

– Quatre milliards.

– Quatre milliards, répéta Roxane, songeuse.

Avec un tel nombre d'ordinateurs, téléphones ou tablettes touchés, si Apocalypse fonctionnait comme le prétendait Loukian Minovitch, tout le réseau informatique s'écroulerait comme un château de cartes. L'Internet n'existerait plus, faute d'un nombre suffisant de serveurs. Les mouvements boursiers seraient figés. Les entreprises perdraient des milliards, mais ce ne serait pas leur problème le plus urgent. Les stocks étaient bien souvent gérés par l'intermédiaire d'Internet. Sans entrée de fournitures, sans sortie de produits manufacturés, les entreprises, petites ou grandes, devraient arrêter leur production, mettant au chômage technique des millions de gens. Les transports, l'alimentation en eau, gaz, électricité, inhérents au réseau, seraient stoppés. Cela entraînerait sans doute des mouvements de panique ici ou là.

Si les ordinateurs pouvaient être rapidement remis en service, ce ne serait qu'un mauvais moment à passer. Mais si la remise en état du parc informatique nécessitait des pièces de rechange, il faudrait des jours, des semaines, voire des mois pour tout réparer. Tout était si inextricablement lié à Internet. Dans quel état serait la civilisation occidentale après une telle crise ?

Et ils avaient moins de deux jours pour empêcher pareil drame.

– Ça ne nous laisse pas beaucoup de temps… grommela Roxane pour elle-même.

– Trente-deux heures, répondit Daneel.

Roxane fronça les sourcils. Faisait-il preuve d'humour ? Impossible. Elle ne l'avait pas conçu ainsi.

– Où est le code Minotaure actuellement, Daneel ?

– Il est en possession de son créateur et propriétaire : Vladimir Alexandrov.

– Comment ? Ce n'est pas Loukian Minovitch qui l'a développé ?

– Non.

Roxane leva les yeux au ciel. Elle s'attendait à un peu plus qu'un simple « non ».

– Peux-tu m'en dire plus ?

– Certainement, Roxane. Vladimir Alexandrov a été mis au courant de l'existence du virus Apocalypse et a racheté à prix d'or une partie de l'équipe de développeurs informatique de Loukian Minovitch pour créer le code Minotaure.

– Sans l'accord de Minovitch, je suppose.

– Tu supposes bien.

– À quoi sert exactement le code Minotaure ?

– Nous en sommes réduits aux spéculations. Il servirait à activer Apocalypse sur des sites informatiques identifiés, voire à détruire le virus.

Avec ça entre les mains, Alexandrov serait capable de faire pression sur n'importe quelle grosse société. Google, Facebook, Amazon n'étaient que des conglomérats de serveurs, des ordinateurs susceptibles d'être détruits par Apocalypse.

– Qu'est devenue cette équipe ?

– Elle a été éradiquée dans l'explosion d'une bombe à Moscou, il y a deux jours.

– Sait-on qui a posé cette bombe ?

– L'enquête met très fortement en cause Vassili Domachev, le conseiller et homme de main de Vladimir Alexandrov. On l'a vu sortir de la maison où travaillaient les développeurs informatiques une heure avant l'explosion.

– Très bien, Daneel. Que sais-tu concernant Vladimir Alexandrov ?

– C'est un milliardaire russe. Il doit sa fortune à des participations dans des sociétés très rentables. Des accusations de malversations et de meurtres ont été portées contre lui, mais rien n'a jamais été prouvé. Il conserve un contact distant avec les autorités russes depuis la prise de pouvoir de Vladimir Poutine. Il est marié avec Olga Passora, un mannequin populaire de dix-neuf ans. Son fils unique, Alexeï, vingt-neuf ans, né d'une précédente union, participait à l'entreprise familiale en tant qu'avocat d'affaires. Il est décédé. Son corps a été retrouvé sur les quais de Seine, hier matin. L'autopsie a conclu à un arrêt cardiaque d'origine inconnue. Une enquête est en cours. L'enterrement était prévu à 11 h à Sainte-Geneviève-Des-Bois.

Roxane consulta sa montre. Il était 12 h 02. Vu les distances, Vladimir Alexandrov ne pouvait pas être déjà revenu du cimetière. Elle avait le champ libre.

– Daneel, nous allons nous attaquer au mail de ce Vladimir Alexandrov !

Le contenu de la boîte mail apparut sur son écran, au bout de quelques minutes. Elle n'y découvrit qu'un tout petit nombre de courriers.

– On est du genre prudent, monsieur Alexandrov, murmura Roxane. On récupère ses mails sur son ordinateur… Parfait… Daneel, trouve-moi l'IP correspondant à ce mail.

Le logiciel afficha « 91.198.174.225 ».

– Avec ça, je vais pouvoir te rendre une petite visite, Alexandrov...

– Son ordinateur n'est pas accessible, annonça Daneel.

– Il l'a éteint avant de partir. J'aurais dû m'en douter… Et son homme de main ? Ce Vassili ? Est-il aussi prudent que son patron ?

Elle fit recommencer les opérations à Daneel et obtint le même résultat.

– Bon. J'ai affaire à des paranos, mais au pire, il suffira d'attendre que vous vous reconnectiez… Daneel, lance une routine pour vérifier la connexion au réseau de ces deux appareils.

– C'est fait, Roxane.

– Il ne nous reste plus que l'épouse alors.

Le compte d'Olga Alexandrov comportait de nombreux courriers. Roxane rechercha ceux qui provenaient de son mari ou de l'homme de main et n'en trouva aucun.

– Ils ne communiquent pas ainsi. Logique. Daneel, fais une copie de tous les courriers. Je les étudierai plus tard.

Roxane pianota sur la table, la mine boudeuse.

– Par quel moyen en apprendre davantage sur le code Minotaure ?

Un sourire illumina bientôt son visage aux traits fins.

– Les riches malfrats ont des systèmes de sécurité, pilotés depuis l'extérieur. Daneel, donne-moi la liste des banques où Vladimir Alexandrov à un compte.

La liste demandée s'afficha sur son écran. Roxane identifia la banque qui l'intéressait, une Suisse.

– Daneel, connecte-toi au compte de Vladimir Alexandrov chez UBS.

De nouvelles données emplirent son écran. Roxane parcourut rapidement les lignes, y cherchant des règlements à des sociétés de gardiennage.

– Je l'ai ! Security Illimited… Ben voyons… On va voir à quel point, la sécurité est *Illimited* dans cette société.

Elle hésita puis se décida à pirater la société elle-même. Il ne lui fallut que quelques minutes pour craquer la base de données et trouver les codes permettant d'accéder aux caméras de la propriété. Bientôt son écran afficha les différentes vues de la demeure Alexandrov. Elle se focalisa sur celle du bureau, nota la référence de la caméra, et lista tous les fichiers d'archives la concernant. Il ne lui restait plus qu'à visionner le film… Il était en noir et blanc, sans bande-son, mais les images lui suffisaient. Elle avait eu de la chance, le premier fichier ouvert montrait Alexeï Alexandrov et son père. Visiblement, les choses ne se passaient pas au mieux entre les deux hommes. Tous deux étaient debout, chacun d'un côté du bureau. Vladimir parlait à son fils, la mine sévère, la main droite levée, les doigts refermés sur un petit objet. Alexeï faisait « non » de la tête, sidéré, inquiet. Roxane mit le film en pause. Est-ce que l'objet tenu par Vladimir pouvait être la clé USB contenant le code Minotaure ?

– Daneel, fais un zoom sur ses mains.

L'image grossit aussitôt. Roxane la fit recadrer et vit enfin ce qu'elle désirait. Oui, il s'agissait bien d'une clé USB. Il n'y avait aucune erreur possible. Elle remit le film en marche.

L'attention de Vladimir se tournait soudain vers quelque chose derrière son fils. Il posa la clé USB sur son bureau, au milieu de différents papiers et dossiers, et disparut de l'écran. Alexeï hésita, regarda autour de lui. La peur se lisait sur son visage, la peur et une sombre détermination. Il s'avança finalement jusqu'au bureau paternel, s'empara de l'objet délaissé et le fourra dans sa poche.

– Il a volé le code Minotaure à son père ! fit Roxane.

Alexeï s'activait à désordonner un peu plus les papiers sur le bureau, regardait une nouvelle fois autour de lui, et disparaissait à son tour de l'écran. À peine une minute plus tard, Vladimir retournait à sa place. Il se mit à fourrager dans ses papiers, d'abord avec précaution, puis avec de plus en plus de nervosité. Ulcéré, il finit par tout envoyer par terre. Ses yeux lançaient des éclairs. Il hurla quelque chose, les poings fermés, furieux. Roxane repéra la date et l'heure. La scène s'était déroulée dimanche matin, soit deux jours plus tôt. Le lendemain matin, on découvrait le corps d'Alexeï sans vie. La jeune femme trouva les archives d'autres caméras et se passa le film des événements. Sur l'une des caméras, elle voyait Alexeï sortir du bureau de son père, traverser le salon à la hâte et se mettre à courir jusqu'à la porte d'entrée. Une caméra extérieure lui montra le jeune homme en train de franchir le portail donnant sur la rue.

Roxane devait savoir s'il s'agissait bien du code Minotaure. Elle en aurait mis sa main à couper, mais il lui fallait des preuves pour Le Perse. Elle revint sur le premier film, au moment où le père parlait à son fils.

— Lance un programme de lecture sur les lèvres. Je veux savoir ce que Vladimir dit à Alexeï.

— « Avec ça, nous deviendrons les maîtres du monde ! » traduisit Daneel.

Il lui fallut revenir en arrière et faire traduire la conversation en entier par Daneel pour entendre enfin ce qu'elle escomptait. Le « ça » était bien le Code Minotaure. Roxane se renfonça dans son siège.

— Ainsi, Alexeï a volé le code Minotaure à son père et il en est mort… Est-ce que quelqu'un a récupéré la clé USB ou Alexeï l'a-t-il cachée quelque part ?

Plus captivée que jamais, Roxane se lança dans un jeu de piste. Elle voyait le jeune homme quitter la demeure Alexandrov, mais que s'était-il passé ensuite ?

— Daneel, connecte-toi au réseau de surveillance parisien.

Activation Apocalypse
30:42:36.005

La limousine avait pris la direction de Paris. Olga avait séché ses larmes. Vladimir travaillait sur son ordinateur. Il avait placé son téléphone portable à côté de lui. Dimitri identifia le modèle Dix de chez Celsius. Il ne pouvait pas se tromper. À sa connaissance, c'était le seul modèle de téléphone portable dont la coque contenait un magnifique mécanisme d'horlogerie. Il avait beau ne pas apprécier Vladimir Alexandrov, il devait lui reconnaître un goût certain pour les belles choses. Cela le fit aussitôt songer à Olga. Il tourna son regard vers elle.

– Ce qu'il fait chaud, ici ! s'écria alors la belle jeune femme, en lui souriant largement.

Vladimir ne se donna même pas la peine de relever la tête. Olga entrouvrit lentement son manteau, son regard azur plongé dans celui de Dimitri. Dessous, elle portait un chemisier blanc échancré et une courte jupe noire. Alors qu'elle se contorsionnait pour retirer son manteau de sous ses fesses, Dimitri eut la preuve qu'elle portait bien des bas. De sa place, il ne pouvait se soustraire à la vision de ses jarretelles carmin.

– Ça va mieux, fit-elle, en posant son vêtement à côté d'elle. Vous n'avez pas trop chaud, vous, Dimitri ? Je peux vous appeler Dimitri ?

Il fronça légèrement les sourcils. Était-elle bien en train de lui faire du rentre-dedans ? En pareilles circonstances ? Devant son époux ? Où voulait-elle donc en venir ? Rendre jaloux Vladimir ?

– Vous pouvez m'appeler Dimitri.

Elle eut un petit rire.

– C'est la première fois que je côtoie un baron…

Dimitri se sentait de plus en plus mal à l'aise, incapable de savoir quelle attitude adopter. Il jeta un regard à Vladimir, mais ce dernier demeurait concentré sur son ordinateur, semblant parfaitement indifférent au comportement de son épouse. Pourtant, il ne pouvait l'ignorer.

– Vous devriez retirer votre manteau, Dimitri, sinon vous allez attraper la mort !

Elle avait une façon de dire Dimitri en roulant les « r » que le jeune homme ne pouvait s'empêcher de trouver charmante. Il n'en avait pas eu conscience jusqu'ici, mais effectivement, son manteau demeurait humide de toute cette pluie reçue lors de l'enterrement. Il s'en défit.

– Ah, vous êtes vraiment joli garçon !

Elle le dévorait littéralement du regard. En d'autres circonstances, il se serait senti flatté, mais là… Il préféra ne pas répondre, quitte à se montrer impoli. Que faisait une aussi jeune et jolie femme au côté de Vladimir Alexandrov ? Était-il juste un protecteur ? Constituaient-ils un couple libre ? Lui laissait-il avoir des amants tant qu'elle demeurait discrète ? Il savait Vladimir collectionneur dans l'âme. Olga n'était-elle pour lui qu'une œuvre d'art supplémentaire ? Un trésor que l'on ne sort que pour les dîners mondains ?

– Vous avez soif ? demanda l'œuvre d'art. Il y a une bouteille de champagne dans le bar, à côté de vous… Il fait si chaud…

Le mal-être de Dimitri empira. Il ne put se résoudre à rester courtois.

– Je doute que le champagne soit approprié, dit-il sèchement.

Olga eut l'air désorientée un court instant, jeta un coup d'œil rapide à Vladimir, toujours plongé dans son travail, et se retourna vers Dimitri, ses lèvres formant une moue délicieuse.

– Oh, je vous ai blessé… Je m'en excuse, mais vous savez, Alexeï appréciait tellement le champagne… Je suis sûre qu'il aurait aimé que nous buvions à sa mémoire.

– Sans doute, convint Dimitri. Mais je n'ai pas soif.

Il se tourna résolument vers Vladimir, soudain impatient d'avoir des réponses à ses questions.

– Je vous suis reconnaissant de m'avoir prévenu pour l'enterrement d'Alexeï.

– Pas de quoi, grommela Alexandrov.

– Mais vous avez omis de me dire dans quelles circonstances il avait trouvé la mort.

Vladimir daigna relever la tête de son écran.

– Nous verrons ça plus tard. Chez moi.

– Et pourquoi pas maintenant ? s'enquit Dimitri.

Il n'eut jamais sa réponse. Une explosion retentit. La voiture pila. Olga poussa un cri de frayeur.

– Nous sommes attaqués ! hurla le chauffeur dans le communicateur.

Dimitri se tourna vers lui, aperçut le 4X4 qui les précédait par le pare-brise. Il était immobilisé. Un tronc d'arbre avait défoncé l'avant du véhicule dans sa chute. Dimitri jeta un œil vers l'arrière. Une nouvelle explosion ébranla l'habitacle, provoquant un nouveau hurlement d'Olga. Le 4X4 à leur suite fit un bond en l'air et retomba lourdement sur ses roues. La limousine redémarra. Le chauffeur braqua pour dépasser le 4X4 à l'arrêt. Un choc latéral violent projeta les occupants contre la portière droite. Dimitri se redressa en grimaçant, massa son épaule, stoppa net en voyant l'avant d'une énorme fourgonnette blanche derrière la vitre du côté gauche. Dans un crissement de pneus abominable, l'engin muni de monstrueux pare-chocs commença à pousser la limousine sur le bas-côté. On les empêchait de s'échapper. Par-dessus le rugissement des moteurs, Dimitri entendait le bruit de tirs en rafales. Des armes de guerre ? Ici ? En France ?

— Que signifie ? gronda Alexandrov.

— Il a un lance-roquettes ! brailla le chauffeur.

Affolé, il essayait de s'extraire au plus vite de son siège.

— Ils vont nous tuer ! sanglota Olga.

Dimitri chercha le tireur du regard. Devant et derrière, les gardes Alexandrov étaient descendus de leurs véhicules et, protégés des balles des pistolets-mitrailleurs ennemis par la carrosserie, tiraient en direction des sous-bois de l'autre côté de la route.

— Sortez-nous de là ! vociféra Vladimir.

Un nouveau choc ébranla la limousine. Elle venait de s'encastrer dans un arbre du bas-côté. La tôle, mise au supplice, grinçait horriblement sous la poussée de la camionnette. L'un des hommes Alexandrov en visait le conducteur, mais une plaque de métal boulonnée à la carrosserie l'empêchait de l'atteindre.

– Noon ! cria soudain le chauffeur de la limousine.

Il avait gagné le siège, côté passager, mais la portière, déformée sous la poussée de la camionnette, refusait de s'ouvrir. Il secoua la poignée comme un demeuré, avant de frapper dessus comme un diable.

– Remettez le contact ! Abruti ! aboya Vladimir, essayant de baisser l'une des vitres.

Dimitri lui aurait bien expliqué que la déformation de la carrosserie qui bloquait les portes empêcherait également d'actionner les fenêtres, mais ce fut l'instant où il le vit. Un fourgon gris planqué derrière une rangée d'arbres. À l'intérieur, un homme, capuche rabattue sur la tête, bas du visage masqué par une écharpe, levait un lance-missiles dans leur direction.

– Il faut sortir d'ici ! Vite !

Un tir résonna douloureusement dans l'habitacle. Alexandrov avait récupéré son pistolet et tiré à bout portant sur la fenêtre blindée.

– On va tous mourir ! On va tous mourir ! répétait Olga, paniquée.

Vladimir tira une nouvelle fois, sans autre résultat qu'un large impact circulaire sur la vitre pare-balles. Il se retourna soudain, attrapa Olga par son chemisier, lui assena une gifle monumentale, avant de la repousser durement contre la banquette.

– La ferme ! Idiote !

Dimitri n'eut pas le temps de réagir. Olga resta prostrée sur le siège, les jambes remontées contre elle, les larmes noyant son visage, la lèvre ouverte.

– Ça ne sert à rien ! cria Dimitri pour se faire entendre par-dessus le bruit des tirs.

Une explosion ébranla soudain la limousine. L'inconnu au lance-roquettes avait tiré. La température à l'intérieur grimpa d'une dizaine de degrés, mais le blindage de la voiture semblait avoir tenu le coup. Pour cette fois. Vladimir continua de tirer.

Prenant appui de ses deux mains sur la banquette avant, Dimitri propulsa ses jambes dans la lunette arrière. Le choc le fit grimacer. La vitre avait à peine bougé. Il recommença. Encore et encore. De toutes ses forces. Enfin, la vitre bascula vers l'extérieur.

– Sortez ! hurla Dimitri.

Vladimir ne se le fit pas dire deux fois et s'extirpa de l'habitacle aussi vite qu'il le put. Dimitri le vit rejoindre le couvert des arbres sur le bas-côté de la route. Olga, tétanisée, n'avait pas bougé. Dimitri lui prit la main et l'entraîna à sa suite. Ils se glissèrent à l'extérieur et roulèrent au bas du coffre. Dimitri amena Olga derrière l'un des arbres au bord de la route, la fit s'agenouiller.

– Vous êtes en sécurité, la rassura-t-il.

De la limousine leur parvenaient les coups de poing désespérés du chauffeur contre la vitre de séparation. L'homme était pris au piège. Dimitri se redressa. Il ne pouvait quand même pas le laisser là… Plié en deux, il s'avança vers le véhicule, nota au passage que le conducteur de la camionnette aux énormes pare-chocs était mort d'une balle en pleine tête. Le moteur de l'engin continuait à tourner à plein régime. Le poids du cadavre devait maintenir l'accélérateur enfoncé. Le chauffeur de la limousine adressa un regard reconnaissant à Dimitri en le voyant s'approcher.

– Une roquette ! À terre ! hurla quelqu'un.

L'instinct de Dimitri le fit se jeter au sol. Le souffle de l'explosion lui vrilla douloureusement les épaules. Les oreilles bourdonnantes, le dos en compote et l'esprit embrumé, le jeune homme se redressa avec difficulté, s'étonnant d'être encore vivant. Il plissa les yeux. La carcasse de la limousine encastrée entre l'arbre et la camionnette blanche brûlait, dégageant une épaisse fumée noire. Le moteur de la camionnette s'était enfin tu. Le feu se propagea rapidement, embrasa l'arbre, expédiant des flammèches dans toutes les directions. Dimitri se releva en vacillant. Il n'y avait plus rien à faire pour le chauffeur.

– Par ici !

Un garde attrapa Dimitri par le bras, le tira à l'abri. Le baron se retrouva en compagnie d'Olga. Indemne, la jeune femme, à genoux, tremblait de tous ses membres. Dimitri s'accroupit et passa un bras protecteur autour de ses épaules.

Il réalisa alors le silence qui régnait autour d'eux. Les tirs avaient cessé. Dimitri observa les lieux. Le fourgon et l'homme au lance-roquettes avaient disparu. La camionnette blanche était demeurée sur place. L'avant, toujours collé à la Rolls Royce en feu, se déformait et noircissait peu à peu sous la chaleur du brasier. Le reste de la carrosserie, transformée en dentelle par les impacts de balles, menaçait de s'effriter au premier coup de vent. Des attaquants, il n'y avait plus trace. Ils s'étaient envolés. Les gardes du corps regagnèrent la route, firent le compte des morts et des blessés. Deux hommes d'Alexandrov et trois inconnus. Ils se mirent à faire les poches de ces derniers.

Dimitri se releva lentement. Olga s'accrocha à lui, hébétée. Il la prit dans ses bras. Vassili passa à côté d'eux sans les voir. Le baron remarqua la veste déchirée, l'hématome sur la tempe de l'homme de main d'Alexandrov. Il devait être dans le même état déplorable, voire pire. Vladimir, lui, arborait un aspect impeccable. L'un de ses gardes finissait de brosser le dos de son manteau.

– Tout est sous contrôle, monsieur, annonça Domachev à son patron.

Vladimir et Vassili rejoignirent la chaussée.

– Je veux savoir quelle enflure a essayé de m'assassiner ! gronda Vladimir. Qui ? Vassili ! Qui est le coupable ? Je veux lui faire passer le goût d'oser s'en prendre à moi !

Domachev éluda la question, se contentant de répondre avec une étonnante sérénité :

– L'hélicoptère sera bientôt là, monsieur. Vous y serez plus en sécurité.

Vladimir resta coi. Le visage fermé, il contemplait les dégâts. Dimitri et Olga avancèrent sur le macadam à leur tour.

– Rien de cassé, monsieur le baron ? questionna Igor.

Dimitri secoua lentement la tête, aperçut Cyril qui fouillait le cadavre d'un agresseur un peu plus loin. Ainsi, les Bogdanov avaient survécu. Par curiosité, Dimitri jeta un œil à la Lincoln qui l'avait amené depuis l'Angleterre. Elle semblait s'en être sortie sans même une égratignure. Au moins, il avait conservé ses bagages. Inconsciemment, il porta la main à sa poche intérieure. Son portefeuille s'y trouvait toujours. Il n'avait perdu que son manteau, un piètre dommage.

– Pourquoi a-t-on attaqué monsieur Alexandrov, Igor ? s'enquit Dimitri.

Le garde du corps se contenta de hausser les épaules. Dimitri lui confia Olga, s'approcha des cadavres des inconnus. Qui étaient-ils donc ? Leurs vêtements n'avaient rien de particulier, mais ils portaient tous des baskets, un blouson à capuche et une écharpe autour du cou. Chacun d'eux avait été fouillé par les gardes et il semblait que rien n'ait été découvert sur eux. À leur côté reposaient des kalachnikovs. Ce n'était pas des professionnels, mais pas des amateurs non plus. Ils avaient du matériel et savaient visiblement s'en servir. Dimitri jeta un nouveau regard à la limousine encastrée entre l'arbre et la camionnette. Ces gens avaient eu un plan et il s'en était fallu d'un cheveu qu'ils réussissent. Qui pouvaient-ils donc être ?

– Nous trouverons le coupable ! grommela soudain Vladimir. Et il payera cher son crime ! Très cher !

Il n'avait pas parlé fort et pourtant sa voix avait porté au loin. Dimitri le dévisagea. Le milliardaire avait du mal à contenir sa fureur, mais elle n'était dirigée contre personne en particulier. Il ne savait visiblement pas qui était responsable de cette attaque. En homme puissant et sans valeurs morales, il devait avoir un bon paquet d'ennemis. Dimitri observa de nouveau le cadavre d'un des agresseurs. Personnellement, s'il avait voulu assassiner le milliardaire, il aurait plutôt embauché un tueur à gages pour l'abattre au cimetière, là où Vladimir faisait une cible parfaite. Pourquoi avoir attendu ainsi ?

Un bruit de moteur lui fit tourner la tête. Une Volvo roulait dans leur direction. Elle ralentit et s'arrêta à une centaine de mètres du tronc d'arbre qui bloquait la route. Le conducteur ouvrit sa portière, sortit en partie de son habitacle, vit le carnage et retourna précipitamment derrière son volant. La seconde suivante, il faisait demi-tour et repartait en faisant rugir son moteur.

La pluie recommença à tomber. Igor amena Olga à Dimitri.

– Je ne peux pas m'en occuper, monsieur, dit-il en guise d'excuse.

La jeune femme avait cessé de trembler, mais demeurait prostrée, le regard dans le vide, la lèvre en sang. Elle semblait si vulnérable que Dimitri la serra dans ses bras. La pluie s'intensifia. Sans manteau, en ce froid mois de novembre, Dimitri frissonna.

Il entendit bientôt un puissant vrombissement. L'hélicoptère Alexandrov amorçait sa descente. Il se posa au beau milieu de la route, à l'écart du champ de bataille. Vassili et son patron se dirigèrent vers l'appareil. Dimitri les suivit, Olga accrochée à lui.

– On rentre ! aboya Vladimir au pilote.

Activation Apocalypse
30:10:25.006

Depuis son écran d'ordinateur, Loukian Minovitch assistait à la tentative d'assassinat de Dimitri Hennessy et à son échec cuisant. Le baron était parvenu à s'extirper de la limousine juste avant que la roquette ne la fasse exploser.

– Hennessy va s'en sortir ! hurla Minovitch dans son micro. Descendez-le, bon sang !

– Ils sont trop nombreux en face, Loukian, répondit la voix d'un homme dans le haut parleur. C'est de la folie ! Jacques et Étienne sont morts…

Loukian serra les dents. Paul avait raison. Ils n'étaient pas assez nombreux, pas assez équipés pour venir à bout des gardes du corps d'un milliardaire russe. S'il avait su que Dimitri arriverait directement au cimetière, c'est sur son trajet qu'il l'aurait attaqué. Alors, il aurait été sans protection. À présent…

– Rentrez ! ordonna-t-il, ulcéré.

Les caméras et les micros que portait le petit groupe paramilitaire continuaient d'émettre. Loukian se brancha sur la fréquence des cadavres, mais n'obtint rien d'intéressant. L'arrivée de l'hélicoptère Alexandrov le décida à arrêter l'écoute. Dimitri allait se retrouver chez le milliardaire, à l'abri. La partie était terminée. Pour l'instant. Un rictus déforma son visage.

– Cette fois, tu t'en tires... Cette fois seulement.

Minovitch fit basculer une fenêtre sur son écran. Les images de la caméra d'Étienne disparurent. À la place s'afficha un compteur. Il restait trente heures avant que le virus Apocalypse n'ait contaminé l'ensemble des systèmes connectés à Internet. Apocalypse, son virus, le fruit de plusieurs années de travail, réduit à néant par l'intervention de Vladimir Alexandrov et de son âme damnée Vassili Domachev.

– Ils rentrent ?

Loukian quitta son écran des yeux, balaya du regard la pièce aux volets fermés, tomba sur Piotr. Le gamin d'à peine quinze ans était vautré dans un canapé usé jusqu'à la trame. Seuls ses cheveux roux émergeaient au-dessus du dossier du siège. La détresse de son père le faisait toujours apparaître.

– Ils ont échoué, grimaça Loukian. Dimitri Hennessy est vivant…

– Il va utiliser le code Minotaure pour arrêter ton Apocalypse alors ?

– Il faudrait déjà qu'il le retrouve…

Loukian afficha les données du virus sur son écran. Il avait conservé l'accès au pseudo serveur qui comptabilisait la progression d'Apocalypse à travers le monde. Chaque système infecté par le virus envoyait un signal à ce serveur mobile. Près de trois milliards. Il n'en avait jamais espéré autant.

– Demain à 19 h, Apocalypse se lancera. Il reste trente heures avant la chute de la Russie.

– Tu ne vas plus essayer de buter ce Dimitri ?

– Bien sûr que si ! À moins que tu aies une autre idée, gamin…

– Ben… Retrouver le code Minotaure avant lui…

Loukian eut un sourire sardonique.

— Il faudrait comprendre le message que lui a laissé Alexeï…

— Mouais… Et tu peux vraiment pas lancer Apocalypse manuellement ? Maintenant, j'veux dire.

Loukian se retourna vers la batterie d'ordinateurs qui envahissaient sa table.

— Non. Apocalypse est programmé pour se lancer à une date donnée. C'est ce qui était prévu, du moins. Si mes soi-disant amis ne l'ont pas trafiqué en créant le code Minotaure pour Vladimir Alexandrov.

Le gamin haussa les épaules, ricana.

— Ils ont même pas vu la couleur de l'argent qu'il leur avait promis. Il les a tués avant… une petite bombe et boum ! Bien fait pour leur gueule !

— Mais le mal était fait… Apocalypse est tombé entre de mauvaises mains…

— Peu importe, fit le gamin en haussant les épaules. La Russie s'effondrera… que ce soit grâce à toi ou à cet Alexandrov, non ? Il suffit que Dimitri lui rapporte le code Minotaure et…

— Tu rêves, Piotr, grimaça Loukian. Alexandrov n'a aucun intérêt à ce que la Russie soit détruite. Il ne voit qu'une seule chose dans Apocalypse, le pouvoir total, sans limites. Il va pouvoir faire chanter tous les grands de cette planète, tous les patrons des multinationales. Tout le monde va lui manger dans la main. Avec le code Minotaure, il peut choisir de détruire tous les serveurs d'une société ou d'un état, sans toucher au reste. Personne n'osera lui tenir tête. Personne… Potentiellement, il sera le roi du monde. Et la Russie… ce putain de pays sera toujours debout ! Non… Il ne doit pas avoir le code Minotaure. Jamais !

Piotr se leva et vint rejoindre Loukian. Du sang s'égouttait de sa blessure à l'abdomen, s'écoulait le long de sa jambe. Bientôt, il forma une petite flaque rougeâtre sur le carrelage à ses pieds. Loukian ne pouvait détourner les yeux de la plaie de son fils décédé, tué par un tir de milicien aux ordres de Moscou, deux ans plus tôt.

– Et t'es sûr que tu peux pas contrer le code Minotaure ? questionna Piotr. Après tout, c'est toi qui as conçu Apocalypse, non ? Tu le connais mieux que personne !

La folie et la haine se disputèrent le regard de Minovitch.

– Le virus Apocalypse, c'est dix ans de ma vie. Une vingtaine de développeurs m'y ont aidé. C'était les meilleurs. Et il a fallu deux mois à dix d'entre eux, ces maudits traîtres, pour créer le code Minotaure pour Alexandrov. Il faut coder des procédures, beaucoup de procédures, et atteindre le virus partout dans le monde. Non, c'est impossible. Trente heures ne me suffiraient pas… Impossible… Même pour Loukian Minovitch.

Un clignotement alerta le pirate informatique. Il se pencha sur l'un de ses nombreux écrans.

– Qu'est-ce que c'est que ça ?

Piotr regardait par-dessus son épaule.

– C'est quelqu'un qui essaye d'entrer sur l'ordinateur du père Alexandrov, non ?

– Oui… Un pirate… Il a déclenché mes systèmes de sécurité.

Les mains de Loukian volèrent sur le clavier. Ses petits yeux s'étrécirent. Un sourire pernicieux étira ses lèvres alors qu'il suivait la trace du cyberpirate. L'inconnu avait cherché l'adresse IP du PC de Vladimir Alexandrov, puis celle de Vassili Domachev, mais il n'avait pu s'y connecter. Les ordinateurs étaient éteints. Le cyberpirate s'était alors rabattu sur le PC d'Olga Alexandrov et en avait copié les mails avant de quitter le système informatique.

– Tu crois qu'il cherche le code Minotaure ? demanda Piotr.

– Sans doute… mais il n'arrivera à rien comme ça… Tout ce qu'il va découvrir, au mieux, c'est le mail d'Alexeï pour Dimitri. Ça ne le mènera à rien.

Une nouvelle alerte clignota sur un autre écran. Un sourire apparut sur le visage de Loukian.

– C'est un petit malin celui-là… Il est en train de pirater Securité Illimited. Dans quelques instants, il saura qu'Alexeï est parti avec le code Minotaure…

– Et tu l'arrêtes pas ? s'étonna le spectre.

Un rictus se dessina sur les traits émaciés de Loukian.

– Non… je te l'ai dit… Ça ne le mènera à rien. J'ai déjà essayé… Il n'y a que ce Dimitri Hennessy qui puisse retrouver le code Minotaure…

Loukian gardait l'œil rivé aux lignes de code qui défilaient sur son écran.

– Qu'est-ce qu'il cherche exactement ?

L'instant d'après, Loukian se plongeait dans l'étude du piratage effectué par le cyberpirate, laissant Piotr retourner au monde des limbes.

Activation Apocalypse
29:29:29.007

Dimitri profita du trajet dans les airs pour contempler la capitale française. Son survol était habituellement interdit à tout aéroplane et Vladimir devait avoir de sérieux contacts pour s'être vu octroyé un tel droit de passage. Dimitri lui jeta un coup d'œil. Le milliardaire avait retrouvé son calme et devisait avec Vassili. Olga s'était lovée sur la banquette, le visage tourné vers l'extérieur, le regard vide. Son époux n'avait fait montre d'aucun égard pour elle. Il s'était contenté de la couvrir de son manteau pour qu'elle n'attrape pas froid. Il aurait sans doute fait de même pour une œuvre d'art.

L'hélicoptère les déposa dans le seizième arrondissement, dans la cour de la propriété Alexandrov. Dimitri eut à peine le temps de contempler le jardin, qui lui rappelait tant ses jeux d'enfants avec Alexeï, que des hommes en costumes sombres sortaient de la vaste demeure et les convoyaient à l'intérieur.

Ils pénétrèrent dans un grand vestibule circulaire, donnant sur un large escalier en marbre blanc qui desservait les deux étages supérieurs. Un majordome les attendait aux pieds des marches. Vladimir lui jeta son manteau dans les bras.

– Tenez Walter !

Le dénommé Walter salua le maître de maison d'une brève révérence. Vladimir ouvrit les épais vantaux en chêne de la double porte qui donnait sur le salon et y entra. Olga, hagarde, lui emboîta le pas.

– Si monsieur le baron veut bien me suivre, proposa le majordome.

Dimitri hésita à rejoindre Vladimir et Olga, frissonna dans sa chemise détrempée et décida qu'enfiler des vêtements chauds ne serait pas du luxe. Il suivit Walter dans les étages.

On avait déjà monté ses bagages dans sa chambre, son ancienne chambre, du moins, celle qu'il occupait quand il venait passer quelques jours de vacances chez Alexeï. Pendant près de six ans, chaque été, Alexeï et Dimitri avaient séjourné une quinzaine de jours sur Paris avant de rejoindre le manoir de Dimitri en Écosse. Vladimir s'était tout d'abord montré récalcitrant de recevoir cet intrus dans son hôtel particulier, mais il avait vite compris les portes que l'amitié d'un noble, même écossais, pouvait ouvrir à son fils comme à ses propres affaires. L'espoir d'acheter une belle parcelle de terre pour un prix modique à la grand-mère de Dimitri avait terminé de le convaincre. Ce n'est qu'une fois adulte que Dimitri avait appris que sa grand-mère n'avait jamais eu l'intention de vendre quoi que ce soit au milliardaire russe, mais en experte de l'âme humaine, elle avait intéressé Vladimir pour qu'il soit plus enclin à laisser les deux garçons passer une partie de leurs vacances ensemble. Durant le reste de ses vacances, Dimitri jouait au commando en Russie avec son oncle Boris, le frère de sa mère.

C'était une autre époque. Dimitri observa la chambre avec mélancolie. Rien n'y avait vraiment changé. Les murs étaient recouverts de la même peinture taupe. Les fenêtres donnaient toujours sur le jardin qui entourait la propriété. Le lit avait conservé sa courtepointe aux grands carrés bleus et rouges. Quelques-uns des ses anciens livres oubliés ici trônaient encore sur les étagères. Il en lut quelques titres au passage *Chienne de guerre* de Anne Nivat, *Le meilleur des mondes* d'Aldous Huxley, *MacBeth* de Shakespeare, *The Eyre Affair* de Jasper Fforde. Il s'amusa de constater qu'il avait conservé le même éclectisme dans ses lectures, entre récits de guerre, biographie et science-fiction.

Un frisson lui rappela ses vêtements trempés. Il se dirigea vers la salle de bain.

Habillé d'un jean et d'un pull bleu, Dimitri redescendit dans le salon. Il demeura un long moment sur le seuil à observer les lieux. Il ne retrouvait aucun des objets qu'il connaissait et pourtant, rien n'avait véritablement changé durant ces dernières années. La pièce arborait toujours un luxe tapageur et dispendieux, un faste qui déconcertait Dimitri, habitué à la rudesse écossaise. Cette décoration ostentatoire était le reflet de la personnalité de Vladimir, celle d'un homme qui veut étaler sa richesse. Marbre, bois précieux, tapis d'exception rivalisaient de beauté et de finesse. De véritables toiles de maître embellissaient les murs. Des objets de collection apparaissaient de-ci de-là, comme posés là par hasard, alors que leur disposition avait sans doute nécessité les talents d'un décorateur d'intérieur au salaire mirobolant. Les rares meubles avaient été fabriqués sur mesure par d'illustres orfèvres. Rien n'avait été laissé au hasard.

Enfant, Alexeï n'avait pas le droit de pénétrer seul dans cette vitrine Alexandrov. Son père refusait qu'il puisse tacher un canapé par inadvertance, casser l'un de ces précieux vases par maladresse, défaire l'ordonnancement des lieux par ennui. Dimitri s'en était étonné. Chez lui, toute la maison lui était ouverte. On ne possédait pas ce genre de pièces. L'argent n'était pas dépensé en breloques, comme il appelait alors les œuvres d'art accumulées par Alexandrov. Alexeï répondait d'un haussement d'épaules à l'étonnement légèrement réprobateur de son ami. Son seul souci était de ne pas mécontenter son père. S'il lui interdisait le salon, Alexeï se contentait d'obéir. Dimitri avait bien essayé de le pousser à franchir ces portes, à défier son père, mais Alexeï n'en avait jamais rien fait, volontairement. Et la seule fois où ils s'y étaient risqués, en rollers et par inadvertance, le pire était arrivé. Par souci de son ami, Dimitri avait peu à peu abandonné l'idée de lui faire tenir tête à Vladimir. Après tout, s'il était heureux ainsi, c'était tout ce qui comptait.

Sa gorge se serra à ce souvenir. Alexeï avait toujours été si empressé de contenter son père, allant même jusqu'à oublier ses valeurs pour le suivre dans des affaires frisant la malhonnêteté. Alexeï ne le lui avait jamais dit, par pudeur, sans doute, mais Dimitri n'était pas dupe. On avait vite fait de savoir à quoi s'en tenir dans le milieu des affaires et Vladimir y était considéré comme un requin sans scrupules. Comment Alexeï avait pu se résoudre à travailler pour lui restait un grand mystère pour le baron.

– J'ai besoin d'un verre…

La voix d'Olga le tira de ses pensées. Elle se tenait près du bar en acajou et en abaissait le plateau. Vladimir n'était pas présent, probablement occupé par quelque tâche ailleurs dans la maison.

– J'en veux bien un, dit Dimitri.

Il s'approcha de la jeune femme alors qu'elle se retournait, un verre de whisky dans chaque main. Il s'immobilisa devant tant de beauté. Elle avait revêtu un jean, si mécaniquement usé par endroits qu'il laissait apparaître la peau lisse de sa cuisse, et un corsage crème déboutonné jusqu'au haut de son soutien-gorge blanc. Une mèche de ses cheveux s'était prise dans la dentelle de l'un des bonnets et Dimitri résista difficilement à l'envie d'aller la déloger.

– C'est pour vous.

Il prit son verre et suivit Olga jusqu'à un canapé de cuir ocre. Elle s'y lova, le verre entre les mains, admirant ses reflets ambrés. Dimitri prit place à côté d'elle.

– Quelle affreuse matinée. L'enterrement et puis cette…

Elle ne termina pas sa phrase, but une gorgée de son verre. Dimitri porta le sien à ses lèvres, grimaça en constatant que le whisky de Vladimir ne rivalisait pas, même de loin, avec un bon whisky écossais et reposa son verre.

– Votre époux avait reçu des menaces ? questionna-t-il.

Olga secoua la tête, frissonna, eut un sanglot rapidement réfréné.

– Pourquoi la police était-elle à l'enterrement ? continua Dimitri.

Elle releva le visage, l'observa attentivement, avant de se lancer.

– Alexeï… Alex…

Sa voix se brisa. Elle ne parvint pas à retenir ses larmes, les noya dans une longue gorgée de whisky.

– Arrête donc de pleurnicher, Olga ! aboya Vladimir.

Il venait d'entrer dans la pièce. Il se dirigea vers le bar, s'y servit un verre. Olga tâcha de refouler ses sanglots. Dimitri était révolté par le comportement brutal du milliardaire envers sa femme, comme il l'avait été, enfant, en voyant comment Vladimir traitait son propre fils. Il ne put se taire, cette fois.

– Il est normal de pleurer un défunt, non ? lança-t-il. Et l'attaque armée de ce matin en aurait ébranlé plus d'un !

Vladimir lui décocha un regard mauvais avant de s'enfoncer dans un fauteuil du même cuir ocre que le canapé.

– On l'a torturé… son cœur a lâché.

Dimitri resta coi, stupéfait. De quoi parlait Vladimir ? D'Alexeï ? Alexeï avait été torturé ? Par qui ? Pour quoi ? Il avait mal compris. C'était impossible.

– Pardon ?

– Oui, torturé, insista Vladimir tout en sirotant son verre.

Dimitri étudia son visage, son regard, ses mains à la recherche d'une trace de souffrance. En vain. Il n'y trouva qu'une sombre jouissance à énoncer ces mots atroces. Ce ne pouvait être vrai. Il devait mentir. Comment un père pouvait-il évoquer la mort sous la torture de son unique fils avec une telle satisfaction ? Et pourtant, Dimitri savait qu'il disait la vérité. Il reconnaissait toujours les mensonges. Son instinct, son sixième sens ou un don, il ne savait exactement, le prévenait depuis qu'il était enfant quand on essayait de lui faire prendre des vessies pour des lanternes.

Peu à peu, comme à regret, les mots dans la bouche de Vladimir prirent un sens. Alexeï avait été torturé. Aussi incroyable que cela puisse paraître. Mais comment était-ce possible ? Alexeï n'aurait pas fait de mal à une mouche. Ses seules passions, en dehors de plaire à son père, étaient la poésie, le théâtre et l'opéra. Comment pouvait-on torturer un tel homme ? Pourquoi ? Des images et des sensations atroces refirent soudain surface dans l'esprit de Dimitri. Il se retrouva écartelé entre quatre cordes, suspendu comme un vulgaire cochon qu'on s'apprête à éviscérer vivant, son tortionnaire approchant, un scalpel à la main. Avec difficulté, il chassa ses souvenirs. Ainsi, Alexeï avait été torturé, de la même manière, peut-être...

– Son cœur a lâché, répéta-t-il, abasourdi.

Vladimir l'observait avec dédain. Ce regard fut comme un électrochoc pour le baron. Il se redressa, toisa le milliardaire.

– Pourquoi ? Pourquoi a-t-on torturé Alexeï ? À cause des affaires qu'il traitait pour vous ?

– Non, répondit Vladimir avec calme, jouant avec son verre. Alexeï est mort parce qu'il s'est occupé de ce qui ne le regardait pas.

Dimitri fronça les sourcils.

– C'est-à-dire ?

– Je préfère ne rien vous révéler, baron. Je ne voudrais pas qu'on m'accuse d'avoir causé votre perte…

Dimitri, se renfonçant dans le canapé, ne put s'empêcher de sourire, un sourire sans joie. Comme si Vladimir pouvait être gêné par ce qu'on disait de lui… Dimitri comprit soudain que le milliardaire jouait avec lui, avec ses sentiments. Il crevait d'envie de lui révéler l'entière vérité, mais faisait durer son plaisir et le supplice de Dimitri. Le silence s'installa. Olga se recroquevilla un peu plus sur le canapé. Elle observait son époux du coin de l'œil, comme un petit animal craintif. Dimitri fut le premier à rendre les armes. Il biaisa.

– Qui étaient ces gens qui vous ont attaqué ce matin ?

Une lueur de rage contenue brilla dans les yeux de Vladimir. Ses traits se crispèrent imperceptiblement. Dimitri avait fait mouche.

– Des crapules qui cherchent à me faire peur, mais ils n'y parviendront pas !

Apeurée par la véhémence de son époux, Olga se tassa contre le dossier, comme si elle tentait de disparaître dans le cuir du canapé. Des larmes coulaient sans bruit sur ses joues rondes. Dimitri se réjouit. Cette attaque, d'où qu'elle provienne, Vladimir ne l'avait pas digérée.

– Pourquoi vouloir vous faire peur, monsieur Alexandrov ? Que veulent-ils ?

Vladimir arbora un sourire narquois.

– Tu as ça dans le sang, hein… toujours à poser des questions. Même enfant, tu faisais ça…

Dimitri blêmit sous l'outrage de ce tutoiement inattendu, devant ce dédain prononcé.

– Je veux savoir qui a tué Alexeï, énonça-t-il entre ses dents serrées.

Le sourire de Vladimir disparut.

– Puisque tu y tiens…

Il but un peu de whisky, contempla son verre, avant de commencer.

– Ton cher grand ami Alexeï a eu la fabuleuse idée de me voler une clé USB. Un coup de folie ! Il ignorait qu'elle provenait de la mafia russe. Que je la leur avais extorquée ! Ce qu'elle contient ? Les noms de leurs membres… Des centaines de noms… et ils veulent la récupérer, à tout prix ! Tuer mon fils ne leur a pas permis de la retrouver alors ils essaient de me faire peur. Ils croient que je la possède encore !

Il avait parlé vite, trop vite. Le sixième sens de Dimitri tintait sous son crâne comme une alarme. Vladimir mentait. Pourquoi ? Que voulait-il cacher ? Le milliardaire releva la tête, plongea son regard acier dans celui de Dimitri.

– À présent, à cause de lui, nous sommes tous en danger ! Même Olga ! Peut-être même vous, baron. Ces êtres immondes sont capables du pire. Ils l'ont démontré ce matin ! Tant que Vassili n'aura pas retrouvé cette clé USB, nous serons tous en danger.

Vladimir avala d'un trait le reste de son verre. Dimitri l'observait sans croire un traître mot de ce qu'il entendait. Et pourtant, Alexeï était mort. Comment ? Pourquoi ? Il ne partirait pas sans avoir obtenu de réponse.

– Monsieur est servi !

À l'appel du majordome, Vladimir se leva. L'employé de maison ouvrait déjà les portes coulissantes donnant sur la somptueuse salle à manger.

– Ne parlons plus de cela pour le moment ! ordonna Vladimir en posant son verre sur la table basse.

Dimitri demeurait assis, songeur. L'attaque de ce matin aurait eu pour but de retrouver cette clé USB ? Cela n'avait aucun sens. Leurs agresseurs cherchaient à tuer Alexandrov. Il n'y avait aucun doute possible. Et on ne tue pas quelqu'un en possession d'un objet qu'on désire récupérer. Cela ne tenait pas la route.

– Tu viens ?

Olga s'était levée. Il l'imita. Elle lui sourit, prit sa main et la serra avec tendresse. Dimitri fut surpris par ce brusque tutoiement, cette main glissée dans la sienne, mais resta coi et suivit la jeune femme à table.

Le repas se déroula dans une atmosphère lugubre. Chacun demeurait silencieux, plongé dans ses pensées, grignotant les mets, pourtant délicieux, proposés par le cuisinier de la maison. Dimitri ne pouvait s'empêcher de songer à Alexeï, à ces repas qu'ils faisaient tous deux en cuisine, à leur jeune exubérance. L'image d'un Alexeï torturé s'imposa soudain à lui. Son corps meurtri, à bout, glissant au sol, aux pieds de ses bourreaux. Son cœur arrêté. Que voulait-on savoir de lui pour le supplicier à mort ? Vladimir prétendait qu'on voulait lui faire peur en tuant son fils, mais pourquoi prendre la peine de le torturer dans ce cas ? Et puis, la torture consistait à conserver l'interrogé en vie le plus longtemps possible, histoire de glaner un maximum d'informations. Il fallait doser l'effort. Son oncle Boris, capitaine de Spetsnaz[1], le lui avait suffisamment répété. Il lui fallait en savoir plus sur la mort de son ami. Et pour cela, rencontrer les deux policiers qui avaient cherché à l'interroger au cimetière.

— Du café, monsieur le baron ?

Ces quelques mots firent reprendre conscience de la réalité à Dimitri. Le repas se terminait. Vladimir avait déjà quitté la table, ordonnant qu'on lui apporte son café dans son bureau. Olga buvait le sien à petites gorgées. La jeune femme accusait la fatigue de la matinée et la terreur qu'elle avait ressentie. Elle faisait pâle figure devant sa tasse. Elle surprit le regard de Dimitri posé sur elle et lui sourit.

— Je n'ai pas été bavarde, mais je suis si lasse…

Il acquiesça. La matinée avait été riche en émotions. Il fronça soudain les sourcils. Olga avait attendu que le majordome sorte et après avoir jeté un rapide coup d'œil en direction de la porte restée ouverte, elle se pencha vers lui.

---

[1] Le terme **Spetsnaz** désigne les groupes d'intervention spéciaux de la police, des ministères de la Justice et des Affaires Intérieures russes, ainsi que de l'armée russe.

– Alexeï m'a laissé un mot pour vous, Dimitri, murmura-t-elle. Il m'a demandé de vous le remettre en main propre.

De nouveau, elle regarda autour d'elle pour être sûre que personne ne les écoutait. Qui craignait-elle ainsi ? Vladimir ? Il n'était donc pas au courant du mot laissé pour lui par Alexeï ?

Olga se leva.

– Accepteriez-vous de m'accompagner jusqu'à ma chambre ? dit-elle à haute voix.

– Avec plaisir.

L'instant d'après, les deux jeunes gens gravissaient les degrés du grand escalier de marbre.

Activation Apocalypse
27:12:21.008

Arrivés à l'étage, Olga pressa Dimitri d'avancer puis d'entrer dans sa chambre. Elle en referma la porte avec un soupir de soulagement. Le baron ne savait pas s'il devait s'en amuser ou s'en inquiéter. Que craignait la jeune femme ? Qu'on l'empêche de lui donner le message d'Alexeï ou qu'on le découvre, lui, dans sa chambre à coucher ? Vladimir était-il jaloux ? Son comportement de la matinée indiquait le contraire, mais ce ne serait pas le premier homme à ignorer son épouse et à se fâcher de la savoir courtisée par un autre.

— Votre époux pourrait prendre ombrage de ma présence ici ?

Elle lui répondit d'un sourire, secoua sa jolie tête, faisant voler une mèche de ses longs cheveux blonds.

— Non. Vladimir et moi, comment dire ? Il ne m'a pas épousée pour la bagatelle. Il voulait juste une belle femme pour l'accompagner lors des cocktails, des dîners mondains, répondre aux interviews des journaux people. Nous n'avons jamais… consommé notre mariage. Je crois que ça ne l'intéresse pas. Seuls l'argent et le pouvoir ont de l'attrait à ses yeux. C'est triste, non ?

Dimitri lui sourit.

— Assez, oui.

La pièce était vaste, lumineuse. Un lit à baldaquin aux rideaux de soie rose s'appuyait sur l'un des murs. Au fond, un petit dégagement donnait accès à un dressing et une grande salle de bain. Dimitri connaissait cette pièce. C'était l'ancienne chambre de la mère d'Alexeï. Quand on ne trouvait Alexeï nulle part dans la maison, on était sûr qu'il était là, assis au bord du lit, le regard dans le vide, songeant à sa mère. Les iris gris de Dimitri se firent plus sombres. Il n'arrivait pas à se faire à l'idée qu'il ne verrait plus jamais Alexeï. Il chassa la nostalgie qui le gagnait. Olga le dévisageait, la tête légèrement penchée sur la droite, tel un oiseau gracile. Dimitri la trouva vraiment très belle. Elle devait faire chavirer bien des cœurs. Qu'est-ce qui avait bien pu la pousser à épouser un sale type comme Alexandrov ?

– Pourquoi Vladimir ?

Elle arbora une moue gênée plus enfantine qu'adulte, s'assit avec grâce sur la petite chaise devant la coiffeuse.

– Je n'étais qu'un mannequin parmi tant d'autres. Vladimir a de nombreux appuis dans la presse. Beaucoup de gens lui doivent des services. Grâce à lui, j'ai acquis un nom, une notoriété, une aura de pouvoir. Dorénavant, on m'invite dans les plus grands défilés de mode. Je vais à Londres, New York, Singapour. Jamais je n'aurais pu rêver d'une vie pareille…

– Et vous ne regrettez rien ?

Il lut l'étonnement sur son visage avant qu'il ne s'assombrisse petit à petit. Elle se leva, sans répondre. Sur une petite table au plateau de marbre, reposait un ordinateur portable. Une feuille de papier était glissée dessous. Olga la tendit au baron.

– C'est le message d'Alexeï.

Il s'agissait d'un mail envoyé d'une adresse que Dimitri ne connaissait pas.

Mon cher Dimitri.

Auras-tu jamais ce mail entre les mains ? Rien ne me le prouve. Il faut pourtant que tu le lises et te tiennes à ses instructions. Alors, je vais faire confiance à Olga.

Ton aide m'est cruciale. Hier, j'ai volé une clé USB, le code Minotaure, à mon père. Et il veut par tous les moyens le récupérer. À toi seul, je veux confier cette arme. Toi seul dois la retrouver et l'utiliser au plus vite. Reste sur tes gardes. Et méfie-toi de tous ! Père n'est pas le seul à vouloir la récupérer.

Avec ces quelques lettres, tu devrais savoir quoi faire. Rappelle-toi de notre jeunesse. Institut Montana. Suisse.

Mon cher Dimitri…

Le baron lut et relut plusieurs fois le message. Il comprit presque aussitôt la mention à l'Institut Montana. Les professeurs n'y étaient pas tendres et quelques étudiants peu scrupuleux se les mettaient dans la poche en jouant les espions pour eux. Nombreux étaient ceux à s'être fait pincer en train de tenter de faire le mur ou d'organiser une blague de potache parce que l'un de leurs camarades avait dévoilé leurs intentions aux professeurs. Alexeï et Dimitri avaient alors pris l'habitude de communiquer par l'entremise d'acrostiches, orales ou écrites. Cela les amusait énormément. Il n'en restait pas moins le texte en lui-même. Alexeï parlait d'arme, une arme si dangereuse qu'il avait décidé de la voler à son père. Lui qui avait toujours cherché à strictement se conformer à la volonté paternelle avait encouru son courroux en l'empêchant d'agir. Ce devait être une arme diablement puissante. Mais quelle arme pouvait contenir une clé USB ?

Il releva la tête de sa lecture. Olga le fixait avec intensité et sembla gênée d'être ainsi prise sur le fait.

– Qu'est-ce que le code Minotaure ? questionna Dimitri.

– Eh bien, c'est ce qui est sur la clé USB, éluda-t-elle.

– C'est-à-dire ?

Elle haussa légèrement les épaules.

– Je ne sais pas, moi. Il faudrait demander à Vladimir. C'est à lui qu'Alexeï l'a pris.

Dimitri fronça les sourcils.

– Vous étiez au courant ?

– Ben oui, fit-elle surprise. Tout le monde est au courant. Il aurait fallu être sourd pour ne pas le savoir. Vladimir hurlait comme un fou quand il s'est rendu compte qu'Alexeï lui avait volé son code Minotaure. Il a lancé Vassili et les autres à sa poursuite, mais il avait filé.

– Il a filé où ?

Olga sembla désemparée.

– Je ne sais pas…

– Il ne vous a pas dit où il se trouvait quand il vous a envoyé ce mail pour moi ?

– Non.

Dimitri avait la certitude qu'elle ne lui mentait pas. Il relut le message. « Alors, je vais faire confiance à Olga. » Alexeï écrivait cela comme s'il n'avait pas d'autre choix. Pourquoi ne pas lui avoir adressé le message directement ?

– Pourquoi n'a-t-il pas écrit à partir de son mail habituel ?

Olga soupira ostensiblement.

– Parce qu'il avait peur qu'on le retrouve, je ne sais comment, en utilisant son mail. Il était complètement parano…

– Pas assez, visiblement.

Olga baissa les yeux. Dimitri se replongea dans le mail de son ami. « *Reste sur tes gardes. Et méfie-toi de tous ! Père n'est pas le seul à vouloir la récupérer.* » Qui d'autre était au courant ? Ceux qui avaient cherché à tuer Vladimir ce matin ? Non. Ils n'auraient eu aucune raison de l'assassiner. Il lui manquait des informations… Il releva la tête, croisa le regard d'Olga. Elle semblait sincèrement ne pas savoir le fin mot de cette histoire. Il était inenvisageable de questionner Vladimir. Le mieux était de se rendre au rendez-vous donné par Alexeï dans son mail. Peut-être y avait-il laissé d'autres informations au sujet de cette arme ou de ceux qui voulaient se l'approprier. Mais même s'il avait décodé la phrase, il ne voyait pas où cela le menait.

– Vous comprenez le message d'Alexeï ? demanda Olga.

Il y avait tant d'espoir dans son regard. Il hésita. Il ne pouvait sans doute pas lui faire confiance, mais il avait besoin d'un allié dans la maison, de quelqu'un qui connaissait bien Alexeï. Il se décida.

– Maria Théâtre Paris M2, décoda-t-il.

– Pardon ?

– Le mail d'Alexeï est un acrostiche, expliqua Dimitri. En prenant la première lettre de chaque phrase, on a le véritable message. « Maria Théâtre Paris M2. »

– Et ça veut dire quoi ?

– C'est le souci. Je ne sais pas. Vous auriez une idée ?

Olga fit « non » de la tête. Chacun réfléchissait quand, soudain, Olga alla chercher son ordinateur portable. Elle l'alluma et lança Google.

– Alexeï adorait les pièces de théâtre. Je vais regarder si une pièce du nom de Maria se joue en ce moment sur Paris.

Alors qu'elle tapait sur le clavier, un sourire apparut sur les lèvres de Dimitri. Il s'élargit alors qu'elle farfouillait les différents résultats fournis par le moteur de recherche.

– Mariaaaa, chantonna-t-il. I've just met a girl named Mariaaaa…

Les doigts d'Olga restèrent suspendus au-dessus des touches.

– Mais bien sûr ! dit-elle avec un large sourire, West Side Story ! Alexeï adorait cette comédie musicale.

Elle pianota de nouveau sur son portable. Dimitri se pencha vers l'écran.

– Le théâtre du Châtelet ! s'exclama-t-elle. La pièce est jouée au théâtre du Châtelet !

– Allée M… Siège 2, précisa Dimitri.

Il fit un pas vers la porte. Elle se mit en travers de sa route.

– Vous n'irez nulle part sans moi !

Il fronça les sourcils.

– Manquer perdre la vie ce matin ne vous a pas suffi ?

– Et à vous ?

Elle le toisait, les mains sur les hanches, l'air volontaire, dans une attitude d'enfant gâté.

– J'y vais seul, Olga. Il est inutile de vous exposer.

Il fit un pas en avant. Elle recula, dos à la porte, mains derrière le dos, buste tendu. Il la trouva soudain très attirante, réalisa qu'elle se tenait ainsi pour obtenir ce résultat. Il sourit intérieurement. Elle ne l'aurait pas à ce petit jeu… La posture d'Olga se modifia imperceptiblement. Son visage se fit implorant.

– Je veux venir avec vous ! Alexeï… Alexeï… il était mon ami à moi aussi… mon confident… mon amant…

La détresse avait envahi son regard azur. Dimitri crut y voir briller des larmes. Il posa la main sur la poignée de la porte. Elle se tendit vers lui, pressa son corps contre le sien.

– Dimitri… supplia-t-elle d'une voix langoureuse.

Il la repoussa gentiment, abaissa la clenche.

– Parfait ! Allez-y seul ! Mais je vous préviens que vous ne ferez pas un pas en dehors de cette pièce que j'aurai averti tout le monde de votre départ !

Il se tourna vers elle.

– À quel jeu jouez-vous ?

– Je veux venir avec vous !

Son visage affichait un air buté.

– Pourquoi ? demanda-t-il.

Elle sembla interloquée par la question.

– Je vous l'ai dit. Alexeï comptait pour moi. Je veux… je veux vous aider à retrouver ce qui… ce qui a causé sa mort.

Elle mentait. Il en était certain.

– Et puis, ajouta-t-elle, en récupérant une carte à puces dans l'une de ses poches de jean. J'ai ceci.

– Qu'est-ce que c'est ?

– Notre passeport pour sortir d'ici. Jamais Vladimir ne vous laissera sortir. Je le sais.

Dimitri leva un sourcil, intrigué.

– Il me retiendrait prisonnier ?

– Il sait…

– Il sait ?

– Pour le mail d'Alexeï…

Il abandonna la porte, marcha sur elle.

– Vous lui avez dit ?

Elle recula.

– Non. Bien sûr que non…

La respiration de la jeune femme s'était accélérée. La dentelle de son soutien-gorge montait et descendait sur un rythme rapide.

– Mais Vladimir sait tout ! ajouta-t-elle. Toujours !

Dimitri la considéra un long moment. Alexeï n'avait vraiment pas eu le choix pour devoir envoyer un mail à Olga, sachant que son père en aurait connaissance. Pouvait-il faire confiance à la jeune femme ? Pouvait-on réellement l'empêcher de sortir de la demeure Alexandrov ? Il songea au nombre imposant de gardes, au haut mur d'enceinte, à la grille d'accès. Oui, on pouvait lui interdire de quitter les lieux. Il pourrait toujours appeler à l'aide grâce à son téléphone portable, mais cela prendrait du temps, trop de temps.

– Très bien, concéda-t-il. Vous pouvez venir avec moi.

Elle eut un sourire gourmand de gamine qui déballe un cadeau longtemps espéré.

– Suis-moi !

Ils traversèrent le vaste vestibule. Un homme y montait la garde et les observa alors qu'ils se dirigeaient vers la cuisine, mais il ne fit aucun geste pour les arrêter, aucun commentaire. Avant d'atteindre la cuisine, ils empruntèrent un escalier menant au sous-sol

– Nous allons passer par la porte qui donne sur la cour, chuchota Olga.

– Je m'en doutais, ironisa Dimitri.

Cette porte, il la connaissait. Elle débouchait sur le côté de la maison, à proximité du garage, et était fermée par une serrure électronique. On empruntait cet accès que lors des réceptions. Le personnel y allait et venait, à distance respectable des convives. Les deux jeunes gens délaissèrent la porte donnant sur la salle de sport, suivirent un couloir et grimpèrent un escalier. Olga s'arrêta sur le palier devant ladite porte, inséra la carte à puce dans la serrure.

– Il y a un garde, murmura Olga. Je vais le distraire et toi…

Elle fit mine de frapper avec un objet contondant.

– Je n'ai rien pour assommer quelqu'un, fit remarquer Dimitri.

Elle haussa les épaules.

– Tu as appris le karaté avec ton oncle Boris, non ? Alexeï n'arrêtait pas de dire que tu étais super doué en karaté… Tu n'as qu'à lui faire une prise…

Persuadé qu'il aurait perdu son temps en lui expliquant que son oncle Boris lui avait enseigné le sambo, un art martial russe, et non le karaté, originaire du Japon, Dimitri n'argumenta pas.

– Je vais me débrouiller, se contenta-t-il de répondre.

Le baron se tassa contre le mur, hors de vue du garde, alors qu'Olga ouvrait la porte.

– Ah, bonjour, fit la jeune femme au garde. Il ne fait pas chaud, hein…

Dimitri se demanda si l'homme allait tomber dans un pareil panneau. Visiblement l'échancrure du corsage d'Olga l'interpellait énormément et l'empêchait de réfléchir. Dimitri n'eut qu'à frapper à la base de la nuque pour que l'homme s'effondre, inconscient. C'était facile, bien trop facile. Tout était étrange. Déjà, la possession de la carte à puces par Olga. Comment se l'était-elle procurée ? Et le garde ? Pas même étonné de la voir franchir une porte normalement électroniquement fermée ?

– Et maintenant ? questionna Dimitri, se demandant dans quoi il s'embarquait.

– J'ai tout prévu ! fit Olga avec un large sourire, dévoilant une petite télécommande dans sa main. Suis-moi !

Elle courut vers la porte latérale du garage et s'introduisit dans le bâtiment. Il n'y avait aucun garde et la porte n'était pas fermée à clé. Vraiment, tout cela n'était pas normal. Dimitri hésita à la suivre. Mais avait-il réellement le choix ? Il fallait qu'il sache ce qui se trouvait au théâtre. Il fallait qu'il retrouve ce code Minotaure pour lequel Alexeï avait perdu la vie. Il s'avança, pénétra dans le garage, ferma la porte derrière lui.

– Tu as le choix, dit Olga.

Dimitri se retourna et resta un long moment silencieux, ébahi. Devant lui s'étalaient une demi-douzaine de véhicules tous plus rares et plus précieux les uns que les autres. Il n'avait jamais vu pareille collection. Du regard, il caressa les carrosseries avant de progresser parmi autos et motos. Il effleura les contours d'une Lamborghini couleur sang, ignora la Lincoln des frères Bogdanov et une Mercedes, pour se diriger vers une moto, une Suzuki 1300 GSX Hayabusa noire. Ses doigts glissèrent le long du carénage, en épousèrent la moindre courbe.

– C'est bien ça ? questionna Olga. Ça va vite ?

– Oh oui, c'est bien, ça… C'est l'une des motos les plus rapides au monde ! 300 km/h au compteur…

– Parfait alors.

Olga alla leur chercher casques, vestes et larges pantalons de cuir. Dimitri s'habilla, mi-amusé, mi-étonné, de tant de précautions, et enfourcha la moto. Olga s'assit derrière lui, passa ses mains autour de sa taille. Il sentait la tiédeur de son corps contre le sien, la rondeur de ses seins pressés contre lui.

– Prêt ?

Il acquiesça. Elle appuya sur un bouton de la télécommande et la lourde porte du garage glissa le long de son rail. Dimitri démarra la Suzuki. Le puissant ronronnement du moteur emplit ses oreilles. Il tourna légèrement la poignée des gaz. La moto rugit. Dimitri se sentait comme un enfant lâché dans un magasin de jouets, à la veille de Noël. Durant un instant, rien ne compta plus que le frémissement du guidon sous ses doigts, le vrombissement du moteur.

Il démarra et avança plus doucement qu'il n'escomptait. La machine était lourde. Il poussa les gaz et arriva devant la grille de la demeure, fermée. Il grommela dans son casque. Il fallait s'y attendre. Dans le rétroviseur, déjà, il apercevait les gardes de la propriété rappliquer pour voir ce qui faisait un tel boucan. Soudain, la grille s'ébranla. Par quel miracle ? Il n'eut pas le temps d'y songer.

– Fonce ! lui intima Olga.

Il ne se fit pas prier. Sans attendre l'ouverture complète, il se glissa entre les deux battants et lança la Suzuki à pleine puissance. Ils se retrouvèrent bientôt sur l'avenue Foch. Dimitri prit la direction du périphérique. Une fois là-dessus, plus personne ne pourrait les rattraper.

Activation Apocalypse
25:47:58.009

Dimitri et Olga filaient sur l'avenue Foch. Le jeune homme fixait le rétroviseur, s'attendant à tout instant à voir débarquer les gardes du corps d'Alexandrov, mais dans le flot de véhicules, il ne remarqua qu'une Jeep Cherokee noire au pare-chocs avant profondément rayé et une Mercedes brune bardée de stickers. Il avait du mal à saisir comment ils avaient pu sortir aussi aisément de la propriété. Il s'attendait à devoir semer d'éventuels poursuivants, mais personne ne semblait avoir sérieusement tenté de les prendre en chasse. Tout cela était très étrange. Est-ce qu'Olga et Vladimir s'étaient mis d'accord pour le laisser sortir, histoire de récupérer ce code Minotaure ? Est-ce que Vladimir avait facilité leur fuite ? Ou Dimitri était-il simplement parano ? Parano ou pas, la situation n'était pas claire. Dimitri renonça à emprunter le périphérique. Il voulait vérifier s'il était suivi. Pour en avoir la certitude, il enchaîna les virages serrés dans les rues parisiennes, l'œil rivé au rétroviseur.

– Quel gâchis ! marmonna-t-il.

Il avait une Hayabusa entre les mains, la plus puissante moto au monde et, au lieu d'en profiter, il se retrouvait à slalomer entre les voitures et les poubelles. En d'autres circonstances, il aurait emprunté la première autoroute disponible et lancé la Suzuki à pleine vitesse.

– Tout ça pour rien… grommela-t-il.

Personne ne les suivait. Il en avait maintenant la conviction. Jeep et Mercedes avaient disparu de son champ de vision depuis longtemps. Une magnifique Ducati rouge avait pris leur place. Dimitri l'admira un moment, avant de bifurquer vers une large avenue et d'accélérer, soudain pressé d'arriver au théâtre du Châtelet.

Il faillit rater l'embranchement, bifurqua au dernier instant, provoquant un concert de klaxons à sa suite. Il n'en avait cure. Il jeta un regard au rétroviseur et fut étonné d'y découvrir la Ducati rouge. Il vira dans une rue à sens unique. La moto était toujours derrière eux. Il prit un nouveau tournant. La Ducati les suivit. Dimitri accéléra, grilla un feu rouge, passa entre les voitures engagées dans le carrefour alors qu'Olga hurlait, ses bras plus resserrés que jamais autour de sa taille. Dimitri s'engagea dans une rue adjacente, avisa une large allée piétonne, s'y gara à une cinquantaine de mètres de la rue, derrière un camion de livraison. Il releva sa visière. Olga l'imita.

– Qu'est-ce qu'il se passe ? Pourquoi t'arrêtes-tu tout près de la rue de Courcelles ?

– Nous sommes suivis…

La jeune femme regarda de droite et de gauche.

– Je ne vois personne…

– Une moto… Une Ducati rouge. Elle a filé.

Elle resta un court instant silencieuse, réfléchissant.

– Peut-être que c'est l'un des hommes de Vladimir…

Il se tourna vers elle.

– Vladimir possède une Ducati ?

Il avait de sérieux doutes. Ce n'était pas le genre de la maison.

– Je n'en sais rien… Peut-être que l'un de ses gardes en possède une.

Dimitri balaya de nouveau la rue du regard. Un fourgon gris venait de s'y garer. Aucun logo ne figurait sur sa carrosserie bosselée. Derrière son volant, le conducteur portait une barbe aussi grise que son véhicule.

– Un garde Alexandrov utiliserait un véhicule Alexandrov, conclut-il.

– Si ce n'est pas un homme de Vladimir, qui est-ce alors ? s'étonna Olga.

Soudain, elle blêmit.

– Tu… tu crois que c'est de l'un de ceux qui ont cherché à nous tuer ce matin ?

– C'est possible.

– Mais pourquoi nous ? C'est après Vladimir qu'ils en avaient !

– Peut-être…

– Mais ça n'aurait aucun sens sinon. Pour quelle raison voudraient-ils nous tuer ? Nous… nous ne sommes rien !

– Nous sommes sur la piste du code Minotaure. Peut-être que ça suffit à faire de nous des cibles.

Olga descendit de la moto.

– J'ai bien réfléchi. Je ne veux pas aller plus loin… On n'était pas censés être en danger de mort !

Elle regardait autour d'elle, paniquée.

– Je les ai semés, dit Dimitri, se voulant rassurant. Il n'y a aucune raison de s'inquiéter.

– Je veux rentrer !

Il n'avait aucun motif pour retenir la jeune femme. Elle tremblait littéralement de peur et serait bien mieux chez elle. Et pourtant… Il grimaça en songeant à l'accueil que lui ferait son époux en la voyant revenir seule. La lèvre d'Olga portait encore la trace du coup donné par le milliardaire le matin même.

– Tu es certaine de vouloir retourner auprès de Vladimir ?

Elle tressaillit comme s'il venait de la gifler. Ses yeux s'agrandirent d'effroi.

– Tu… tu as raison…

Sa terreur était à son comble. Pourtant, elle reprit place sur la moto, se serrant avec force contre le baron. Le visage de Dimitri se durcit. Qu'est-ce que Vladimir pouvait bien faire subir à son épouse pour qu'elle le craigne davantage que des assassins à sa poursuite ? Qu'avait-il fait endurer à Alexeï ? Était-il vraiment aussi innocent qu'il le prétendait dans sa disparition précoce ?

Ils descendaient la rue du Faubourg Saint Honoré quand Dimitri vit apparaître une jeep Cherokee dans son rétroviseur. Il n'eut aucun mal à la reconnaître. C'était celle de l'avenue Foch. Une profonde rayure zébrait son pare-chocs avant.

– Bon sang ! Comment nous ont-ils retrouvés ?

Il n'attendit pas de voir les gueules de pistolets-mitrailleurs ou de revolvers émerger par l'une des vitres du véhicule et accéléra. Il louvoya dangereusement entre les véhicules sur la chaussée, freina soudain et s'engouffra dans une petite rue déserte. Il la remonta à toute vitesse, le moteur rugissant, en direction d'une large avenue. Il arrivait au carrefour quand un fourgon gris lui coupa la route. Dimitri appuya de toutes ses forces sur la poignée des freins. Dans un crissement strident, la moto s'arrêta à moins d'un mètre du véhicule.

– L'enflure ! maugréa Dimitri.

Il n'y avait aucun moyen de passer. L'engin bloquait complètement la voie. Dimitri klaxonna, rageur, avant de jeter un œil derrière lui. La Cherokee ne les avait pas suivis. Le cri d'effroi d'Olga le fit se retourner. La porte du fourgon s'ouvrait. Deux hommes, capuches rabattues sur la tête, écharpe sur le bas du visage, pistolet-mitrailleur au poing apparurent.

– Oh, merde !

Dimitri fit faire demi-tour à la Suzuki, tourna la poignée des gaz à fond. La moto bondit en avant, parcourut cinquante mètres avant que les balles se mettent à crépiter autour d'eux.

– Couche-toi ! ordonna le baron à Olga.

Dimitri fit zigzaguer la moto. En vain. La roue arrière explosa. Déséquilibrée, la moto échappa à tout contrôle, se renversa et glissa sur le bitume dans une grande gerbe d'étincelles, pour venir s'encastrer dans une voiture en stationnement. La sirène antivol du véhicule se mit à brailler.

Dimitri grimaça, la tête douloureuse, malgré le casque. Il était étendu de tout son long sur le macadam, une jambe coincée sous la carcasse de la Suzuki. Par-dessus le vacarme de la sirène, il entendait les balles percuter le carénage de la moto.

Sa masse les protégeait des tireurs, mais pas pour longtemps. Ils finiraient par venir voir ce qu'il en était. Il fallait qu'ils se sortent de là ! Et vite !

Dimitri retira son casque et extirpa avec précaution sa jambe de dessous la Suzuki. Le tissu était en lambeau au niveau de sa cuisse et de son flanc, mais il ne souffrait que de quelques éraflures. L'épais surpantalon de cuir avait absorbé le choc de la glissade. Il se tourna vers Olga, lui enleva son casque.

– Tu vas bien ?

Elle se contenta d'acquiescer. Dimitri tendit l'oreille, malgré le hurlement de l'alarme. Les balles avaient cessé de fuser. Ce n'était pas bon signe. Il avisa la voiture emboutie toute proche. C'était leur seule solution. Il rampa en dessous, entraînant Olga à sa suite.

– Fais chier ! Sont plus là ! aboya quelqu'un quelque part au-dessus d'eux.

Une rafale. L'alarme se tut. Le baron fit signe à Olga de le suivre et se mit à ramper sous la file de voitures en stationnement.

C'était une question de temps. Il fallait donner le change aux assassins en attendant l'arrivée de la police. Une question de chance aussi. La police viendrait-elle seulement ? Dimitri stoppa sa reptation, l'oreille aux aguets. Il n'entendait rien, ni sirène de police ni bruit de pas. Leurs agresseurs avaient-ils abandonné leur poursuite pour une raison ou une autre ?

Il se contorsionna pour apercevoir la rue. La chaussée était déserte. Par contre, impossible de savoir si le fourgon stationnait toujours au bout de la ruelle. La longue file de voitures l'empêchait de distinguer l'extrémité de la rue. Il grommela à mi-voix. Il ne pouvait pas rester là éternellement. S'agrippant aux mécanismes de la voiture au-dessus de lui, il progressa vers l'avant, se redressa lentement entre deux véhicules, surveillant la rue.

– C'est moi que tu cherches ?

Surpris, il leva la tête. Un homme se tenait sur le sommet de la Renault, son pistolet-mitrailleur braqué sur lui. De son visage, dissimulé par la capuche et l'écharpe, on n'apercevait que les yeux, noirs, vifs.

– Adieu !

L'homme appuya sur la gâchette. Une détonation retentit. Il s'écroula sur le toit de la voiture, mort. Dimitri se retourna à la recherche du tireur. La Jeep Cherokee de l'avenue Foch remontait la voie à toute allure. Deux hommes aux cheveux courts, le haut du corps à l'extérieur de la jeep, un fusil d'assaut entre les mains, tiraient sur le fourgon toujours garé en bout de rue. Des rafales leur répondirent.

Dimitri se baissa et aida Olga à s'extraire du dessous de la voiture.

– Filons d'ici !

Dans un crissement de frein, la jeep s'arrêta à portée de tir du fourgon gris. Les tirs s'intensifièrent. Pliés en deux pour éviter les balles perdues, Dimitri et Olga descendirent la rue au pas de course, tournèrent le coin. Au loin résonnait une sirène de police.

Les deux jeunes gens s'engouffrèrent dans une bouche de métro toute proche. Le cœur battant, ils passèrent par-dessus les tourniquets sous le regard indifférent des usagers, avant de se remettre à courir. Ils descendirent plusieurs escaliers et se retrouvèrent sur un quai peu fréquenté. Dimitri amena Olga jusqu'à un distributeur de friandises. Ils s'y tapirent, reprenant leur souffle, attendant la prochaine rame.

– Qu'est-ce qu'il s'est passé ? hoqueta la jeune femme, affolée. Qui étaient ces gens ?

– Aucune idée…

– Ils voulaient nous tuer ! s'écria-t-elle.

À son cri, des têtes se tournèrent vers eux.

– Ils sont loin à présent, murmura Dimitri. Calme-toi.

– Me calmer ! Comment veux-tu que je me calme ?

Il darda sur elle le gris pailleté d'or de ses iris.

– Cela a forcément un rapport avec le code Minotaure. Qui est au courant pour le mail qu'Alexeï m'a laissé ?

Elle baissa les yeux.

– Je veux juste rentrer à la maison…

– Dès que nous serons allés au théâtre du Châtelet…

Elle fourragea ses poches, en sortit un téléphone portable.

– Non. Tout de sui…

Elle s'arrêta au beau milieu de sa phrase, fixant son portable. Elle venait de recevoir un SMS.

– C'est eux, dit-elle d'une voix blanche…

Activation Apocalypse
24:48:11.010

La rame entra en station dans un sifflement strident.

– Qui ça eux ? questionna Dimitri, agacé par les non-dits d'Olga.

– Ils veulent nous parler, dit Olga, en lisant son SMS.

– Qui ils ? insista Dimitri.

– Les Russes. Ils… Ils m'ont appelée, hier. Ils veulent le code Minotaure…

Le baron sentit une légère vibration contre sa cuisse. Il avait également reçu un SMS. Il sortit son smartphone. « Nous désirons vous parler au sujet du code Minotaure. Rendez-vous au premier étage de la Tour Eiffel dans une demi-heure. » Le numéro était masqué. Aucune réponse n'était attendue.

– Qu'est-ce qu'on fait ? demanda Olga, bouleversée.

– On va au Châtelet !

Il lui prit la main, l'entraîna vers le train. Le signal de départ résonnait déjà. Ils s'engouffrèrent à l'intérieur alors que les portes se refermaient. La rame démarra. Olga s'effondra sur un strapontin, le visage dans les mains.

– Qu'est-ce qu'on va faire ? Ils vont nous tuer…

Dimitri hésita, puis s'accroupit devant elle.

– On va aller jusqu'au théâtre et après on avisera, fit-il, rassurant.

Elle releva le visage vers lui, désemparée.

– Tu ne comprends pas… Ce n'est pas la première fois qu'ils me contactent. Ils savent tout !

– Tout ?

– Qu'Alexeï est parti avec le code Minotaure… que…

Elle hésita.

– Que ? insista Dimitri.

– Qu'il t'a laissé un mail…

Le baron se redressa, irrité. Ainsi, elle avait révélé à d'autres qu'Alexeï l'avait chargé de retrouver le code Minotaure. L'attaque de cet après-midi prenait tout son sens. On ne voulait pas qu'il récupère le code Minotaure. Mais qui étaient ceux venus à leur secours ? Sans eux, le baron aurait terminé sa vie dans une ruelle parisienne, une balle entre les deux yeux.

– Ils vont nous tuer, sanglotait Olga, le visage entre les mains.

Dimitri ne lui accorda aucune attention. Les passagers de la rame le regardaient d'un air étrange. Il réalisa alors qu'il portait toujours son ample combinaison de cuir, plus ou moins en lambeaux sur tout le côté gauche, maculée de terre et de suie. Son visage ne devait pas être beau à voir non plus. Avec sa nuit blanche et les derniers événements, il devait avoir une tête de déterré. Et Olga qui ne cessait de pleurer... Il n'osait imaginer ce que les Parisiens présents pouvaient penser de lui.

– Salaud, murmura quelqu'un sans qu'il sache qui.

– C'est pas croyable… entendit-il ailleurs.

Il s'accroupit de nouveau devant Olga.

– Personne ne va te tuer. C'est après moi qu'ils en ont…

La jeune femme releva la tête. Ses larmes avaient tracé des sillons dans son maquillage, de la boue tâchait ses joues, sa lèvre s'était rouverte, mais loin de l'enlaidir, tous ces légers défauts donnaient envie de la prendre dans ses bras et de la réconforter. Dimitri, perplexe, s'en garda bien. Qu'est-ce que cette jolie petite tête lui cachait encore ?

– Et puis, reprit-il, les assassins n'ont pas pour habitude d'envoyer des SMS à leur victime pour leur donner rendez-vous.

Olga renifla.

– Je ne comprends plus rien…

– Je crois qu'il y a plusieurs groupes. Ceux du fourgon gris et ceux de la jeep. Les premiers veulent nous tuer. Les seconds veulent nous garder en vie. C'est probablement eux qui nous ont envoyé ce SMS.

Elle fronça les sourcils.

– On va au rendez-vous alors ?

Il fit « non » de la tête.

– Pas tant que nous ne savons pas à quoi sert exactement le code Minotaure. Alexeï ne voulait pas qu'il tombe entre de mauvaises mains. Je veux savoir pourquoi.

La jeune femme fit mine de lui parler, avant de renoncer et de se tourner vers le plan des correspondances.

– Est-ce que nous sommes loin du théâtre du Châtelet ? demanda-t-elle.

– Pas très loin. Nous devrons juste changer à Belleville.

Dimitri l'observa longuement durant le reste du voyage. Que s'était-elle apprêtée à dire ? Pourquoi tous ces mensonges, ces non-dits ? Qui étaient ces hommes à capuche ? Et ces Russes ? Que venaient faire des Russes dans cette histoire ? Vladimir avait parlé de mafia russe, mais il avait clairement menti. Est-ce que cette clé USB appartenait à un Russe ? Qui ? Il songea à son oncle Boris et frissonna à l'idée de ce que ferait un Spetsnaz comme lui avec l'arme la plus puissante au monde entre les mains, une arme sur une clé USB ? Malgré lui, l'image d'oncle Boris une clé USB entre les mains le fit sourire. Qu'est-ce qu'un ancien capitaine de Spetsnaz comme lui pourrait bien en faire ?

Les deux jeunes gens abandonnèrent leurs surpantalons dans les couloirs du métro, avant de prendre un escalier qui les mena directement sur la place du Châtelet, une vaste zone réservée aux piétons. En son centre trônait la Fontaine, une immense colonne surmontée d'une statue d'ange tenant des couronnes de Laurier. À ses pieds, quatre sphinx crachaient de l'eau par leur gueule grande ouverte dans un bassin. Dimitri et Olga en profitèrent pour se débarbouiller le visage. Les rares passants ne s'en étonnèrent même pas. Deux policiers effectuaient une ronde, un peu plus loin, et les observèrent un instant, avant de s'éloigner.

Deux bâtiments d'inspiration palladienne se dressaient de chaque côté de la place. Deux théâtres. Délaissant le théâtre de la Ville, Dimitri et Olga prirent la direction du théâtre du Châtelet.

– Elle est vraiment très belle, cette place du Châtelet, dit Olga abruptement. Et ce théâtre ! Il est vraiment magnifique !

Dimitri ne répondit pas. Ce n'était pas vraiment le moment de s'extasier sur les lieux. Sous les arcades de pierre blanche, ils trouvèrent les portes vitrées closes. Dimitri jeta un œil à sa montre. L'ouverture n'aurait lieu que pour la prochaine représentation vers 21 h. Ils ne pouvaient pas attendre tout ce temps.

Avisant à l'intérieur un vigile à la mine patibulaire et à la carrure imposante, Dimitri lui fit signe. L'autre ne bougea pas d'un iota. Dimitri sortit un billet de cinquante euros de sa poche et le plaqua sur la vitre. Le vigile hésita, puis s'approcha. Il jaugea les inconnus du regard et, à son air dédaigneux, le baron sut qu'il le considérait comme un avorton dont on se débarrasse d'une pichenette. Le vigile ouvrit la porte, bombant le torse, et empocha le billet.

– Qu'est-ce que vous voulez ?

– Mon amie a perdu un foulard à l'intérieur, mentit le baron. Nous voudrions juste le récupérer.

– Y a rien aux objets trouvés, grommela le vigile.

Il faisait jouer ses muscles sous sa veste étroite, étalant sa puissance physique avec morgue. Dimitri ne put s'empêcher de sourire. Il était clair que l'homme pratiquait la gonflette à outrance et c'était le genre de personnages qu'il ne craignait pas de combattre, tout dans les muscles et rien dans la tête.

– Nous pourrions vérifier nous-mêmes ? insista Dimitri.

– Non. Je laisse entrer personne.

Dimitri lui tendit un second billet de cinquante euros.

– Vous pourriez faire une exception…

– Mouais, fit le vigile en leur faisant signe d'entrer.

Il referma la porte à clé derrière eux.

– Elle était où, cette écharpe ?

Dimitri et Olga s'entreregardèrent. Visiblement, le vigile n'était pas disposé à les laisser pénétrer dans la salle comme ils l'escomptaient.

– Je ne me souviens plus bien, dit Olga, un doigt parfaitement manucuré posé sur ses lèvres rouges.

Dimitri imaginait mal le vigile succomber au charme d'une fille à la lèvre fendue et puis, ils n'avaient pas le temps de jouer au joli cœur. Il se dirigea résolument vers la salle. Advienne que pourra.

– Hep ! Monsieur !

– Je vais chercher cette écharpe !

Il continua d'avancer. La main puissante du vigile s'abattit sur son épaule, le fit pivoter avec force.

– Personne ne pénètre dans la salle ! aboya l'homme. P'tit con !

Son poing était déjà levé. Il frappa, mais n'atteignit que le vide. Aussi agile qu'un chat, Dimitri s'était fendu. Il balança un coup de poing dans les côtes du vigile. Sous le choc, l'homme expira l'air de ses poumons, se pencha en avant, essayant de reprendre son souffle. D'un pas, Dimitri fut dans son dos. Il passa son bras autour de son cou et lui enserra la gorge dans l'étau du creux de son coude. Le vigile s'agrippa à son bras pour le desserrer, mais déjà l'absence d'oxygène lui retirait ses forces.

– Ne le tue pas ! s'alarma Olga, apeurée.

Dimitri relâcha sa prise, accompagna le mouvement du vigile au sol, avant de tirer le corps inerte dans un coin non visible de l'extérieur.

– Surveille-le ! ordonna-t-il à Olga. Il est inconscient, mais pas pour longtemps. Si jamais il reprend ses esprits…

Il laissa sa phrase en suspens. Si le vigile reprenait ses esprits avant qu'il ne soit ressorti, Olga serait incapable de s'en charger quoi qu'il lui dise.

– Peu importe, lâcha-t-il avant de se précipiter vers la salle.

Il poussa deux grandes portes battantes et se retrouva en haut des gradins. La salle, magnifique, sièges en velours rouge et boiseries dorées, étalait son faste devant lui. Il avança en direction de l'orchestre, s'arrêta un moment pour tourner sur lui-même et admirer les balcons et les corbeilles. Il se promit de revenir assister un jour à une représentation. Du moins, s'il n'était pas déclaré persona non grata après son exploit du jour. Il trouva enfin la rangée M et la longea jusqu'au siège numéro 2, au beau milieu. Il s'assit, le cœur battant, passa sa main sous le siège, à la recherche de la moindre aspérité. Il sentit bientôt un papier épais sous ses doigts, une enveloppe. Il la récupéra et l'ouvrit, impatient. À l'intérieur, il découvrit une simple feuille. Trois mots étaient écrits dessus « Liberté », « Kandinsky » et « Rose ».

Dimitri les lut et les relut, avant de sourire. Sacré Alexeï.

Il plia le papier et le glissa dans son blouson, avant de remonter l'escalier et franchir les portes battantes.

– Les mains en l'air ! Vous êtes en état d'arrestation !

Deux agents de police le menaçaient de leurs armes depuis l'entrée du théâtre. À leur côté, le vigile, furieux, se massait la gorge.

– C'est lui, dit-il d'une voix de fausset.

Dimitri se figea, leva les mains en l'air. Le plan Vigipirate n'avait pas que du bon…

Quelques instants plus tard, il quittait le théâtre du Châtelet, menottes aux poignets, encadrés par les deux agents de police. Le vigile le regarda passer, l'air mauvais. Dimitri esquissa un sourire navré. Le vigile glissa son pouce sur sa gorge. Le message était on ne peut plus clair. Une voiture de police attendait le prisonnier. Un agent lui ouvrit la portière. C'est alors qu'il l'aperçue sur le trottoir d'en face. La rousse au manteau beige du cimetière. Elle le fixait. Le policier, une main sur la tête de Dimitri, le poussait vers l'habitacle. Il résista. Il fallait qu'il parle à cette femme. Qui était-elle ? Que faisait-elle au cimetière le matin même ? Elle ouvrit la bouche.

– Grimpe, bon sang ! aboya le policier.

La pression sur sa tête se fit plus intense. Dimitri se laissa embarquer et s'assit à côté d'Olga. Par la fenêtre, il vit la rousse lui faire des signes, tenter de lui expliquer quelque chose, sans qu'il parvienne à comprendre. La voiture démarra. L'inconnue, épaules basses, atterrée, la regarda s'éloigner.

– Tu as trouvé quelque chose ? murmura Olga.

– Oui, chuchota Dimitri, le regard braqué vers la rousse qui disparaissait au loin.

Activation Apocalypse
23:59:59.011

Dimitri et Olga se retrouvèrent derrière les barreaux pour coups et blessures. Ils se tenaient assis, la jeune femme serrée contre son compagnon, dans une espèce de cage qui abritait également un alcoolique comateux et un homme au visage tourmenté dont le regard torve ne cessait de détailler la silhouette d'Olga. Dimitri l'avait prise dans ses bras et surveillait l'homme du coin de l'œil. L'attente se faisait longue. La pendule dans le couloir extérieur indiquait dix neuf heures.

– Une heure qu'on attend, grommela Dimitri pour lui-même.

Un agent de police, muni de clés, s'approcha de la grille.

– Hep ! Vous deux !

Il ouvrit la porte. Dimitri et Olga se levèrent. Vassili Domachev dans son grand manteau noir apparut derrière les barreaux. Dimitri dut reconnaître à contrecœur qu'il était soulagé de le voir.

– Vous avez de la chance ! maugréa l'agent de police alors qu'ils sortaient de la cage. La plainte contre vous a été abandonnée.

Dimitri se demanda combien Alexandrov avait payé le vigile pour qu'il laisse tomber. Certainement très cher… En même temps, il en avait les moyens.

Une Mercedes noire les attendait à la sortie et démarra aussitôt qu'ils furent montés à bord. Vassili se tourna vers le baron.

– Vous aurez des explications à fournir à Monsieur Alexandrov ! fit-il, acerbe. Tâchez d'y réfléchir !

Dimitri eut soudain l'impression d'être retourné quinze ans en arrière alors qu'il n'était qu'un enfant qu'on sermonnait pour ses bêtises. L'image le fit sourire.

– Je vous conseille de faire profil bas, crut bon d'ajouter l'homme de main, se méprenant sur son sourire.

Le baron darda sur lui ses iris gris pailletés d'or.

– Vous feriez mieux de vous inquiéter pour votre patron, Vassili. C'est lui qui a beaucoup d'explications à me fournir.

Le trajet se passa dans un silence complet. Olga s'était recroquevillée sur la banquette, épuisée. Dimitri observait les rues parisiennes défiler sous ses yeux, jetant parfois un œil par la lunette arrière à la recherche d'un fourgon gris ou d'une Jeep Cherokee noire. Vassili regardait droit devant lui, immobile, impénétrable.

Ils se garèrent devant le fronton de l'hôtel particulier Alexandrov et Dimitri remarqua aussitôt que la garde avait été doublée. Les frères Bogdanov faisaient partie du comité de réception. Cyril vint ouvrir la portière du baron.

– Si vous voulez bien me suivre, fit Igor.

Le ton était cordial, mais Dimitri ne s'y trompa pas. C'était un ordre, pas une proposition. Les deux gardes le conduisirent dans le bureau de Vladimir et refermèrent les portes derrière lui. Un cigare entre ses lèvres, Alexandrov travaillait à la lecture de quelque document et ne releva pas la tête immédiatement. Dimitri préféra ignorer l'insulte et en profita pour observer la pièce où on ne lui avait jamais permis d'entrer jusqu'alors. Le sol, le plafond et le bas des murs disparaissaient sous d'épais lambris de chêne, donnant à l'ensemble un style très british. Une large bibliothèque prenait tout un mur. Les tranches brunes de livres de collection y alignaient leur luxe. Le bureau était un meuble ancien en noyer que Vladimir avait sans doute payé une fortune. Son plateau était recouvert d'une fine plaque de verre. Un canapé Chesterfield occupait le mur contigu au salon. Deux fauteuils promettaient le même confort devant le bureau de Vladimir. Dimitri choisit le plus proche de la fenêtre donnant sur le jardin et s'y assit.

Au bout d'un long moment, Alexandrov daigna relever la tête. Il tira sur son cigare, songeur, exhala une lourde bouffée de tabac. Dimitri plissa les yeux, gêné par l'âcre fumée. Vladimir retira le cigare de sa bouche. Le regard glacial de ses iris bleus plongea dans celui du baron. Dimitri ne lui laissa pas le plaisir de débuter la conversation.

– Je veux connaître la vérité. Qui a tué Alexeï ? Pourquoi ? Et qu'est-ce que le code Minotaure ?

Vladimir ouvrait la bouche. Dimitri l'interrompit.

– Et pas de salade ! Cette fois ! On cherche à m'abattre et je veux savoir pourquoi !

Vladimir referma la bouche, considéra longuement le baron, les traits sévères.

– Je n'ai jamais compris ce qu'Alexeï pouvait bien te trouver…

Une fois de plus, Dimitri fut indigné de ce tutoiement qui n'était plus de mise à présent qu'il était adulte.

– Tu n'as jamais beaucoup compris Alexeï, répliqua-t-il, adoptant le tutoiement à son tour. Pour moi ou autre chose.

Vladimir se carra dans son fauteuil.

– Que peux-tu bien connaître de mes relations avec mon fils ?

– Alexeï m'en parlait, mentit-il. Régulièrement. Il ne savait plus comment faire pour vous plaire, monsieur Alexandrov !

Vladimir eut un reniflement de mépris.

– Me plaire… Il n'en avait pas besoin pour toucher son héritage. Des milliards ! Des milliards que j'avais récoltés pour lui ! Pour lui seul !

– Il ne voulait pas de vos milliards ! Il voulait un père !

Vladimir ricana. Dimitri secoua la tête, réellement peiné pour cet homme imbu de son pouvoir et de sa fortune, incapable d'aimer. Vladimir se leva et vint se planter devant la fenêtre. Il tira une nouvelle fois sur son cigare et exhala en prenant son temps.

– On a tué Alexeï pour me faire peur.

– C'est qu'on vous connaissait bien mal, ironisa Dimitri.

– Oui, on me connaît bien mal, répondit Vladimir, le plus sérieusement du monde. Ils peuvent bien menacer de te tuer, toi aussi, ils ne m'empêcheront pas d'utiliser le code Minotaure…

Dimitri fronça les sourcils. Alexandrov essayait-il de passer pour un martyr ? Ce serait bien dans son genre.

– Qu'est-ce donc que ce fameux code Minotaure ? interrogea Dimitri.

Vladimir se tourna vers lui, sembla le jauger un instant.

– Tu as le droit de savoir…

Dimitri empêcha un « trop aimable » de franchir ses lèvres. Alexandrov retourna s'asseoir à son bureau, posa son cigare dans le cendrier, fixa le baron dans les yeux.

– Le code Minotaure est une sorte de clé. Il permet de contrôler un puissant virus informatique qui risque d'anéantir notre civilisation et de nous ramener au Moyen-Âge. Le virus Apocalypse.

Dimitri fronça de nouveau les sourcils.

– Un virus informatique ?

Il se souvint soudain de ce qu'il avait lu dans le journal à bord de l'avion qui le ramenait de Syrie. Un virus informatique inquiétait les gouvernements occidentaux. Ils accusaient la Russie d'en être à l'origine. Se pouvait-il qu'il s'agisse du même ? Vladimir le dévisageait, l'air satisfait.

– Oui, un virus qui empêche toute utilisation d'un ordinateur sans un reformatage complet, des heures de travail pour un technicien disposant des outils et des connaissances nécessaires.

D'après le journal, c'était un virus qui se propageait via le réseau Internet et qui avait contaminé tellement d'ordinateurs, de tablettes et smartphones que les autorités s'en inquiétaient. Personne ne semblait trop savoir à quoi il servait, mais Vladimir prétendait qu'il serait capable de mettre en berne les ordinateurs infectés.

– Il se déclenchera demain, à 19 h précise, poursuivit Vladimir. Partout. En même temps.

Partout ? En même temps ? Dimitri réalisa aussitôt l'impact destructeur d'un tel virus. L'humanité vivait dans un monde complètement informatisé. Sans ordinateur, sans tablette, sans smartphone, il serait impossible de communiquer au travers du réseau Internet. Est-ce qu'il existerait seulement encore ? Et ses amis syriens qui décriaient les horreurs du régime grâce à leurs blogs. Comment feraient-ils ? L'information ne circulerait tout simplement plus. Et s'il n'y avait que ça. L'argent était stocké sous forme électronique. Les transactions se faisaient toutes de manière virtuelle. Sans ordinateur, plus personne ne pourrait acheter quoi que ce soit. D'ailleurs, les magasins pourraient-ils encore pourvoir à la demande ? Les stocks, les caisses enregistreuses étaient également gérés par informatique. S'il n'y avait plus de nourriture, ce serait l'émeute. Et les forces de police, l'armée, les hôpitaux, tout était sous le contrôle de puces électroniques. À quel point, l'absence de réseau informatique impacterait-elle ces forces ? Tous seraient probablement rapidement débordés. Si la panne durait quelques heures, on s'en remettrait, mais sur plusieurs jours… ce serait l'anarchie la plus complète, un retour au chacun pour soi, des millions de morts par manque de soin, de nourriture, le chaos, la fin de la civilisation occidentale. Un long frisson lui parcourut l'échine alors qu'il prenait conscience de l'état d'asservissement de l'humanité à la technologie.

– Tu as compris ? grinça Vladimir, comme s'il s'étonnait que Dimitri soit doté d'un cerveau en état de marche.

– Mais qui aurait intérêt à utiliser pareil virus ? s'insurgea Dimitri. Ce serait pure folie !

Alexandrov arbora un sourire dédaigneux.

– Il y a plus de fous que tu ne crois sur Terre…

Dimitri ne se formalisa pas du mépris affiché. Son esprit demeurait accaparé par la recherche d'un motif à la création d'un pareil virus.

– Quel serait votre intérêt à une telle pagaille ?

– Qui t'a dit que j'y aurais un intérêt ? Je voulais empêcher tout cela, moi ! Mais Alexeï m'a volé le code Minotaure !

Dimitri resta indécis un instant, avant de sourire, amusé. Comment Vladimir espérait-il lui faire avaler pareille couleuvre ?

– À quoi sert précisément ce code Minotaure ?

– Je te l'ai dit… à contrôler le virus…

– Contrôler ? s'étonna Dimitri.

– Contrôler… détruire… peu importe, répliqua Vladimir. Sans le code Minotaure, rien n'est possible. Et tout cela est la faute d'Alexeï !

– Alexeï ne vous l'a pas volé sans raison, assura Dimitri. Il vous connaissait bien, très bien, même.

Vladimir, déstabilisé, resta silencieux un instant.

– Alexeï était un imbécile, finit-il par lâcher. À cause de lui, nous sommes tous en danger…

Dimitri se leva, furieux.

– Alexeï était loin d'être un imbécile !

Vladimir haussa les épaules.

– Si tu le dis… Mais il aurait pu faire appel à un meilleur enquêteur que toi pour retrouver le code Minotaure, non ?

Dimitri résista à l'envie de lui répondre vertement, s'obligea à décrisper les muscles de ses épaules. Le regard d'Alexandrov s'était fait acéré.

– Je pensais que ta petite sortie de ce matin te mènerait au code Minotaure, continua-t-il, mais non… rien… Je ne sais pas à quoi je pouvais m'attendre de ta part…

– Ainsi, vous aviez tout organisé… Et Olga ?

– Olga sait toujours où on est son intérêt. Elle n'est pas mon épouse pour rien…

Vladimir tendit la main vers lui.

– Et puisque nous en sommes aux confidences, j'apprécierais que tu me remettes ce que tu as trouvé au théâtre du Châtelet.

Dimitri se raidit. Qui le lui avait dit ? Olga n'avait pas pu le voir avant lui. Et elle était la seule à le savoir. Olga… Il se rappelait à présent son étrange comportement, sa propension à dire tout haut les noms des rues où ils se trouvaient. Il sourit, désabusé.

– Bien sûr… Olga m'a espionné pour votre compte. Elle portait un émetteur, n'est-ce pas ?

– Donne-moi ce que tu as trouvé, insista Alexandrov.

Dimitri sortit de sa poche de blouson la feuille qu'il avait découverte et la lui tendit. Il savait que Vladimir n'en tirerait rien. Alexeï avait bien manœuvré. Seul Dimitri pouvait comprendre de quoi il retournait. Alexandrov lut les trois mots, fronça les sourcils. Dimitri n'attendit pas et se dirigea vers la porte.

– Explique-moi ! aboya Vladimir dans son dos.

Dimitri ouvrit la porte et franchit le seuil.

– Tu crois peut-être avoir le choix ! s'écria Alexandrov.

Dimitri ne prit pas la peine de répondre, referma la porte, résolu à quitter les lieux au plus vite.

– Pauvre Alexeï. Tu n'avais aucune chance de t'en sortir.

Activation Apocalypse
23:02:05.012

Dimitri n'avait pas atteint le hall de l'entrée que les frères Bogdanov le rejoignaient. Le baron s'attendait à ce qu'ils le ramènent manu militari auprès de Vladimir, mais ils se contentèrent de rester près de lui. Visiblement, Alexandrov avait renoncé à utiliser des moyens violents. Il attendait juste que Dimitri aille chercher le code Minotaure. Le baron grimaça. Vladimir savait que même avec les Bogdanov sur le dos, il ne pourrait s'empêcher de retrouver ce code. Il y allait de la société humaine et des dernières volontés d'Alexeï. Il soupira. Il devrait trouver un moyen de leur fausser compagnie avant le lendemain matin. Il ne pouvait décemment pas leur permettre de mettre la main sur le code Minotaure. Qu'en ferait Alexandrov ? « Contrôler » avait-il dit ? Qu'est-ce que cela impliquait exactement ?

Son téléphone portable se mit à vibrer. Il se félicita de l'avoir mis en mode discret.

– Si vous permettez…

Sans attendre de réponse des Bogdanov, il alla s'enfermer dans les toilettes. Avec un peu de chance, Igor et Cyril respecteraient son intimité et n'iraient pas l'y espionner. Pour être certain de sa tranquillité, il fit couler l'eau, avant de décrocher.

– Baron Hennessy, vous n'êtes pas venu à notre rendez-vous. Nous sommes très déçus…

La voix avait un très lourd accent slave et Dimitri fut tenté, un instant, de répondre en russe, la langue de sa mère, mais il s'en abstint.

– C'est que j'ai un emploi du temps déjà bien rempli, fit-il à voix basse, et ma maman m'a toujours dit de ne pas suivre des inconnus…

Il y eut un court silence à l'autre bout. Dimitri crut entendre un chuchotement avant que la voix ne reprenne :

– Vous ne devriez pas plaisanter, baron. Vous êtes dans une situation périlleuse. Sans notre intervention de cet après-midi, vous seriez mort.

– Ah… Quelle bonté d'âme de m'avoir sauvé la vie ! Je suppose que vous avez quelque chose à me demander en échange…

– Le code Minotaure ! Livrez-le-nous !

– Il va falloir prendre un ticket et attendre votre tour. Vous n'êtes pas seul sur l'affaire…

– Baron, dois-je vous rappeler vos origines ? Vous avez la nationalité anglo-russe, n'est-ce pas ?

Les traits de Dimitri se durcirent.

– Ce n'est pas parce que ma mère était russe que je dois quoi que ce soit à la Russie.

– Avez-vous songé à votre oncle Boris ?

Dimitri fronça les sourcils. Non, il n'avait pas songé à son oncle et il ne voyait d'ailleurs pas ce qu'il venait faire dans cette histoire.

– Il serait malvenu, reprit la voix, pour un homme des forces spéciales tel que lui d'avoir un traître pour neveu.

– Vous êtes mal renseigné, s'amusa Dimitri. Mon oncle a quitté les forces spéciales depuis plusieurs années, déjà. Il n'a que faire de mes agissements.

– Vous avez tort, baron. Sa milice privée ne pourra pas perdurer sans le soutien de quelques riches financiers russes…

– Je suis persuadé que mon oncle sera heureux d'apprendre que son activité dépend de mon bon vouloir. Maintenant, si vous voulez bien m'excuser…

Il n'attendit pas de réponse et raccrocha. Son téléphone se remit à sonner. Il décrocha.

– Je n'ai pas changé d'avis…

– D'avis sur quoi, baron Hennessy ?

Cette fois, il avait affaire à une femme qui parlait un français avec un très léger accent anglais. Avait-elle un quelconque rapport avec ses précédents interlocuteurs ?

– Qui êtes-vous ? interrogea-t-il.

– Mon nom ne vous dirait rien, baron, je le crains. J'aimerais vous rencontrer. Ce soir.

Dimitri regarda la porte fermée devant lui.

– Pourquoi pas, mais ça risque d'être compliqué…

– Ah oui ? J'ai pourtant cru comprendre que vous étiez du genre débrouillard, du moins dans votre course aux pierres semi-précieuses.

Dimitri eut un doute. Est-ce qu'elle appelait pour le code Minotaure ou pour lui proposer l'une de ces opales qu'il recherchait âprement ?

– Qu'est-ce que vous me voulez exactement ?

– Parler avec vous de ce passage éclair au théâtre du Châtelet. Je ne savais pas qu'on y jouait en après-midi.

Dimitri devint songeur. Ainsi, Olga n'était pas la seule à l'espionner. Qui était cette femme ? Une tueuse à la botte de ceux qui voulaient raccourcir la durée de son existence ? Cela semblait bien trop subtil pour des encapuchonnés qui ne paraissaient capables que de jouer du pistolet-mitrailleur. Un nouveau pion de Vladimir ?

– Je n'ai pas le code Minotaure.

– Oh. Je le sais…

– Ah oui ? Alors pourquoi m'appeler ?

– Je pensais qu'apprendre la façon dont était mort votre ami Alexeï Alexandrov vous intéresserait, mais si ce n'est pas le cas…

– Attendez !

Il eut soudain peur qu'elle ne raccroche, le laissant sans réponse. Un choc ébranla la porte des toilettes.

– Qu'est-ce que vous faites là-dedans ?

Les garde-chiourmes s'impatientaient. Ils avaient bien choisi leur moment.

– C'est bon, leur fit Dimitri. J'arrive !

Il arrêta l'eau. Le bruit de pas lui indiqua qu'ils s'éloignaient.

– Que savez-vous sur la mort d'Alexeï ? murmura-t-il à l'intention de son interlocutrice.

– Pas au téléphone, baron. Il y a tellement d'oreilles malveillantes… n'est-ce pas ?

– Où ? se contenta-t-il de demander.

– Le pont des Arts. 21 h.

Elle raccrocha avant qu'il ne puisse ajouter un mot. Le pont des Arts. C'était le lieu idéal pour lui. Il avait justement à faire dans le coin. Un bip de son téléphone attira soudain son attention. Un compteur venait de se lancer. Le titre en était « Sortie ». Dimitri calcula rapidement. Il atteindrait zéro à 20 h 30, soit une demi-heure plus tard. Qu'est-ce que tout cela signifiait ? Un nouveau tambourinement contre la porte le fit se lever.

– J'arrive…

Il jeta un coup d'œil à sa montre, supprima le décompte de son téléphone portable et ouvrit.

– On ne peut même plus être tranquille, dit-il, arborant un air dépité.

– C'est que monsieur le baron est réclamé dans sa chambre, lui dit Igor, avec un sourire torve.

Il suivit les Bogdanov jusque dans sa chambre. Ils l'y firent entrer et refermèrent la porte derrière lui.

– Dimitri !

Olga se précipita dans ses bras.

– Enfin, tu es là ! ajouta-t-elle.

Elle se pressa contre lui, sanglotante.

– Vladimir…

Il la prit par les épaules et l'obligea à reculer. Sa pommette droite disparaissait sous un large hématome.

– Il t'a frappée ?

Elle se contenta de hocher la tête, les larmes roulant au bas de ses joues.

– Il dit que si tu ne lui ramènes pas le code Minotaure, il me fera subir encore pire.

– Quel charmant époux…

Elle cacha son visage dans ses mains, ne répondit rien, continuant de pleurer. Dimitri ne pouvait croire que Vladimir puisse agir de manière aussi vile, s'en prendre à une femme, à sa propre femme. Avait-il fait de même avec son fils ? L'avait-il questionné, torturé, au point que son cœur lâche ? En était-il capable ? Olga se pressa de nouveau contre lui. Il hésita à l'entourer de ses bras. Était-elle sincère ? N'était-elle qu'un pion sur l'échiquier du pouvoir Alexandrov ou une comédienne de talent tâchant de manipuler le pauvre ami d'Alexeï ? Il la prit finalement dans ses bras. Après tout, ça ne portait pas vraiment à conséquence. Elle se blottit contre lui, comme un petit animal apeuré. Au bout d'une minute, elle releva vers lui un visage noyé de larmes.

– Tu vas lui donner le code Minotaure, alors ?

Le doute se fit plus fort dans l'esprit du baron. À quel jeu jouait-elle ?

– Pourquoi ne pas m'avoir dit qu'on nous écoutait cet après-midi ?

Elle se dégagea de son étreinte, posa les mains sur ses joues.

– Tu vas croire que je suis de son côté, n'est-ce pas ? s'écria-t-elle. Mais je n'avais pas le choix !

Elle le suppliait du regard, tremblante. Elle disait la vérité. Il en était certain. Et pourtant…

– Et pour le mail d'Alexeï ? Tu n'avais pas le choix non plus ?

Elle sembla éperdue un instant, reprit contenance.

– Non… Je… Je ne savais pas qu'Alexeï m'avait envoyé un mail et… et Vladimir était là et… il a deviné. Je n'ai rien pu faire.

– Il a deviné que tu avais reçu un mail d'Alexeï ?

Elle baissa la tête.

– Je… J'ai dit son nom quand j'ai vu son message alors…

Devait-il la croire ? Était-elle aussi bête pour avoir ainsi trahi Alexeï ? Il devait y avoir une part de sincérité dans ses propos puisque son sixième sens ne lui hurlait pas aux oreilles qu'elle mentait. Et pourtant, elle ne lui disait pas l'entière vérité, il en était persuadé. Elle le regardait, indécise. Il capitula.

– Tu diras à Vladimir que je lui ramènerai le code Minotaure.

– Vrai ?

Le visage d'Olga s'était illuminé.

– Vrai, se contenta-t-il de répondre. Mais à présent, il faut que j'y aille… Tu as toujours la carte pour la porte latérale ?

L'inquiétude ravagea les traits de la jeune femme.

– Non. Tu ne peux pas sortir seul. Tu ne dois pas !

– Ah bon ? Et pourquoi ?

– Parce que Vladimir ne croira jamais que tu vas lui donner le code Minotaure si tu pars seul !

– Tu veux m'accompagner ?

Elle fit un pas en arrière.

– Cyril et Igor sont là pour ça…

– Je vois… fit-il, songeur.

Des larmes de crocodile se remirent à couler sur les joues d'Olga.

– J'ai trop peur. Dehors… je ne veux pas mourir. Je n'ai rien à voir dans toute cette histoire, moi…

Elle n'avait pas tort. Ceux de ce matin et de cet après-midi étaient sans doute toujours sur leurs traces. Pourtant, Dimitri ne les craignait pas. Les Russes avaient trop intérêt à ce qu'il ramène le code Minotaure. Ils assureraient sa protection. Du moins, il l'espérait.

– Très bien alors. Reste ici, Olga.

Les larmes de la jeune femme s'interrompirent aussitôt.

– Et toi ?

– Je dois rencontrer des gens, des gens qui ne peuvent pas attendre…

Il jeta un regard à sa montre. Il ne restait plus que dix minutes avant la fin du chronomètre.

– Et Igor et Cyril ne peuvent pas t'accompagner ?

– Non, fit-il, sèchement.

La jeune femme s'assit sur le lit, replia ses bras sur elle.

– Est-ce que tu as toujours cette carte à puces ? demanda de nouveau Dimitri, mais cette fois avec douceur.

– Non, dit-elle avec une voix de petite fille prise en faute.

– Et elle se trouve où, cette carte à puces, à présent ?

Elle ouvrit de grands yeux étonnés.

– Je ne sais pas, moi.

– Évidemment… soupira Dimitri.

– C'est vrai ! Je t'assure !

Elle s'était levée et tendait ses mains jointes vers lui.

– Je te crois… Je te crois…

Elle baissa les bras. Comment allait-il quitter une propriété gardée comme celle d'Alexandrov ? Il connaissait les lieux pour les avoir parcourus maintes fois, enfant, et n'entrevoyait aucune échappatoire. Il pensa un instant téléphoner à la police, mais s'en abstint. Le temps qu'ils arrivent sur place, l'heure de son rendez-vous avec l'inconnue serait passée. Et puis, après son arrestation, cela lui semblait malvenu… Il fallait pourtant qu'il sorte. Si l'inconnue avait la moindre bribe d'informations sur la mort d'Alexeï… L'inconnue… L'odieux chantage de Vladimir sur sa propre épouse laissait penser que l'inconnue ne travaillait pas pour lui. Il n'aurait pas eu besoin d'en arriver là avec Olga s'il avait eu une autre solution sous le coude, du moins, Dimitri le supposait. Qui était-elle donc ? Se pouvait-il que ce soit la rousse du cimetière ? Celle qu'il avait revue près de la place du Châtelet ? Après tout, le pont des Arts en était tout proche.

– À quoi penses-tu ?

La voix d'Olga le ramena au présent. Il jeta un nouveau regard à sa montre. Il restait six petites minutes.

– Tu es disposée à m'aider, n'est-ce pas, Olga ?

– Bien sûr ! Je ferai tout pour toi…

Elle eut une moue suggestive.

– Parfait. Tu vas faire croire que je suis sorti par la fenêtre.

– Quoi ?

– Tu vas ouvrir la porte et crier aux deux zigotos que je me suis échappé par la fenêtre.

La fenêtre donnait sur un balcon. Et de là, en se suspendant par les bras, il était aisé de se laisser tomber jusqu'au jardin à l'arrière de la maison. Dimitri supposait que sa fuite causerait un certain affolement parmi les gardes et qu'ils quitteraient la maison pour le chercher dans le jardin. Il ne leur faudrait que quelques minutes pour se rendre compte qu'il ne s'y trouvait pas, mais il aurait le temps de rejoindre la porte latérale et de l'ouvrir, même s'il ne savait pas encore exactement comment. Ensuite, il lui faudrait compter sur la chance. Il ouvrit la fenêtre, se plaqua contre le mur derrière la porte et fit signe à Olga d'y aller. Elle hésitait. Il restait moins de cinq minutes avant la fin du chronomètre. Enfin, elle ouvrit la porte, prenant un air affolé.

– Dimitri ! Dimitri s'est enfui par la fenêtre !

Les Bogdanov bondirent dans la pièce. Dimitri en profita pour s'éclipser. Il emprunta le couloir en courant, se dirigea vers l'escalier. Il allait s'y engouffrer quand il avisa qu'un homme le montait. Il poussa la première porte à sa portée, pénétra dans la pièce et colla l'oreille à l'huis pour suivre la progression du garde. Une fois l'homme passé, il entrebâilla la porte et vérifia qu'il n'y avait plus personne dans le couloir. Il entendait des cris en provenance de sa chambre. Les Bogdanov dirigeaient les recherches. Dimitri dévala l'escalier, prêt à se cacher à la moindre présence. Il ne vit personne. D'un pas rapide, il se dirigea vers les cuisines, descendit l'escalier qui menait au sous-sol. Il allait avancer dans le long couloir menant à la porte latérale quand il entendit des voix. Il se planqua derrière l'escalier.

– Ce petit merdeux ne peut pas être bien loin ! La propriété est clôturée de murs ! Mettez la main dessus et vite si vous ne voulez pas que je m'occupe personnellement de vous !

Vassili, l'oreillette vissée à l'oreille, grimpa les marches menant à l'étage sans s'apercevoir de la présence de Dimitri. Le jeune homme quitta son abri et pénétra dans la salle de sport. Il pensait pouvoir y trouver le nécessaire à l'ouverture d'une porte. Un vélo d'appartement et un rameur faisaient face à un écran de télévision géant. Sur un petit meuble, des haltères attendaient d'être utilisés. Une échelle était fixée au mur. En voyant l'équipement, le baron se dit que tout cela serait plus utile aux gardes qu'au maître de maison. Vladimir ne devait jamais descendre dans cette pièce. Dimitri avisa la longue barre de métal du banc de musculation. On n'avait même pas pris la peine de la munir de poids. Il la soupesa et la jugea suffisante pour ce qu'il voulait en faire. Il entrouvrit la porte de la salle de sport. Le couloir était désert. Il s'y aventura, gagna le bas de l'escalier et le gravit quatre à quatre, ne faisant une pause qu'en haut des marches pour vérifier que personne ne s'y trouvait. Il allait atteindre le palier quand, dans un hurlement strident à vous briser les tympans, l'alarme de la maison se déclencha. Toutes les lumières autour de Dimitri s'allumèrent. Il crut un instant avoir été découvert, mais il n'y avait personne. Il jeta un œil à sa montre. Il était pile 20 h 30. Était-ce cette inconnue qui lui donnait un coup de main pour sortir ? Elle aurait sans doute mieux fait de lui envoyer un hélicoptère. Il s'approcha de la porte. Une diode rouge indiquait qu'elle était fermée. Il leva la barre au-dessus de la serrure électronique et vit la diode virer au vert. Son téléphone se mit à vibrer contre sa cuisse. Il baissa la barre, lut le message.

– C'est ouvert…

Perplexe, Dimitri entrebâilla la porte. La propriété Alexandrov brillait de mille feux dans la nuit noire. Vassili avait fait allumer toutes les lumières du jardin. Un avantage pour voir. Un inconvénient pour ne pas être vu. De l'autre côté du passage, Dimitri pouvait apercevoir la porte menant au garage. Sa diode était verte. Il ne restait qu'à s'occuper des deux gardes qui faisaient le pied de grue devant. Dimitri les observa. L'un d'eux venait d'attirer l'attention de l'autre vers quelque chose dans le ciel. Dimitri leva la tête et vit un drone. L'engin volant tourna autour des deux gardes avant de s'éloigner. L'un des deux sortit son téléphone portable, mais la sirène, toujours hurlante, empêchait la moindre communication. Il finit par ranger son téléphone et suivre le drone.

– Une aide bien utile, fit le baron pour lui-même.

Il ouvrit complètement la porte latérale, demeurant masqué derrière l'huis et attendit. Le garde restant ne pourrait que s'étonner de voir la porte ainsi ouverte et ne devrait pas tarder à venir vérifier ce qu'il se passait. Avec un peu de chance… La sirène stoppa aussi soudainement qu'elle s'était déclenchée. Au même instant, Dimitri aperçut le canon d'un pistolet qui dépassait de la porte. Le garde était venu vérifier, comme il l'escomptait. Dimitri se saisit du canon, tira. Surpris, le garde fut entraîné en avant. Dimitri lui balança son poing fermé dans le visage. Sous le coup, l'homme lâcha son pistolet et recula d'un pas. Dimitri ramassa l'arme et en menaça le garde, qui leva aussitôt les mains en l'air, hébété. Dimitri s'avança et abattit la crosse sur le crâne de l'homme, qui s'écroula, inconscient, à ses pieds.

Dimitri se précipita à l'extérieur. La diode du garage était toujours verte. Il poussa la porte, s'engouffra à l'intérieur.

– Si vous m'entendez, fit-il dans le vide, il va falloir m'ouvrir cette porte et la grille !

Il s'empara d'un casque, enfourcha une magnifique Kawasaki Ninja bleu métallisé, la démarra et poussa les gaz à fond. La grande porte se mit à coulisser vers le haut. Dans un vacarme infernal, le baron sortit du garage. La grille était déjà entrouverte. Dimitri fit bondir la moto, balança un coup de pied à un garde qui s'approchait trop près à son goût et quitta la propriété. Un regard en arrière lui apprit que les hommes d'Alexandrov fonçaient vers le garage. On allait le prendre en filature. Du moins, essayer. L'instant d'après, il fonçait en direction du périphérique parisien, poussant la moto à pleine vitesse.

Activation Apocalypse
21:49:10.013

Quand il fut certain de n'être suivi par personne, Dimitri prit la direction des quais de Seine. Savourant la douceur de la nuit, il ralentit jusqu'à une allure raisonnable et s'engagea sur la voie Georges Pompidou. Au loin, droit devant lui, la Tour Eiffel illuminée se dressait fièrement, dépassant de sa haute taille les plus proches immeubles. À sa droite, la Seine s'écoulait paisiblement. De rares bateaux-mouches y naviguaient, éclatants de mille feux sur l'eau sombre.

Au niveau du pont de Grenelle, bien avant le pont des Arts, Dimitri ralentit et fit grimper son engin sur le petit trottoir. Moteur tournant, il observa intensément les véhicules qui passaient, mais n'aperçut ni voiture pouvant appartenir à Alexandrov, ni jeep Cherokee, ni fourgon gris. Il s'estima seul et reprit sa route. Il dépassa le pont des Arts et se gara près d'un bouquiniste, fermé à cette heure tardive.

Jetant des regards autour de lui, tendu, épiant le moindre geste suspect, il avança vers le pont de métal aux sept arches et en gravit les larges degrés. De nombreux amoureux enlacés encombraient la passerelle. Par contre, il n'y avait aucune trace des cadenas que fixaient les couples aux grilles du pont pour sceller leur amour et qui avaient valu son surnom de « Pont des Amours » au pont des Arts. Le poids des cadenas, en nombre toujours plus grand, avait fini par faire ployer le pont et la mairie avait dû se résoudre à les retirer et à mettre en place des panneaux vitrés pour empêcher leur retour. Dimitri esquissa un sourire. Si le pont des Arts échappait désormais à cette pratique, ce n'était pas le cas pour les ponts alentours. Quand une mode avait le vent en poupe, il était difficile de l'abolir, surtout quand elle concernait l'amour.

Dimitri chercha du regard la rousse au manteau beige, sans la trouver. Il consulta sa montre. Il était un peu en avance. Il s'adossa au bastingage, les yeux rivés sur les passants, aux aguets.

De hautes bottes de cuir rouge attirèrent bientôt son attention. Elles recouvraient le bas des jambes d'une fille coiffée à la mode des mangas, coupe courte et deux longues mèches de cheveux auburn encadrant un visage agréable. Un long manteau de cuir aussi rouge que ses bottes dissimulait un corps que Dimitri devina svelte. Une balafre sanguinolente lui ouvrait la gorge sans que cela paraisse la gêner. D'une démarche féline, elle vint jusqu'à lui. Il réalisa que ce qu'il avait pris pour une balafre était en fait un ras du cou de soie rouge. Elle s'accouda à son côté.

– Merci d'être venu, baron.

Ce n'était donc pas la rousse qui lui avait donné rendez-vous, mais cette inconnue. Il la dévisagea avec plus d'attention sous la lumière des réverbères. Son manteau comportait un laçage sur chaque bras qui descendait depuis sa nuque jusqu'à ses coudes. Plusieurs sangles de cuir noir et des fermetures éclair finissaient d'en faire un vêtement typiquement gothique. Pourtant, ses lèvres pleines ne portaient aucune trace de maquillage. Ses iris couleur émeraude échappaient à tout fard à paupières. Sa peau mate ne se trouvait rehaussée d'aucun blush. Le contraste entre la technicité de son manteau et le naturel de son visage la rendait sauvage, pleine de surprises.

– Qui êtes-vous ? demanda Dimitri, avec curiosité.

Elle lui sourit avec assurance.

– Roxane Harris. Interpol.

Elle lui mentait, mais sur quoi exactement ? Son nom ou sa fonction ? Il la détailla du regard. Elle n'avait rien d'un agent de police. Sa coiffure, ses vêtements, son style, tout contredisait son affirmation.

– Vous n'avez pas été suivi, au moins, baron ?

Elle avait une façon de dire « baron » avec une légère pointe d'accent anglais qui lui plaisait beaucoup.

– Pas à ma connaissance.

– Parfait. Autant continuer ainsi. Éteignez donc votre portable et retirez-en la carte SIM. N'importe quel pirate est capable de vous suivre grâce à sa puce.

– Un pirate capable de déclencher une alarme incendie et d'ouvrir des portes à distance ? Ce genre de pirate ?

Elle lui sourit, amusée.

– Ce genre-là, oui.

Il fit ce qu'elle lui demandait.

– Venez ! Allons discuter dans un endroit plus discret.

Ils s'installèrent dans un café tout proche, le Fumoir, un lieu visiblement à la mode tant la place y manquait. On pouvait y boire un verre tout en dégustant un ouvrage de la bibliothèque laissée à la disposition du public. Roxane s'adressa à l'accueil. On lui indiqua une table. Les deux jeunes gens s'y installèrent, à deux pas d'un vaste canapé de cuir brun au style purement british occupé par trois adolescentes blondes aux rires exubérants.

Dimitri observa les lieux. Il appréciait le concept du Fumoir. Associer lecture et détente ne pouvait faire que des heureux. Ici ou là, des gens lisaient tout en buvant un verre ou discutaient, certainement de leurs lectures. Il se promit de revenir dans ce bar, à un moment plus calme de sa vie.

– Sympa cet endroit.

Roxane acquiesça, laissant son regard errer amoureusement sur les étagères croulant sous les livres, avant de le poser sur lui.

– Je dois vous remercier pour tout à l'heure, reprit Dimitri. Sans votre intervention, je serais encore chez les Alexandrov.

– De rien, lui dit-elle, avec un sourire chaleureux.

Le serveur s'approcha.

– Deux Naugthy Nuts, s'il vous plaît, commanda Roxane d'office.

Le serveur s'éloigna. Roxane se leva, retira son manteau de cuir. Dessous, elle portait un haut noir à longues manches aux épaules nues.

– Qu'est-ce que c'est, un Naugthy Nuts ? questionna Dimitri alors qu'elle se rasseyait.

D'un élégant mouvement de la main, elle remit en place l'une de ses longues mèches.

– C'est l'un des meilleurs breuvages au monde. Un mélange de chocolat, de café, de noisettes grillées et de crème battue. Vous auriez préféré un whisky écossais ?

Il sourit.

– Je vois que vous êtes bien renseignée sur mon compte. Je déplore de ne pas en savoir autant sur vous.

Elle eut un sourire mi-amusé, mi-contrit.

– Il n'y a pas grand-chose à savoir sur moi, baron.

– Pourtant, savoir comment vous vous êtes retrouvée au sein d'Interpol m'intéresserait énormément, fit Dimitri, ironique.

Le sourire de Roxane disparut.

– Savoir qui cherche à vous tuer vous intéresserait sans doute davantage.

– Je vous écoute…

– Votre ami Alexeï a volé une clé USB à son père.

– Je suis au courant.

– Et vous savez qu'elle contient un code capable de stopper Apocalypse.

– J'ai cru le comprendre, oui.

En fait, il se rappelait clairement que Vladimir avait dit que le code Minotaure servait à contrôler et pas seulement à arrêter le virus Apocalypse. Est-ce que Roxane l'ignorait ou tentait-elle de le lui cacher ? Le serveur apporta leur commande. Des effluves capiteux de chocolat emplirent l'air.

– Le développeur du virus Apocalypse est un Russe, reprit Roxane, un certain Loukian Minovitch. Il a passé de longs mois à mettre au point un virus pratiquement indétectable et capable de se transmettre rapidement au travers du réseau Internet.

Aujourd'hui, ce virus semble être présent sur des milliards de terminaux à travers la planète. S'il se déclenche, les ordinateurs, les serveurs s'arrêteront, partout dans le monde.

— Et nous retournerons au Moyen-Âge... Je suppose que ce Loukian Minovitch a d'excellentes raisons d'agir ainsi...

— Son fils, Piotr, a été tué par une milice russe. Loukian a... comment dire ?

Elle haussa joliment les épaules.

— Il a pété les plombs. Sa vengeance devait s'appliquer à la seule Russie, j'imagine, mais son virus ne connaît pas les frontières...

— Il a quand même développé le code Minotaure, fit valoir Dimitri. C'est qu'il veut stopper son virus, non ?

Roxane prit l'une des tasses de chocolat entre ses mains et en but une petite gorgée. Son visage arbora soudain la mine d'un chat réjoui après une bonne lampée de lait. Cela fit sourire Dimitri. Il goûta à son tour et dut reconnaître que ce n'était pas mauvais, même pour un amateur de whisky comme lui.

— Il n'a pas développé le code Minotaure, expliqua Roxane. C'est Alexandrov qui en est l'instigateur.

Dimitri, surpris, reposa sa tasse.

— Comment ?

— Il a eu vent du projet et a payé les développeurs de Minovitch pour qu'ils élaborent le code Minotaure.

Elle reprit une gorgée du breuvage fumant. Dimitri réfléchissait.

— C'est Vladimir Alexandrov qui a lancé le virus Apocalypse alors ?

Roxane acquiesça.

– Il semble que oui. Il voulait certainement faire chanter le gouvernement russe, il a quelques sociétés là-bas, mais la bête lui a échappé…

– Et Minovitch ?

Elle planta son regard dans le sien.

– Il essaye de vous tuer pour que vous ne retrouviez jamais le code Minotaure.

– Il est sur Paris ?

– Oui.

– Où ?

Elle sourit.

– Si je le savais…

Dimitri se laissa aller contre son dossier, songeur. Ainsi, tout était le fait de Vladimir Alexandrov. Il avait lui-même lancé le virus sans se soucier de son impact destructeur. Et tout cela pour quel motif ? Juste gagner quelques milliards de plus ? Être auréolé de la gloire du sauveur en stoppant la bête ? Ou obtenir davantage de pouvoir en faisant chanter gouvernements et sociétés ? Quelles que soient ses raisons, Vladimir était décidément un beau salaud. Et Alexeï qui cherchait par tous les moyens à s'en faire aimer. C'était mission impossible. Voler le code Minotaure avait dû lui demander un sacré courage, un courage qu'il avait payé de sa vie. Dimitri releva la tête et fixa Roxane.

– Qui a tué Alexeï ?

Elle soupira.

– Je n'en sais rien…

– Au téléphone, vous m'aviez dit que…

Il comprit soudain.

– Vous vouliez juste m'appâter et me faire venir ici. Je doute que ce soit pour m'expliquer toute l'histoire alors pourquoi ?

– Vous avez besoin d'aide, baron, pour retrouver ce code Minotaure.

Il la dévisagea longuement. Alexeï lui avait dit dans son mail de ne faire confiance à personne. Avec raison. Ce code Minotaure était une arme puissante. Entre de mauvaises mains, qui pouvait savoir à quoi cela mènerait ? Roxane Harris était-elle une amie ou une ennemie ?

– Et quand nous l'aurons retrouvé ? questionna-t-il.

Elle sembla étonnée. Cela ne désarma pas la suspicion de Dimitri.

– Nous pourrons stopper Apocalypse, dit-elle.

Il resta un long moment silencieux, se décida pour la franchise.

– Pour qui travaillez-vous, Roxane Harris ?

Elle hésita un court instant.

– Je vous l'ai dit au téléphone… Interpol.

Sa réponse était teintée de mensonge, il le sentait, et pourtant, il y décelait aussi une part de vérité. Travaillait-elle réellement pour cette organisation ? Il lui faudrait en avoir le cœur net, d'une manière ou d'une autre. En attendant, il ne pouvait lui faire confiance. Il se leva.

– J'espérais que vous auriez changé de version, fit-il.

Elle se leva à son tour.

– Baron, vous ne pourrez pas retrouver ce code sans aide. Et je suis la meilleure offre sur le tapis.

– Je vais y réfléchir…

– Vous n'avez pas le temps de réfléchir… Minovitch et Alexandrov ne vous feront pas de cadeaux.

– Et vous comptez me protéger ? ironisa-t-il.

Ses lèvres esquissèrent une moue gênée.

– Vous aider et ce n'est déjà pas si mal… Une fois Apocalypse stoppé, vous serez en sécurité.

Il resta silencieux, la dévisageant, essayant de deviner ce que cachait la beauté troublante de la jeune femme.

– D'ailleurs, vous devriez me dire ce que vous avez trouvé au théâtre du Châtelet, assura-t-elle, brisant le charme.

Il eut un sourire désabusé.

– En fait, c'est vous qui avez besoin d'aide… Pas moi.

Le visage de Roxane se ferma.

– Si c'est ce que vous pensez, fit-elle, sèchement.

Il l'avait blessée et le regrettait déjà. Qui sait s'il n'aurait pas besoin de cette aide qu'elle lui avait généreusement offerte.

– Laissez-moi votre numéro, proposa-t-il sur un coup de tête.

Un voile de contrariété envahit ses prunelles pour se dissiper presque aussitôt.

– Je vais vous donner un numéro de boîte vocale plutôt. Vous n'aurez qu'à m'y laisser un message.

Dimitri fronça les sourcils, suspicieux.

– Et pourquoi pas votre portable ?

Elle lui sourit, amusée.

– Si vous saviez ce qu'on peut tirer comme informations d'un téléphone portable. D'ailleurs, je vous suggère d'utiliser le vôtre le moins possible, voire de vous en séparer, du moins si vous ne voulez pas que Loukian Minovitch vous retrouve une fois de plus…

– Je suis sur écoute ?

Son sourire s'élargit.

– Vous savez, tout le monde est plus ou moins sur écoute… Certaines personnes peuvent avoir plus ou moins accès à vos conversations téléphoniques, à vos mails, à vos comptes bancaires ou même à vos déplacements.

– Des personnes telles que vous, conclut-il.

– Des personnes telles que Loukian Minovitch, corrigea-t-elle. D'ailleurs…

Elle fouilla les poches de son manteau et en extirpa un petit téléphone qu'elle lui tendit.

– Il n'a pas les capacités d'un Apple ou d'un Samsung dernière génération, mais il permet de téléphoner, ce qui n'est déjà pas si mal pour un téléphone…

Il le prit, reconnaissant.

– Merci.

Elle se rassit.

– J'attends votre appel…

– À bientôt, Roxane, se contenta-t-il de répondre.

Elle prit sa tasse de chocolat, la porta à ses lèvres, se désintéressant de lui. Il se dirigea vers la sortie, songeur.

Activation Apocalypse
21:05:12.014

Dimitri sortit du Fumoir et détailla les lieux du regard. Il se sentait plus en danger que jamais. Là, sous ce réverbère, cette silhouette pouvait-elle être celle d'un tueur de Minovitch ? Elle fit un pas sur le côté, révélant un homme au téléphone. D'après les échos de sa conversation, Dimitri comprit qu'il attendait des amis, en retard. Le baron se détendit. Il jeta un nouveau coup d'œil à droite et à gauche. À part l'homme au téléphone, il n'y avait personne. Il ferma son blouson et se dirigea sur sa droite. Il était à peine vingt deux heures et il avait une visite à faire.

Il marchait d'un bon pas, son souffle formant des petits nuages de buée dans l'air froid. Il rencontra quelques groupes de joyeux noceurs, des couples enlacés, mais personne qu'il puisse suspecter de vouloir le tuer. Cela ne l'empêchait pas de vérifier régulièrement qu'il n'était pas suivi par de rapides coups d'œil par-dessus son épaule. Et il n'avait pas remis la carte SIM dans son portable, écoutant les conseils de Roxane.

Tout en marchant, il pensait à la jeune femme et à ce qu'elle lui avait raconté. Avec un tel virus en circulation, il s'étonnait que la CIA, le MI-6 ou la DGSE ne soient pas entrés dans la danse. Était-il possible qu'ils ne soient pas au courant de l'existence du code Minotaure ? Et les policiers présents à l'enterrement ? Pourquoi n'avaient-ils pas fait leur réapparition ? Est-ce qu'Alexandrov les avait muselés grâce à ses puissants appuis ? Un coup de fil au ministre de l'Intérieur devait grandement aider… À moins qu'ils ne soient passés en son absence. Le SVR des Russes, lui, était entré dans le jeu. Même si leurs tentatives de chantage s'étaient révélées peu probantes pour le moment, il fallait qu'il s'en méfie. Avec eux, on ne savait jamais à quoi s'attendre. Son oncle Boris le lui avait suffisamment répété durant sa jeunesse.

Penser à lui en de telles circonstances le fit sourire. Tonton Boris… Le frère de sa mère. Après la mort des parents de Dimitri, il avait décidé de prendre le jeune garçon de onze ans sous son aile. Oubliés les séjours, l'été, sur quelque plage paradisiaque à l'autre bout du monde, tonton Boris avait d'autres projets pour son neveu. Sur les deux longs mois de vacances, Dimitri n'était parvenu à préserver que deux semaines qu'il passait avec son ami Alexeï à Paris et en Écosse. Le reste de son temps, il était convoqué par Boris en Russie. C'est là qu'il partageait l'entraînement des Spetsnaz. Son oncle n'était pas capitaine dans les forces spéciales russes pour rien. Dimitri l'avait détesté pour ces longues heures passées sous un soleil de plomb à se battre contre des adultes bien plus forts que lui, à franchir des parcours du combattant, à apprendre les techniques du sambo, cet art martial russe, à se muscler, encore et encore. Et puis, les années passant, il avait pris de plus en plus de plaisir à ces longues excursions en pleine campagne, à manger ce que le groupe chassait, à dormir à la belle étoile, à s'encanailler aux blagues égrillardes des Spetsnaz. Il continuait les entraînements loin de la Russie et, chaque année, grandi de quelques centimètres supplémentaires, enhardi, animé d'une volonté farouche, il s'imposait un peu plus aux hommes de son oncle, pour le plus grand plaisir de ce dernier.

C'est la tête pleine de ses souvenirs heureux qu'il arriva à la place du Châtelet. Il n'était pas encore 22 h. Devant lui, le théâtre du Châtelet donnait toujours West Side Story et un instant, Dimitri crut entendre la mélodie de Maria flotter dans l'air. Cela ramena ses pensées à Alexeï. Son ami chantonnait si souvent cette chanson. La tristesse s'abattit sur lui.

Il délaissa le théâtre et traversa la place. En face se trouvait un autre théâtre, celui de la Ville. Alexeï lui en parlait régulièrement depuis quelques mois. Il s'y était fait des amis parmi le personnel. Les seuls amis qu'il avait à Paris, à l'entendre. Dimitri espérait qu'Alexeï s'était confié à l'un d'entre eux sur ses intentions de voler le code Minotaure à son père. Il n'y croyait guère, mais c'était sa seule piste.

Il laissa la porte d'entrée du théâtre sur sa droite et avança jusqu'à la Seine. Il s'y arrêta un court instant pour contempler le pont de Change et la Conciergerie, brillamment éclairés, avant de longer le fleuve. Les lieux étaient calmes. De rares bateaux-mouches remontaient le courant, leurs touristes bien au chaud derrière les vitres. Dimitri frissonna, remonta le col de son blouson, allongea le pas, bifurqua dans la petite rue Adolphe Adam.

Une simple porte donnait accès à l'entrée des artistes du théâtre de la Ville. Un homme y fumait une cigarette. Légèrement ventripotent, le cheveu rare, le visage bouffi, les lèvres épaisses, la mine sinistre, il n'inspirait pas véritablement confiance. Dimitri s'approcha. L'autre lui lança un regard mauvais.

– Bonsoir.

– Bonsoir, grommela son interlocuteur, sur la défensive.

– Ma requête va vous sembler étrange…

– Nan, aboya le grassouillet personnage. On visite pas les coulisses, mon pote !

Dimitri hocha la tête. Il comprenait mieux l'agressivité de l'autre. On devait souvent lui demander des passe-droits.

– Je ne veux pas visiter les coulisses, affirma-t-il.

– Ah non ? fit l'autre, peu enclin à le croire.

– Je cherche un… une connaissance… quelqu'un qui connaîtrait, enfin, aurait connu Alexeï Alexandrov.

L'autre fronça les sourcils, balança sa cigarette par terre.

– Et qu'est-ce que tu lui veux à Alexeï Alexandrov ?

– Je suis Dimitri Hennessy, l'un de ses amis, et…

À ce nom, un sourire jovial transforma les traits de l'homme. Ses yeux s'éclairèrent, illuminant son visage.

– Le Dimitri Hennessy ? Bon sang ! Mais venez donc ! Qu'est-ce qu'Alexeï peut nous parler de vous !

Ce présent fit soudain douter Dimitri. Est-ce que cet homme savait qu'Alexeï était décédé ? Est-ce que quelqu'un avait pensé à prévenir ses amis du théâtre ? Est-ce que quelqu'un dans l'entourage d'Alexeï savait seulement qu'il avait des amis ici ? Dimitri se prépara à l'idée de devoir leur annoncer sa mort. Une grosse paluche se posa en douceur sur son épaule.

– Venez donc ! Entrez ! Moi, c'est Benoît. Margot va être folle de joie de vous voir. Elle et Alexeï…

Une ombre passa sur le visage de l'homme. Il s'interrompit pour reprendre aussitôt, avec émotion.

– Alexeï… Il nous manque tellement, vous savez ?

Dimitri acquiesça, soulagé de ne pas avoir à leur annoncer la triste nouvelle.

– Je sais. À moi aussi…

L'homme le fit pénétrer dans l'enceinte du bâtiment et se mit à le présenter à chacun. Certains n'en avaient cure. Ils étaient rares. Les hommes lui serrèrent la main. Les femmes lui firent la bise. Tous avaient la larme à l'œil. Dimitri réalisait à chaque nouvelle rencontre à quel point son ami avait été apprécié dans ce milieu qu'il avait toujours affectionné. S'il n'avait pas embrassé une carrière d'avocat pour plaire à un père qui n'en avait cure, il serait certainement devenu l'un de ces hommes de théâtre. Il aurait décoré les lieux ou joué au metteur en scène. Il aurait eu sa place ici.

– Ah, voilà Margot ! Margot ! Regarde qui est là !

Une femme d'âge mûr s'avançait vers eux et Dimitri la reconnut aussitôt. La rousse ! La rousse du cimetière ! C'était elle.

– Enfin, vous voilà ! lui dit-elle, simplement, en lui prenant les mains.

Elle apposa deux grosses bises sur chacune de ses joues, avant de se reculer pour l'observer. Elle devait avoir une quarantaine d'années. Ses yeux d'un bleu délavé pétillants de vie et des taches de rousseur sur le haut de son nez lui donnaient un air d'éternelle adolescente.

– J'espérais tellement vous voir.

– Moi aussi, répondit Dimitri.

– Venez…

Elle lui lâcha une main et l'entraîna à sa suite, le menant jusqu'à une pièce servant visiblement de réfectoire à l'équipe. Elle le fit asseoir à la longue table.

– Un café ?

Il fit « non » de la tête.

– Je suis désolée, mais je n'ai rien d'autre.

– Je ne suis pas venu pour cela.

Elle se servit un mug qui avait dû connaître des jours meilleurs, s'assit en face du baron.

– Pardon, mais qui êtes-vous ? demanda Dimitri.

– Margot. Margot Durant. Je suis costumière ici. Alexeï ne vous a pas parlé de moi ?

– Nous nous voyions rarement ces derniers temps.

Elle lui sourit gentiment.

– Ne lui cherchez pas d'excuse. Mon Alexeï était si discret…

– Votre Alexeï ?

Elle baissa le regard pour le relever aussitôt.

– Ce n'était pas ce que vous croyez. Nous étions seulement amis, mais des amis fidèles. Nous partagions tant. Comme moi, il était passionné de théâtre, de comédie musicale. Nous allions souvent voir des représentations, ensemble.

Elle se tut, mélancolique.

– Comment vous êtes-vous rencontrés ? questionna Dimitri.

Le visage de Margot s'anima à ce souvenir.

– Il avait ses habitudes dans le café où la troupe prenait ses repas après la représentation. Un jour, Marcos l'a invité à notre table et il ne l'a plus jamais quittée. Nous avons discuté et, de fil en aiguille, nous sommes devenus amis. Il avait tellement besoin de s'éloigner de son père et de la vie qu'il lui faisait subir. Il était si vivant, si spirituel, si…

Elle s'arrêta, avant de reprendre, au bout d'un long moment.

– Sa mort a été un vrai coup de poignard pour moi.

Dimitri resta silencieux. Il imaginait Alexeï ici, à cette table, parlant de la dernière pièce avec Margot, plaisantant avec Benoît, tout simplement heureux. Un sourire joua sur ses lèvres fines. Margot but une gorgée de son café, reposa sa tasse.

– Comment avez-vous appris sa mort ? demanda Dimitri.

– Dans les journaux. Ce n'est pas si souvent qu'un fils de milliardaire vient mourir sur les quais de Seine.

Il aurait dû y penser. Alexandrov n'était pas un inconnu. La mort de son fils ne pouvait passer inaperçue. Des larmes perlaient aux yeux de Margot. Dimitri s'en voulut de lui faire revivre de si pénibles moments, mais il le fallait. Pour Alexeï.

– Et du coup, vous êtes venue à l'enterrement, reprit-il. J'ai cru… J'ai cru que vous vouliez me parler.

Elle chassa ses larmes d'un mouvement de la main.

– Oui. Je voulais vous parler…

Elle le fixa avec intensité.

– Alexeï était chez moi la veille de sa mort. Il était paniqué. Il avait volé un objet à son père et il craignait pour sa vie.

Elle s'interrompit, submergée par l'émotion.

– Oui, il craignait que son père, son propre père, ne cherche à l'assassiner pour récupérer ce maudit objet.

Les larmes roulèrent sur ses joues. Elle refoula un sanglot.

– Pardon, dit-elle, levant la main pour réclamer une courte pause.

Elle but une nouvelle gorgée de café.

– Je savais, reprit-elle, que la relation avec son père était compliquée, mais... comment un père pourrait-il tuer son propre fils ?

Elle le regardait comme s'il avait eu la réponse.

– Je ne sais pas, se contenta-t-il de dire.

– Moi non plus... Et... Bref, il cherchait à vous joindre. Il voulait que vous l'aidiez... mais il avait peur d'utiliser son mail. Il disait que son père serait capable de le retrouver s'il se connectait à son mail. Il avait abandonné son téléphone portable en partant. Il n'avait aucun moyen de vous joindre.

La gorge de Dimitri se serra à la pensée de son ami. Il aurait dû utiliser son mail. Il le savait...

– Il aurait pu..., dit encore Margot. Je ne sais pas... Il y avait certainement d'autres solutions, mais quand on est paniqué, on ne réfléchit plus, vous savez ?

Il acquiesça.

– Alors, il a pensé au jeu qu'il était en train de préparer pour votre anniversaire.

Dimitri sourit. Alexeï lui concoctait le même programme tous les ans pour fêter son passage à une année supplémentaire, une chasse au trésor dont le but était son cadeau. La tristesse envahit ses traits. Personne ne lui fêterait jamais plus son anniversaire ainsi.

— Alexeï n'en était qu'au tout début, continuait Margot, mais il a pensé que ce serait suffisant pour empêcher un autre que vous de trouver ce… cet objet. Il a écrit une lettre qu'il m'a demandé de placer au théâtre du Châtelet. Après, je ne sais pas trop. Je sais juste qu'Olga devait vous remettre un mail de sa part. Est-ce que cette petite salope l'a fait ?

Dimitri resta interloqué par l'expression. Il ne s'attendait pas à pareils mots dans la bouche de Margot.

— Oui. Elle me l'a donné.

— Mais elle l'a dit à son mari, n'est-ce pas ?

— Oui, confirma Dimitri.

— Salope ! lâcha Margot.

— Qu'est-ce qu'a fait Alexeï ensuite ? Il est parti de chez vous pour aller où ?

Elle secoua la tête.

— Il n'est sorti qu'une fois, pour cacher l'objet, mais je ne sais pas où. Il a refusé de me le dire. Il ne voulait pas que j'aie des ennuis.

— Et quand il est parti de chez vous ? insista Dimitri.

— Il n'est pas parti… pas de sa propre volonté.

Dimitri fronça les sourcils.

— Comment ça ?

— J'étais partie faire des courses. Il fallait qu'on mange… Et quand je suis revenue, je l'ai vu sortir de l'immeuble. Cinq hommes en costume noir l'accompagnaient. Enfin, quand je dis l'accompagnaient… On voyait bien qu'Alexeï n'avait que le choix de les suivre… Il m'a fait signe de ne rien dire. Alors, je suis restée en retrait, pendant qu'ils l'embarquaient.

Elle laissa échapper un sanglot.

– J'aurais dû appeler les flics, gémit-elle. Faire quelque chose. N'importe quoi… Au lieu de ça, je suis restée là, les bras ballants. Je m'en veux tellement.

Dimitri prit sa main dans la sienne, la serra avec chaleur.

– Vous n'avez rien à vous reprocher, Margot. Vous n'auriez rien pu faire…

Elle lui retira doucement sa main, sécha ses larmes.

– Il faut trouver les salopards qui ont tué mon Alexeï !

Ses traits s'étaient durcis. Résolue, elle le fixait.

– Je les trouverai et ils payeront pour leur crime, décréta Dimitri, la mine sombre. Mais j'ai besoin de votre aide.

– Tout ce que tu voudras ! Alexeï disait que tu étais capable de résoudre n'importe quel problème.

Le baron eut un léger sourire.

– Alexeï avait le don d'enjoliver certaines choses. Décrivez-moi plutôt les hommes qui l'ont emmené…

– De grands gaillards. Ils avaient les cheveux courts, comme des militaires. Ils portaient tous des costumes noirs. On aurait dit des croque-morts… Mais leur tête… On voyait qu'il fallait pas venir leur chercher des ennuis à ceux-là. Des durs que c'était. Le pire… Le pire, c'était le chauve. Il avait de petits yeux cruels. Il avait beau être nettement plus vieux que les autres, c'était le plus intimidant. Ça devait être le chef.

Dimitri ne put s'empêcher de songer à Vassili. Chauve, des yeux cruels… Ce portrait pouvait lui correspondre parfaitement…

– Un autre détail ? Un nom ?

Elle fit « non » de la tête.

– Je ne comprenais pas ce qu'ils disaient.

– Pourquoi ?

– Ils parlaient dans une langue étrangère. Du russe sûrement. Alexeï semblait comprendre, lui.

Le cœur du baron manqua un battement. Son impression devenait certitude. Vassili avait retrouvé Alexeï. Et après ? L'avait-il tué par accident ? Volontairement ? Avec l'assentiment d'Alexandrov ? Il ne pouvait y croire. Non… Vassili n'avait aucun intérêt à tuer Alexeï. Il lui fallait découvrir le code Minotaure et il était le seul alors à savoir où il était.

– Et personne n'est revenu vous voir ? questionna Dimitri.

– Non… Je… Je ne suis pas retournée chez moi. J'habite chez… chez un ami…

– Aviez-vous révélé à quelqu'un qu'Alexeï était chez vous ?

– Non, bien sûr que non… Mais…

– Mais ?

– Mais Alexeï était venu me chercher ici, au théâtre.

Dimitri se renfonça dans son siège.

– Vous pensez qu'un homme ou une femme du théâtre, l'un de vos collègues, aurait pu prévenir Alexandrov de la présence de son fils ici ?

Margot eut l'air gêné, écarta quelques mèches de cheveux roux de son visage.

– Je ne sais pas, mais depuis… depuis qu'ils sont venus chercher Alexeï, je n'arrête pas de me poser la question. Comment savait-on qu'il était là ?

Dimitri acquiesça, songeur. Si quelqu'un du théâtre avait prévenu Alexandrov pour son fils, la même personne pouvait très bien le prévenir de nouveau pour l'ami de son fils. Il en aurait très certainement bientôt le cœur net. Il se leva. Margot l'imita après une brève hésitation.

– Vous partez ?

Il lui sourit.

– J'ai une chasse au trésor à terminer.

Elle lui rendit un sourire triste.

– Vous me donnerez des nouvelles, n'est-ce pas ?

– Je le ferai.

Elle fit un pas, vacillante, se retint à la table.

– Ça va ? s'inquiéta Dimitri.

– Oui. C'est que… je n'ai pas beaucoup dormi depuis le décès d'Alexeï. Je m'en veux tellement…

Elle se rassit. Il contourna la table, s'accroupit à sa hauteur.

– Vous avez fait ce que vous deviez. Vous n'avez rien à vous reprocher.

Elle soupira légèrement.

– Merci. Vous êtes aussi gentil qu'Alexeï le disait…

Il lui sourit, serra un instant sa main dans la sienne, avant de se redresser et de quitter la pièce. Il retrouva son chemin sans mal jusqu'à la sortie, disant au revoir à ceux qu'il rencontrait. Il allait atteindre la porte donnant sur l'extérieur, quand il vit entrer Vassili, un rictus moqueur sur le visage. Ainsi, il y avait bien un traître dans le théâtre, mais qui ?

– Suivez-moi ! ordonna le bras droit d'Alexandrov. Je ne voudrais pas être obligé d'utiliser des moyens moins agréables.

À cet instant, Dimitri aurait tant désiré pouvoir lui sauter à la gorge et lui faire payer ce qu'il avait infligé à Alexeï, mais il se retint. Cet homme devait finir ses jours en prison et pour cela, il lui fallait des preuves.

– Vous tombez bien, lui lança le baron. Je cherchais une voiture pour rentrer. Il fait trop froid pour la moto…

Il eut la satisfaction de voir Vassili perdre soudain son air assuré. Désemparé, il laissa le baron franchir le seuil du théâtre. À l'extérieur, deux hommes en costume noir et une Mercedes l'attendaient. Il salua les premiers, grimpa à bord de la seconde. Il referma la porte, en se demandant comment il allait pouvoir trouver des preuves de l'assassinat d'Alexeï et surtout comment il allait pouvoir de nouveau quitter la propriété Alexandrov. L'air de rien, il tâta la poche de son pantalon et sourit. Le téléphone de Roxane était à sa place.

Le voyage dans la Mercedes se déroula dans un silence tendu. Vassili ne quittait pas la route des yeux. Dimitri le dévisageait, sans vergogne. Domachev était un assassin, mais aussi un professionnel. Il n'était pas au service d'Alexandrov depuis tant d'années pour rien. Le baron aurait le plus grand mal à trouver des preuves de son meurtre et pourtant, il le fallait.

Dimitri réfléchissait encore à ses futures actions quand la Mercedes se gara dans la cour de l'hôtel particulier Alexandrov. Cyril vint lui ouvrir la portière. Le baron sortit et observa les lieux. Rien n'indiquait que la maison avait été la cible d'un piratage informatique plus tôt dans la soirée. Est-ce que Roxane avait toujours accès aux caméras de la propriété ou son action d'éclat l'avait-elle définitivement grillée ? Cyril le poussa en avant. Dimitri avança, obéissant. Il pensait qu'on l'amènerait dans le bureau de Vladimir, mais au contraire, on le fit grimper à l'étage. À la porte de sa chambre, on le fit stopper.

– Votre téléphone portable, monsieur le baron, lui dit Igor en tendant la main.

Dimitri le lui donna, réfrénant un sourire. Il avait conservé sa carte SIM dans la poche de son blouson. Cyril le poussa dans la chambre et en verrouilla l'accès. Dimitri regarda la porte close un long moment avant de se défaire de son blouson. Sa prochaine visite était destinée à un établissement public qui n'ouvrirait pas avant le lendemain matin. Autant profiter de sa réclusion forcée pour refaire le plein d'énergie. Mais avant, il avait un coup de téléphone à passer.

Il sortit le téléphone donné par Roxane, en retira la carte SIM pour la remplacer par la sienne. Il allait appuyer sur la touche d'appel de son contact quand il réalisa qu'il était peut-être sur écoute. Il alla dans la salle de bain, ferma la porte, mit en route la douche. Espérant que le bruit de l'eau empêcherait qu'on l'entende, il appela son ami. À la quatrième sonnerie, on décrocha.

– Allô, Thomas ?

– Eh, Dimitri ! Comment tu vas, mon vieux ?

La voix claire et joyeuse de son correspondant lui mit du baume au cœur. Thomas était journaliste au Monde. Les deux hommes s'étaient rencontrés à Londres, lors d'un vernissage ennuyeux. Ils s'étaient croisés sur le trottoir. Thomas attendait que l'artiste soit disponible pour une interview. Dimitri faisait acte de présence, à la demande de sa grand-mère, et ne pouvait quitter les lieux avant une bonne heure. Là, devant la salle bondée, tous deux avaient discuté, s'étaient trouvé des points communs dans la même détestation des œuvres de l'artiste exposé. Deux heures plus tard, ils étaient attablés devant un pichet de bière et une part de tourte. Le début d'une grande amitié. Depuis Thomas s'était marié, avait eu des enfants, mais les deux amis étaient restés en contact, l'un en France, l'autre en Écosse.

– Ça peut aller. Excuse-moi de t'appeler si tard, mais j'ai besoin d'un service. Est-ce que Paula travaille toujours pour Interpol ?

– Oui. Bien sûr.

– Est-ce qu'elle pourrait me communiquer une information ?

– Ah ça… Attends. Je te la passe.

Au bout d'un court instant, Paula prit le combiné.

– Comment va monsieur le baron ? ironisa la jeune femme.

– Bien. Pour le moment… Est-ce que tu pourrais faire quelque chose pour moi ? Juste vérifier qu'une certaine Roxane Harris fait partie d'Interpol ?

– Oui. Ça doit pouvoir se faire. Elle te cause des ennuis ?

– Non, mais disons que c'est un pari...

– Je vois, fit Paula à qui on ne la faisait pas. Et c'est urgent ? Ton pari ?

– Assez, oui.

On frappa à la porte et à entendre la force des coups, ça ne devait pas être la première fois qu'on frappait.

– On me demande. Je te rappelle.

Il raccrocha, rangea le téléphone dans une poche de son pantalon.

– Entrez !

Olga fit son apparition, un plateau-repas entre les mains. Alors que la porte se refermait, Dimitri aperçut Cyril et Igor en faction devant l'huis.

– J'ai pensé que tu pourrais avoir faim...

Olga portait une robe rouge qui lui allait à ravir. Le pourtour de son œil gauche avait pris une vilaine couleur violacée. On l'avait frappée. De nouveau.

– Je suis désolé, fit Dimitri.

– De quoi ? s'étonna Olga avant de voir son regard et de porter la main à son œil. Ah ça... Vladimir n'a pas apprécié ta disparition...

– Il ne sait donc que cogner, cet homme ?

Elle eut un sourire désabusé.

– Oh, ce n'est pas lui qui frappe, c'est Vassili...

– Je vois... fit Dimitri. Je te remercie pour le repas...

Elle le regarda avec effroi.

– De rien, mais tu ne manges pas ?

Il se demanda en quoi cela pouvait la mettre dans un tel état qu'il ne mange pas. Y avait-il du poison dans la nourriture ? Ça n'aurait eu aucun sens. Un sérum de vérité ? Vassili s'y serait pris autrement…

– Si, si, je vais manger, mais tu peux y aller, précisa-t-il.

– C'est que… Je préférerais rester avec toi, lâcha-t-elle dans un souffle.

– Pourquoi ?

Elle s'avança vers lui, l'air soudain furieux.

– Pourquoi ? Tu me demandes pourquoi ? Tu crois peut-être que j'aime ça, prendre des coups !

Il la dévisageait quand elle fondit en larmes.

– Tu ne comprends pas… Il n'y a qu'ici, près de toi, que je suis en sécurité. Ne me renvoie pas…

Il hésita longuement. Comme toujours avec Olga, il ne savait s'il devait la croire et lui donner son affection ou au contraire, la fuir comme la peste. Ses pleurs finirent par avoir raison de ses réflexions. Après tout, il n'y avait aucun mal à ce qu'elle reste près de lui. Il n'avait rien à cacher à part le lieu où il comptait se rendre dès le lendemain et il ne le lui révèlerait pas.

– Entendu. Tu peux rester ici.

– Merci !

Un sourire envahit son visage et elle lui sauta au cou. L'instant d'après, elle plaquait ses lèvres sur les siennes. Il ne chercha pas à résister. Ces derniers jours avaient été terribles. Il avait besoin de cette pause, de cette tendresse, même si elle provenait d'une femme dont il se méfiait.

Activation Apocalypse
20:00:00.015

Le capitaine Boris Korjev de la milice Vympel se tenait debout devant une grande table. Y traînaient de nombreux documents non officiels : des rapports, des plans, des schémas, des photos. Tout cela était censé lui donner une vision d'ensemble de la propriété Alexandrov, mais ce n'était pas une réussite. Le capitaine Korjev avait toujours préféré le terrain aux feuilles de papier de toutes sortes. Il releva la tête, les mâchoires serrées, l'œil dur, guettant le moindre manquement à l'ordre qu'il avait établi. Autour de lui, chacun vaquait à ses occupations. Les lieux exigus, des caves profondément enfouies sous les pavés parisiens, grouillaient d'une vingtaine d'hommes, mais il ne remarqua aucun laisser-aller. Son regard accrocha la pendule. Il était vingt trois heures passé.

– Mon capitaine ! le héla le sergent Andreiv depuis son bureau, une simple planche sur deux tréteaux supportant plusieurs écrans.

– Ouais ! aboya Korjev.

Andreiv sursauta, se reprit aussitôt.

– Mon capitaine. On a retrouvé le baron. Domachev vient de le ramener chez les Alexandrov.

Le soulagement de Boris à cette nouvelle ne dura qu'un très court instant, juste le temps que sa fureur reprenne le dessus. Son poing fermé s'abattit sur le bureau, faisant s'envoler sur quelques centimètres crayons, feuilles et règles.

– Bon sang de bordel de merde ! Et vous voulez que j'vous félicite ?

Le sergent Andreiv avait perdu sa trace, deux heures plus tôt. Il avait envoyé, seul, le pilote de la Ducati à la poursuite de la Kawasaki bleu métallisé de Dimitri. Le milicien s'était fait serrer par les flics pour excès de vitesse. Le temps qu'il prévienne le QG et le QG les hommes restés en planque devant la propriété Alexandrov, la Kawasaki avait disparu dans la nature. Une erreur de débutant que Boris n'était pas prêt d'oublier. Il frappa de nouveau la table de son poing fermé. Andreiv eut un mouvement de recul.

– Ce qu'il a bien pu foutre depuis qu'il s'est barré, c'est ça que j'veux savoir ! aboya Korjev. Bordel !

– Je… On… On se renseigne, mon capitaine.

– C'est ça, renseignez-vous !

L'homme se replongea dans l'étude de ses écrans, le front en sueur.

Une heure s'écoula sans qu'Andreiv n'apporte le moindre début de réponse aux questions de son supérieur. Korjev maîtrisait difficilement son impatience. Il lui fallait agir avant la date fatidique du déclenchement d'Apocalypse, mais il manquait d'informations pour cela. Il ne pouvait compter que sur la surveillance de Dimitri Hennessy pour l'amener jusqu'au code Minotaure, du moins, si Andreiv ne le perdait pas de nouveau et si Loukian Minovitch ne parvenait pas à lui faire la peau.

– Lieutenant Primakov, aboya Korjev.

L'écho de sa voix résonna douloureusement aux oreilles de ses officiers. Il fit taire d'éventuels commentaires d'un regard acéré. Personne ne moufta. Personne ne songea même à lui rappeler qu'il avait lui-même ordonné qu'on parle à voix basse. Cela aurait d'ailleurs été en pure perte. Il ne savait pas chuchoter. Sa voix était conçue pour les champs de bataille, pour surpasser en puissance les rafales des mitrailleuses, les tirs des canons, les hurlements d'agonie des blessés.

– Mon capitaine !

Le lieutenant Primakov se présenta à lui et pour la millième fois au moins, Korjev s'étonna que le visage d'un homme puisse autant ressembler au profil d'un cheval.

– Où en est-on avec Loukian Minovitch ?

– Toujours aucune trace, mon capitaine…

– Continuez les recherches ! Je veux qu'on lui mette la main dessus au plus vite !

L'homme salua et s'en fut, laissant Boris de mauvais poil. Il n'aimait pas sa situation actuelle. Qu'on lui donne une armée à mener sur un champ de bataille, une prise d'otage ou un groupe de djihadistes à poursuivre dans un désert plutôt qu'une ville comme Paris. Ce n'était que flics à chaque coin de rue, problèmes administratifs qu'il s'efforçait de ne pas avoir à résoudre en demeurant invisible, cible civile qu'il fallait éviter de tuer, voire de blesser. Non, décidément, les missions en Occident n'étaient pas son fort. Il ne manquait pas de subtilité, mais ça l'emmerdait de marcher sur des œufs à chaque pas.

– Mon capitaine, téléphone. Le général Joldine.

Korjev évita difficilement de soupirer. Quand on pensait au loup. Joldine… Son commanditaire. Celui qui lui refilait du blé, quoi. Qu'est-ce qu'il lui voulait encore, cette enflure ? Il ne pouvait donc pas lui laisser faire son boulot tranquillement ? Il prit le combiné avec un regard de tueur.

– Mon général.

– Où en êtes-vous, capitaine ?

Korjev résista à l'envie de lui dire d'aller se faire foutre.

– Nous suivons le baron Dimitri Hennessy…

– Vous le suivez ? vociféra Joldine. Bordel ! Korjev ! On ne vous paye pas pour le suivre ! On vous paye pour le coincer, lui, et ce putain de code Minotaure ! Il y a urgence ! Vous pigez ?

– Oui, mon général, marmonna Boris. Je pige…

– Il a bien une faiblesse ce Dimitri Hennessy ! Il joue ? Il boit ? Il baise ?

D'un signe de tête, Boris Korjev ordonna qu'on lui apporte les dernières photos de la propriété Alexandrov. Il les étala devant lui. Sur un paquet d'entre elles, s'affichait l'intérieur de la chambre occupée par le baron. Il y embrassait à pleine bouche l'épouse de Vladimir Alexandrov, le mannequin Olga Alexandrov, avant de l'entraîner vers le lit.

– Alors, Korjev, bordel ! Vous ne savez donc rien sur ce Dimitri Hennessy ? J'ai pourtant cru comprendre qu'il ne vous était pas étranger… C'est ce qui vous bloque ? Faut-il que j'engage quelqu'un d'autre ?

Pour qu'il s'en prenne directement à Dimitri…

– Non, mon général… Nous savons qu'il couche avec l'épouse de Vladimir Alexandrov.

– Parfait ! Vous le tenez par les couilles ! Vous allez m'enlever cette fille et faire pression sur votre satané Dimitri pour qu'il vous apporte le code Minotaure.

– Ce n'est pas si simp…

– Ta ta ta… Je ne vous paye pas pour discuter ! Obéissez ! Et en toute discrétion, hein ! Nous sommes les seuls à savoir pour le code Minotaure et en haut lieu, on ne veut pas que ça s'ébruite. Ce serait la porte ouverte à ces olibrius de la CIA, de la DGSE ou du MI-6 ! Je me suis bien fait comprendre, Korjev ?

– Oui, mon général.

– Ce soir, dix huit heures ! Vous avez jusqu'à ce soir, dix huit heures, pour retrouver ce putain de code Minotaure et nous le ramener ! Alors, vous suivez mon plan et rien d'autre sinon… C'est compris, Korjev ?

– Oui, mon général, grommela ce dernier.

On raccrocha. Il fit de même, furieux. Il n'aurait pas dû décrocher… Enlever Olga Alexandrov en plein Paris, au nez et à la barbe d'une bonne dizaine de gardes du corps, et en toute discrétion… Ben voyons… L'état major russe le prenait pour Superman ? Non, il devait se rendre à l'évidence. L'état major russe était complètement à côté de la plaque. Il ne pourrait jamais s'emparer de l'épouse Alexandrov, sans faire des dégâts, de gros dégâts. Il serra les poings, tenté de désobéir. S'il n'y avait pas eu Dimitri, c'est certainement ce qu'il aurait fait… Il abattit son poing fermé sur la table. Pourquoi s'était-il donc mêlé de cette affaire, celui-là ? Et lui qui ne pouvait pas reculer. Ce salaud de Joldine n'attendait que ça. Au moindre faux pas de sa part, il serait viré, comme un malpropre. Un échec aussi cuisant ferait grand tort à Vympel. Il venait de monter cette milice privée. C'était la chance de sa vie. Un crétin de bureaucrate, même avec le grade de général, ne lui gâcherait pas ce plaisir. Ni lui ni Dimitri.

– Primakov ! Apportez-moi les prises de vue aériennes ! Et que ça saute !

« Ce soir dix huit heures ! » qu'il lui ressassait le Joldine. Quelle perte de temps ! Que croyait-on dans les bureaux de l'état major russe ? Qu'il se branlait en attendant que le décompte se termine ? Il passa une main sur son menton. N'empêche qu'ils devaient avoir sacrément les pétoches en Russie pour le relancer ainsi à tout bout de champ ! Tu m'étonnes… L'Occident était sur les dents à propos de ce maudit virus informatique détecté. Apocalypse qu'il s'appelait… Et personne ne savait ce qu'il était censé faire précisément et tout le monde s'en tapait. Le simple fait qu'il soit détecté sur un nombre considérable de PC un peu partout dans le monde faisait faire dans leur froc aux grands dirigeants. Et bien sûr, il n'avait échappé à personne que la menace venait de Russie. Que le virus se déclenche et fasse des dégâts et ce ne serait plus la guerre froide entre les États-Unis et la Russie, mais bien une avalanche de missiles de part et d'autre. La troisième guerre mondiale… Il se marrait l'ancien capitaine Spetsnaz de voir qu'un petit bout de plastique bricolé par un petit con d'informaticien mettait un tel bordel. Il ne parvenait pas vraiment à croire, le capitaine d'une milice privée, qu'un virus informatique puisse vraiment conduire la civilisation à sa destruction. Et face à cette menace, lui, Boris Korjev, et une poignée d'hommes. Et comme but, le code Minotaure et cet enfoiré de Vladimir Alexandrov. Tout aurait pu être si simple. Il lui aurait suffi de buter cette enflure d'Alexandrov et de récupérer ce bout de plastique. Oui, tout aurait pu être si simple si Alexeï Alexandrov n'avait pas volé et planqué ce foutu code et s'il n'avait pas écrit ce putain de mail à Dimitri Hennessy.

Primakov apporta les prises de vue aériennes. Korjev le remercia d'un grognement guttural et se plongea dans leur étude. Il ne lui fallut que quelques minutes pour décider d'un plan d'intervention. La discrétion serait pour un autre jour…

– Primakov !

Le gueulement fit frémir Andreiv qui se tassa instinctivement sur son siège, devant sa rangée d'écrans. Primakov, plus serein ou moins enclin à montrer sa nervosité, se leva et rejoignit Korjev.

– Mon capitaine ?

– Nous attaquons ! Maintenant ! Et attention, hein, pas de perte civile ! Aucune !

– Même les gardes du corps, mon capitaine ?

Korjev eut un reniflement de mépris.

– Les gardes du corps ne sont pas des civils, lieutenant !

Primakov ne chercha même pas à discuter cette affirmation osée.

– Bien, mon capitaine.

– S'ils se mettent en travers de notre route, ils en payeront le prix !

– Oui, mon capitaine.

– Mais que je vois l'un d'entre vous s'en prendre au baron et il aura affaire à moi ! beugla Korjev. Je le veux intact à notre départ. C'est bien compris ?

Il fit le tour des lieux du regard, serein. Nul ne prendrait le risque de se le mettre à dos et de finir ses jours entre ses mains. Korjev attrapa un plan de la propriété Alexandrov, l'étala sur la table et posa un doigt à l'ongle épais en un point précis.

– Voici mes ordres !

À deux heures du matin, deux jeeps Cherokee, tous feux éteints, se garèrent à proximité de la propriété Alexandrov. Les vitres teintées arrière se baissèrent. Les canons de deux armes émergèrent par les ouvertures. Les deux premiers tirs détruisirent les deux caméras de surveillance extérieures à la propriété. Les trois tirs suivants brisèrent les lampes de trois lampadaires tout proches, plongeant la rue dans l'obscurité. Grâce aux silencieux incorporés dans les armes, tout s'était passé en silence, sans aucune détonation.

Les canons disparurent à l'intérieur des Jeeps. L'instant d'après, six miliciens, vêtus de noir, cagoulés, armés, en sortaient. L'un d'eux, son fusil Dragunov plaqué dans son dos, s'approcha de la façade d'un immeuble de pierre en face du portail Alexandrov et l'escalada. En moins d'une minute, il se retrouva sous le balcon du dernier étage et se hissa à sa hauteur. Il passa par-dessus la barrière de fer forgé, s'accroupit et resta immobile. Aucun bruit ne provenait de l'appartement. Un rapide coup d'œil derrière la vitre lui apprit qu'il s'agissait d'une cuisine. Il n'y vit personne. Il se releva, récupéra son arme, la pointa en direction de la propriété Alexandrov. De sa position, il apercevait une bonne partie du jardin et de la maison. Un des miliciens russes courut jusqu'au portail, se baissa pour rester à couvert derrière le haut panneau de métal. Les quatre autres hommes se trouvaient déjà massés le long du mur d'enceinte, attendant son signal. À l'intérieur du jardin Alexandrov, le mur de clôture était éclairé sur l'ensemble du périmètre, un moyen de repérer les éventuels indélicats qui voudraient passer par-dessus. Dans sa lunette de visée, le sniper mit en joue l'un des gardes. Se pensant à l'abri de la haute grille de métal et du mur d'enceinte, l'homme s'approchait du portail, certainement pour vérifier l'état des caméras. Il n'eut pas le temps d'y arriver. L'impact de la balle dessina un minuscule trou entre ses deux yeux. Il s'effondra.

– Go ! fit le sniper.

Deux hommes firent la courte échelle à un troisième qui grimpa sur le mur. De là, il se laissa tomber au sol, à l'intérieur de la propriété. Son fusil d'assaut braqué vers l'intérieur du jardin, il épiait le moindre mouvement. Dans son dos, l'un après l'autre, les trois miliciens arrivèrent au sommet du mur, se collant autant qu'ils le pouvaient contre les pierres. Une rafale leur apprit qu'ils avaient été repérés. Les quatre hommes se laissèrent glisser au sol alors que les balles heurtaient le mur d'enceinte. L'un d'eux resta au sol. Blessé à la cuisse, incapable de marcher seul, Khaslik fut abandonné sur place et assura leur couverture par des rafales de son AS Val en direction des gardes Alexandrov.

Korjev, plié en deux, courut jusqu'à un arbre et se tassa derrière le tronc. Il fit un signe de la main. Le sniper avait pris soin de recharger sa Dragunov avec des T-46, des balles incendiaires. Il tira en direction de la grande porte de la maison. Sous l'impact, elle explosa en millions d'éclats de bois.

– Go ! aboya Korjev.

Une grenade éclata de l'autre côté de la propriété. Khaslik, sans doute. Korjev profita de l'accalmie pour s'élancer à découvert, suivi par ses deux hommes. Cinq pas plus loin, ils se retrouvèrent à l'abri de la façade. Aucun d'eux n'avait été touché par l'ennemi. Les grenades et les tirs de saturation de Khaslik n'y étaient pas étrangers. À l'intérieur, un cadavre et un garde, l'abdomen en charpie, les accueillirent, le premier silencieusement, le second par des hurlements inarticulés. Korjev lui tira une balle dans la tête.

– On ne laisse jamais d'ennemi dans son dos, grommela-t-il comme pour empêcher ses hommes de penser qu'il avait pu avoir un geste de miséricorde.

Une nouvelle explosion retentit à l'extérieur. Le portail était ouvert. Il n'eut pas le temps de s'en réjouir. Un tir l'effleura. En provenance du salon. Il se jeta en avant, effectua un roulé-boulé jusqu'au bas de l'escalier. Là, à l'abri d'un mur, Korjev rechargea son arme. Ses deux hommes s'étaient mis à tirer rafale sur rafale, empêchant les deux gardes du salon d'approcher. Le capitaine entendit un léger déclic vers le haut. Instinctivement, il se retourna et tira en direction du bruit. Un cri retentit. Le corps d'un homme chuta au pied de l'escalier.

– J'y vais ! aboya Korjev.

Il gravit les marches de l'escalier quatre à quatre.

– Khaslik est mort, mon capitaine, lui apprit la voix du sniper.

Korjev jura. Il atteignit le premier étage et ne vit personne. Comme il s'y attendait, les gardes avaient préféré assurer la sécurité de Vladimir, délaissant les étages de la demeure. Il progressa, se référant au plan et aux photos prises par ses équipes. La chambre de l'épouse. Deuxième à gauche. Il avança à pas de loups, ouvrit la porte d'un coup de pied, tomba sur une pièce obscure, vide. Un cri féminin retentit. De l'autre côté du couloir. La chambre de Dimitri. Sa cagoule masqua un sourire. Pourquoi n'y avait-il pas songé ? Elle était restée avec lui…

Activation Apocalypse
16:57:38.016

Les rafales de pistolets-mitrailleurs réveillèrent Dimitri. Il se redressa dans le lit et perdit quelques précieuses secondes à se rappeler où il se trouvait. À son côté, Olga s'était assise, pressant le drap contre son corps nu.

– Qu'est-ce qu'il se passe ?

Dimitri ne répondit pas. Il se précipita à la fenêtre de la chambre, mais ne discerna rien dans le jardin en contrebas. Les lumières de l'enceinte éclairaient un gazon digne d'un green, complètement désert. Les gardes en faction avaient disparu. L'action devait se passer de l'autre côté de la maison. Une explosion fit vibrer les vitres. Olga poussa un cri de terreur. Dimitri sauta dans un pantalon, enfila un sweat et se précipita, pieds nus, vers la porte. Elle était fermée à clé. Il grommela une protestation. On les avait enfermés. Il retourna à la fenêtre, se demandant s'il valait mieux s'échapper par là ou rester cloîtrés. Une nouvelle explosion ébranla les murs de la maison. Un hurlement inhumain couvrit les impacts de balles.

– Au secours ! supplia Olga, affolée, torturant le drap entre ses doigts.

– Tais-toi ! ordonna Dimitri.

La pièce retomba dans un silence relatif. Le hurlement avait cessé. Dimitri se colla à la porte, écoutant les bruits du couloir. D'après la proximité du son, l'homme qui avait hurlé se trouvait à l'intérieur. La maison Alexandrov était prise d'assaut. Mais par qui ? Et pour quoi ? De nouveaux tirs crépitèrent, plus près. Olga s'était levée, s'accrochait à lui. Malgré ses sanglots, Dimitri perçut un craquement sinistre tout proche, dans le couloir. Quelqu'un venait de briser un objet lourd.

– Ils vont nous tuer, s'écria Olga.

– Chuuuut ! lui intima Dimitri.

Trop tard. On l'avait entendue. On venait dans leur direction. Il évalua rapidement leur chance de quitter la pièce avant l'arrivée de l'inconnu. Il pourrait aisément se glisser à l'extérieur et se laisser tomber depuis le balcon. Mais Olga ? Il ne pouvait la laisser derrière lui.

– Cache-toi !

Il poussa Olga vers le lit, se colla dos contre le mur, à l'opposé de l'ouverture de la porte et attendit. Un tir arracha la serrure. La porte s'ouvrit à la volée. La lumière du couloir se déversa dans la chambre. Une silhouette sombre franchit le seuil. Dimitri frappa aussitôt de son poing fermé, à hauteur de visage. Il ne rencontra que du vide. L'homme, encagoulé de noir, s'était penché en arrière. Dimitri, déséquilibré, voulut s'écarter. L'inconnu, plus rapide, lui balança son arme dans la tête. Dimitri se retrouva au sol, la mâchoire douloureuse, sous le canon ennemi.

– Mains sur la tête ! À genoux !

Du visage encagoulé de l'inconnu, il ne pouvait distinguer que les iris, des iris gris clair, comme les siens, des iris durs. Dimitri obéit. L'homme en noir le contourna, se baissa pour lui murmurer :

– Tu manques d'entraînement…

Une erreur tactique. Dimitri ferma le poing, visa le visage tout proche. Il détendait le bras quand une douleur atroce lui vrilla le crâne, interrompit son geste. Il glissa au sol, les mains emprisonnant sa tête, gémissant de souffrance. L'inconnu l'avait frappé. Pris dans un brouillard dense, il entendit les cris d'Olga qu'on entraînait hors de la chambre. Il tenta de se lever, mais s'écroula. Olga se débattit en poussant des hurlements, puis se tut. À l'extérieur, le bruit d'un moteur puissant retentit, puis ce furent les ténèbres.

Sa tête était si lourde, si douloureuse. Son nom résonnait sous son crâne. Encore et encore. Il se sentait l'âme d'un tonneau qu'on aurait jeté du haut d'une pente et qui roulerait en rebondissant sur chaque pierre, chaque bosse, encore et encore.

– Baron ! Baron Hennessy !

Chaque mot lui transperçait les tympans, lui vrillait la cervelle. Il parvint à entrouvrir les paupières. La lumière, trop vive, lui fit refermer les yeux. Une main sur son bras le secouait. Sa bouche était pâteuse. Il grommela. On ne pouvait donc pas lui ficher la paix ? Il souffrait, bon sang !

– Réveillez-vous !

Ces deux mots atteignirent sa conscience, l'aidèrent à émerger. Il ouvrit les yeux, cligna. Le monde était devenu un ensemble de taches floues, incohérentes. Peu à peu, l'univers cessa de tanguer et acquit une certaine stabilité. Il se trouvait dans sa chambre. Cyril, penché sur lui, la main levée, s'apprêtait à le gifler.

– Ça va aller, grimaça Dimitri.

Cyril baissa le bras, visiblement déçu. Dimitri s'assit, regarda autour de lui. Igor, le visage sombre, se tenait dans l'embrasure de la porte. Il n'y avait aucune trace d'Olga.

– Où est Olga ?

Cyril haussa les épaules.

– Ils l'ont emmenée…

– Qui ça ? Ils ?

– Des agents russes, précisa Igor. Des Spetsnaz.

– Hein ?

Dimitri se massa le crâne.

– Des Spetsnaz ? À Paris ?

Il se leva, vacilla un court instant, se rétablit.

– Comment vous identifiez des Spetsnaz, vous ?

– C'était leur genre de techniques, répondit Igor, comme si cela constituait une évidence.

– Qu'est-ce qu'ils voulaient ? Olga ?

– Sans nul doute. Monsieur Alexandrov fait le point avec les flics.

La tête de Dimitri continuait de résonner comme l'intérieur d'une cloche.

– Mais pourquoi Olga ? Elle ne sait rien… Et jamais ils ne parviendront à faire chanter Vladimir en la retenant contre son gré. Je me trompe ?

À l'air des frères Bogdanov, il sut que non.

– Allons le voir, grimaça-t-il, attrapant ses chaussures.

Cyril et Igor ne lui opposèrent aucune résistance. Tous trois descendirent l'escalier menant au hall. Il ne restait pratiquement rien de la porte d'entrée. Seuls deux montants tenaient encore debout. Le reste constellait d'éclats le sol de marbre. Deux cadavres gisaient par terre, baignant dans une mare de sang. Le ventre de l'un d'eux n'était plus qu'une bouillie immonde. Sa tête avait subi le même sort. L'autre corps paraissait intact. Un policier quadrillait la zone et prenait des photos. Il ne fit aucune attention au trio quand il longea les murs du hall pour rejoindre le salon.

Des impacts de balle meurtrissaient les boiseries. Certaines œuvres d'art avaient éclaté sous les tirs. D'autres se retrouvaient percées, défigurées. Un garde se tenait assis sur une chaise. Un médecin finissait de lui bander le bras. Vladimir et Vassili discutaient, un verre à la main, avec un officier de police. Dimitri s'approcha.

– Très bien, monsieur Alexandrov, déclara l'officier. Je vais mettre mes équipes sur l'affaire. Si les ravisseurs venaient à vous contacter…

– Nous vous en ferons part, lui assura Vassili, en lui désignant la porte.

– Mes hommes vont terminer leurs investigations, crut bon d'ajouter le policier.

– Mais bien sûr. Ils sont les bienvenus, susurra Vassili.

L'officier salua Vladimir et se tournant, se retrouva face à Dimitri. Ce dernier reconnut l'un des lieutenants de police du cimetière.

– Ah, monsieur le baron. Justement, j'avais quelques questions…

– Plus tard, lieutenant, intervint Domachev en l'entraînant vers le hall d'entrée.

Dimitri les suivit du regard. Le lieutenant faisait grise mine. On l'empêchait de faire correctement son travail. On le tenait à l'écart. Avoir des contacts dans la politique et la magistrature, comme Alexandrov, avait vraiment des avantages… Même si le baron parvenait à prouver l'implication du milliardaire dans l'assassinat de son fils, il y avait fort à parier qu'il ne finirait pas ses jours en prison. Les yeux de Dimitri se rétrécirent. Cela ne l'empêcherait pas de faire éclater l'affaire au grand jour. Dès qu'il aurait récupéré le code Minotaure, il s'occuperait de Domachev et Alexandrov.

– Un verre ?

Vladimir lui tendait un whisky. Dimitri l'accepta sans un mot, le visage fermé.

– Ils ont Olga, ajouta Alexandrov. Mais ils n'obtiendront rien de ma part. Ils veulent me faire peur, mais n'y parviendront pas. Je ne lâcherai rien !

Dimitri observait son verre, songeur. Les Spetsnaz… Ils étaient capables du pire, comme de rendre Olga en petits morceaux à son cher époux, pièce par pièce. Malheureusement pour la jeune femme, ça ne risquait pas d'émouvoir Vladimir.

– Quand ils réaliseront leur erreur, ils la relâcheront, continuait Alexandrov.

– Possible, mais dans quel état ? questionna Dimitri, en reposant son verre.

Il n'avait finalement aucune envie de boire en pareille compagnie.

– Ils n'ont aucune raison de lui faire mal, assura Vladimir.

– Les Spetsnaz ne l'ont pas enlevée pour rien, rétorqua le baron. S'ils veulent faire pression sur vous, ils emploieront toutes les méthodes possibles et la torture en fait partie. Ce ne sont pas des enfants de chœur !

– Tsss… Ne parle donc pas si fort ! La police n'a pas besoin de tout savoir…

– La police vous sera bien utile pour la faire libérer !

Alexandrov eut un rictus malsain.

– La police ! ricana-t-il. Tu es complètement à côté de la plaque ! La seule chose qui pourrait la faire libérer, c'est le code Minotaure et ça… toi seul peux le retrouver. À ta place, j'y songerais sérieusement avant de me faire la leçon ! Où est-il ?

Ces derniers mots étaient prononcés sur un ton bas à la menace évidente.

– Je ne sais pas ! énonça le baron lentement.

– Décidément, je me demande pourquoi tu t'efforces de quitter la protection de ma maison puisque visiblement, tu ne sais pas en tirer avantage. Les indices laissés par mon fils seraient-ils trop complexes pour toi ? Dis-moi et je t'aiderai.

Le baron allait répondre vertement au persiflage du milliardaire quand son téléphone se mit à sonner. Vladimir observa Dimitri étrangement. Le baron réalisa qu'il n'était pas censé avoir de téléphone. Il se maudit de n'avoir pas mis le téléphone de Roxane en mode silencieux.

– Je crois qu'on m'appelle, fit-il comme si de rien n'était, avant de s'éclipser dans le jardin.

Il y faisait froid, mais au moins, il y avait peu de chance d'être écouté par des micros. Il décrocha en s'écartant de la maison. Il était quatre heures du matin, mais les lieux étaient éclairés comme en plein jour par de grands projecteurs amenés par la police. Leur lumière blanche avivait les traces de lutte. Des trous aussi gros que le poing ornaient désormais le mur d'enceinte. La belle grille d'accès étalait son métal forgé sur l'allée de graviers. Il porta le combiné à son oreille, le regard fixé sur une mare de sang au beau milieu de la pelouse. Des bandes jaunes encerclaient la zone. Un agent de police, accroupi au centre, prenait des échantillons.

— Baron ? Vous allez bien ?

Dans la voix de Roxane Harris perçait une inquiétude sans équivoque.

— Ça va, Miss Harris, mais pourquoi une telle question ?

Elle sourit. Il ne pouvait la voir, mais il sentait qu'elle souriait.

— Appelez-moi Roxane…

Un léger bruissement lui fit lever les yeux. Un drone volait à plusieurs mètres au-dessus de lui.

— Vous avez assisté à l'attaque ? questionna Dimitri.

— En partie, oui.

— Vous savez qui nous a attaqués ?

— Des hommes vêtus intégralement de noir et encagoulés. L'un d'eux semblait être un virtuose du Dragunov.

Un Dragunov. Il connaissait cette arme : un fusil de précision utilisé uniquement par les forces spéciales russes. Les hommes de son oncle s'entraînaient avec ce genre de fusil. Il revit les iris gris de son agresseur. Était-ce possible ?

— C'était bien des Spetsnaz alors.

— Ça en a bien l'air, oui…

– Et vous savez où ils ont emmené Olga ?

– Ça se pourrait, minauda-t-elle.

– Comment ça, ça se pourrait ? Vous le savez ou pas ?

– Nous travaillons ensemble, baron ?

Il hésita. Il n'avait pas reçu confirmation de Paula sur l'appartenance de Roxane Harris à Interpol, mais il était pratiquement certain qu'elle n'en faisait pas partie.

– Qu'est-ce qu'impliquerait notre collaboration ? Allez-vous me dire pour qui vous travaillez réellement, par exemple ?

– Je vous l'ai dit. Je travaille pour Interpol...

– Et nous savons tous les deux que c'est un mensonge.

Il ne lui laissa pas le temps de répondre.

– Vous l'ignorez peut-être, mais il y a d'autres moyens que les bases de données pour connaître la vérité sur quelqu'un. Les contacts, ça peut être utile…

– Entendu, fit-elle, après un court silence. Disons que je ne fais pas partie d'Interpol, si cela peut vous faire plaisir… Vous me dites ce que vous avez trouvé au théâtre du Châtelet et en contrepartie, je recherche votre chère Olga…

Il grimaça.

– Ce n'est pas ma chère Olga. C'est une jeune femme entre les mains d'hommes peu recommandables. En tant que femme, ne devriez-vous pas montrer quelque empathie pour elle ?

– En tant que femme, je n'adhère pas à ses agissements. D'ailleurs, vous auriez pu éviter de passer la nuit avec elle !

– Vous m'espionnez jusque dans mon lit ? fit-il, outragé.

– Oh, non, ne vous inquiétez pas. Les caméras ne vont pas jusque là… mais il n'y a pas besoin de beaucoup d'imagination pour deviner ce que font deux personnes de sexe opposé enfermées dans une chambre…

– Seriez-vous jalouse ? questionna-t-il, amusé.

– Je la cherche ou pas alors ? éluda-t-elle.

– Pourquoi ne pas les avoir suivis avec le drone ?

– Vous savez, ironisa-t-elle, les drones, ça a une certaine portée et une certaine autonomie…

– Je vois…

– Pourriez-vous avoir l'amabilité de me dire ce que vous avez découvert au théâtre du Châtelet ? Après tout, le meilleur moyen de retrouver Olga est encore de mettre la main sur le code Minotaure, non ?

– Amusant… Vladimir Alexandrov m'a dit exactement la même chose…

– C'est logique, fit-elle, clairement gênée.

– Kandinsky. Liberté. Rose, marmonna-t-il.

– Pardon ? fit Roxane.

– Kandinsky. Liberté. Rose, répéta Dimitri à mi-voix. Ce sont les trois mots que j'ai découverts au théâtre.

– Et cela signifie ?

– Ça n'entrait pas dans notre arrangement…

Il y eut un silence amusé à l'autre bout de la ligne.

– Je vous recontacterai, baron.

– Appelez-moi Dimitri.

– Entendu, Dimitri.

Elle raccrocha et le téléphone se remit aussitôt à sonner.

– Dimitri ? C'est Boris.

Activation Apocalypse
14:58:06.017

Roxane, satisfaite de sa conversation avec le baron, reposa son téléphone portable.

– Daneel, fais une recherche autour de ces trois mots : « Liberté », « Kandinsky », « Rose » et en parallèle, réessaye de te connecter au réseau de surveillance Alexandrov.

La réponse fusa aussitôt.

– Les trois mots ensemble ne donnent aucun résultat probant, Roxane. Le mot « Kandinsky » peut être une référence au peintre russe Vassily Kandinsky. Une bibliothèque parisienne porte son nom. Pas de connexion au réseau de surveillance Alexandrov.

– Quelle bibliothèque ? demanda Roxane, intéressée.

– La bibliothèque du Centre Pompidou.

La jeune femme repoussa une mèche de cheveux auburn.

– Serait-ce aussi simple ? Alexeï aurait caché le code Minotaure à la bibliothèque ? Mais où ? Daneel, y a-t-il un ouvrage se référant à la liberté et aux roses dans la bibliothèque ?

– Je ne trouve pas de référence correspondant à ta demande, Roxane.

– Il y a sans doute des dizaines de milliers de livres dans cette bibliothèque. Si « Liberté » et « Rose » font référence à l'un de ces livres, il est probable que seul le baron… Dimitri le sache. Alexeï n'aurait pas donné des mots que n'importe qui peut comprendre.

Contrariée, elle frappa à plusieurs reprises du bout de l'ongle contre la table supportant l'ordinateur alors qu'elle réfléchissait à la meilleure façon de résoudre le problème.

– Daneel, donne-moi accès aux caméras de surveillance de la bibliothèque Kandinsky. Peut-être que ça me donnera des idées…

– Piratage en cours, Roxane.

La jeune femme eut soudain une intuition.

– Daneel, peux-tu me dire si Alexeï Alexandrov faisait partie des emprunteurs de cette bibliothèque ?

– Roxane, le baron reçoit un appel.

– Fais-moi écouter, Daneel.

– C'est en russe, précisa l'intelligence artificielle.

– Lance le logiciel de traduction !

– *Dimitri, c'est Boris.*

– Tiens, tiens… Oncle Boris…

Roxane afficha la fiche de Boris Korjev sur son écran.

– Membre du SVR, les services secrets russes. Capitaine Spetsnaz. Héros de la Fédération de Russie. Eh beh… Il a raccroché après la guerre de Tchétchénie et a fondé sa propre milice, Vympel, en recrutant parmi les membres de son équipe. Depuis, il propose ses services aux plus offrants. Vympel… Quelle idée d'appeler sa milice comme une entité Spetsnaz… C'est un comique, ce Korjev…

Elle ferma la fenêtre.

– C'est toi qui as enlevé Olga, n'est-ce pas ? questionna Dimitri.

– Alexeï Alexandrov a emprunté plusieurs romans à la bibliothèque Kandinsky ces quatre derniers mois. Veux-tu la liste ?

– Pas tout de suite, Daneel. Et le réseau Alexandrov ?

– Connexion au réseau Alexandrov impossible, Roxane.

– Nous avons été obligés, mon cher neveu. Tu refusais de venir à nos rendez-vous…

– Charmant. Daneel, trouve d'où provient cet appel.

– Vous me l'auriez demandé gentiment…

Roxane sourit. Elle adorait l'ironie mordante de Dimitri.

– Recherche en cours, Roxane.

– Où est ce foutu code Minotaure, Dimitri ?

– Je n'en sais rien…

– Tu es dans la mouise, Dimitri. Ils sont plusieurs à vouloir te faire la peau. Laisse-moi t'aider !

– Roxane ! Une autre personne écoute la conversation.

– Qui, Daneel ?

– Tu veux m'aider ? Libère Olga, Boris !

– Je la libérerai quand tu m'apporteras le code Minotaure.

– Roxane. J'ai été repéré.

– Par qui, Daneel ? Daneel ?

Daneel répondait habituellement dans la seconde suivante, mais là, il demeurait muet. Roxane eut soudain peur, attrapa son clavier et pianota dessus. Le programme de l'intelligence artificielle tournait toujours, mais avec un net ralentissement. Son ordinateur venait de subir une intrusion. Elle décida de couper le logiciel, ne conservant que le traducteur. Ainsi, elle récupérerait toutes les capacités de son processeur. Elle se retrouva devant un écran basique.

– Qui que tu sois, tu vas regretter de t'en prendre à moi, promit-elle.

Boris et Dimitri observaient un long silence. Roxane en profita pour lancer un traceur sur Korjev. Avec un peu de chance, elle pourrait savoir où il se trouvait. En même temps, elle lançait une attaque contre le cyberpirate qui essayait de pénétrer ses systèmes.

– *Pour qui travailles-tu, Boris ? Le gouvernement russe ? Que vont-ils faire du code Minotaure ?*

– *Cela ne te regarde pas, pour qui je travaille, Dimitri. Et si tu n'étais pas mon neveu, tu serais déjà entre les mains de mes hommes ! Tu le sais. Alors, cesse de discuter et apporte-moi le code Minotaure. Tu n'as pas le choix !*

– *On a toujours le choix. C'est toi qui me l'as enseigné !*

– *Ouais, t'as le choix entre récupérer ta petite salope en bonne santé ou la voir pendue par ses tripes.*

– *Ce n'est pas ma petite salope...*

– *Peu importe... Je te connais. Elle aurait pu te faire les pires crasses que tu chercherais quand même à lui sauver la vie. Tu es ainsi...*

– *Si tu lui fais le moindre mal...*

– *Tu ferais mieux de te soucier de ta propre personne, Dimitri. Loukian Minovitch veut te faire la peau. Je t'ai sauvé la vie une fois, mais je ne serai pas toujours là ! Tu ferais mieux de me dire où est ce foutu code Minotaure et de te tirer de là !*

– Il n'est pas le seul à avoir des soucis avec Loukian Minovitch ! commenta Roxane, toujours en butte au cyberpirate.

Jusqu'ici, elle était parvenue à limiter son attaque à une partition inutile de son disque dur, mais elle ne pourrait pas le tromper éternellement. Elle n'avait aucun doute sur son opposant. Il ne pouvait s'agir que du pirate russe. Qui d'autre, avec de telles compétences informatiques, pourrait tenter de surveiller la conversation entre Dimitri et son oncle ?

– *Garde tes conseils pour ceux que ça intéresse, fit Dimitri. Alexeï m'a confié une mission. J'irai jusqu'au bout.*

– *Alors, fais gaffe à tes miches, fils… Ta mère, paix à son âme, me tuerait s'il t'arrivait quelque chose !*

Roxane combattait farouchement, mais le cyberpirate progressait malgré tout. Elle allait devoir décrocher sinon l'intégrité de son système informatique risquait d'être compromise. Tous ses fichiers, Daneel y compris, risquaient alors de se retrouver aux mains de Minovitch et elle ne pouvait l'admettre. Elle jeta un regard à son traceur. Le programme ne parvenait pas à trouver la position de Korjev. Il fallait s'y attendre. Sa ligne était protégée, correctement protégée. Il aurait fallu qu'elle intervienne manuellement, mais avec la cyberattaque de Minovitch, c'était mission impossible.

– *Je veux le code avant treize heures, Dimitri ! Dernier délai ! grogna Boris.*

Le baron raccrocha. Roxane grimaça. Minovitch n'avait plus qu'elle à s'occuper. Elle n'avait plus le choix. Elle se saisit de la puce qui lui donnait accès au WiFi et tira dessus sans ménagement. La puce déconnectée, les lignes de code disparurent. L'écran se figea. Puis, le message « Connectivité inexistante » se mit à clignoter. Roxane frappa frénétiquement sur les touches de son clavier. Elle avait échappé au pirate informatique, mais quels dégâts avait-il eu le temps de faire à ses logiciels. Au bout d'une dizaine de minutes, elle releva la tête, inquiète.

– Il a vu mon intérêt pour la bibliothèque de Beaubourg… Est-ce qu'il va s'y rendre ? Est-ce que le code s'y trouve ?

Elle hésita à appeler le baron pour l'en avertir, se résolut à n'en rien faire. Loukian Minovitch n'avait pas besoin de connaître son intérêt pour Beaubourg pour savoir où se trouvait Dimitri. Il lui suffisait de suivre le téléphone portable qu'il avait remis en service, malgré ses avertissements. Elle haussa les épaules. La mission que lui avait confiée Le Perse était de retrouver le code Minotaure et pas d'assurer la survie du baron.

Elle passa l'heure suivante à nettoyer son ordinateur des éventuels virus et espions laissés par Loukian Minovitch, changea son adresse IP, relança Daneel et remit sa puce de connexion WiFi en place.

– Daneel. Est-ce que le drone est rentré ?

L'appareil, à bout de batterie, avait dû se poser à la base spécifiée par Roxane dans sa programmation. Daneel afficha les coordonnées GPS de l'engin. Elles correspondaient au point de ravitaillement, un toit tout proche de la propriété Alexandrov.

– Le drone est en cours de chargement, indiqua Daneel.

La jeune femme eut un sourire soulagé.

– Nous sommes connectés au réseau de surveillance Alexandrov, ajouta Daneel.

– Parfait ! Trouve-moi le baron.

La vue sur son écran se modifia et afficha bientôt le salon Alexandrov. Dimitri était assis dans l'un des fauteuils. Roxane l'observa un moment, puis jeta un œil à sa montre. Il était six heures du matin. Bien trop tard pour espérer dormir encore.

– Surveille-le, Daneel, et tiens-moi au courant de ses déplacements. Quant à moi…

Elle se leva et s'étira comme un chat.

– J'ai besoin d'une douche et d'un petit-déjeuner… avant une petite visite à qui de droit…

Elle jeta encore un regard au jeune homme pensif.

– Il ne faudra pas compter sur moi pour te sortir de là, cette fois, Dimitri. Le code Minotaure sera bientôt entre mes mains.

Activation Apocalypse
10:03:44.018

Il n'était pas encore neuf heures et pourtant, la maison Alexandrov grouillait de monde. Un artisan menuisier prenait les mesures pour remplacer la porte d'entrée. Un ferronnier remettait la grille en place. Les policiers avaient quitté les lieux et une horde de petites mains s'épuisait à nettoyer, balayer et réparer ce qui pouvait l'être. Dimitri allait et venait, attendant son heure, les frères Bogdanov aux fesses.

Il était dans le jardin quand son téléphone bipa. Il avait reçu un SMS. Du coin de l'œil, il observa Cyril et Igor qui l'avaient forcément entendu, mais aucun des deux ne fit mine de vouloir lui arracher l'appareil. Le message venait de Paula : « Pas de Roxane Harris chez Interpol. ». Cela confirmait l'intuition du baron. La jeune femme lui avait menti. Dimitri rentra, les Bogdanov sur les talons.

À l'intérieur, de nombreux gardes assuraient la sécurité des lieux. La plupart étaient nouveaux. Fraîchement débarqués de leur agence, le regard sombre, la carrure impressionnante, ils avaient mis un terme brutal à toute idée d'évasion du baron, cette nuit-là. Ils étaient bien trop nerveux et Dimitri n'avait aucune envie de se faire trouer la peau sur un malentendu. Il avait eu une bien meilleure idée.

Il se fit servir un copieux petit-déjeuner par le cuisinier, avant de convier les Bogdanov à l'accompagner.

Tous trois prirent place dans la Lincoln. Cyril se mit au volant. Igor monta à l'arrière, la main sous sa veste, tenant sans doute la crosse d'un pistolet, le regard braqué sur le baron.

– Où on va ? questionna Igor.

– Au théâtre du Châtelet, répondit sereinement Dimitri.

La Lincoln quitta la propriété et s'engagea sur l'avenue Foch. Dimitri profitait de la vue sur Paris. Il avait suivi les conseils de Roxane et retiré la carte SIM du téléphone portable qu'elle lui avait confié. Il n'en demeurait pas moins méfiant. On pouvait les prendre en filature, les suivre grâce à un drone ou par une méthode qu'il ignorait encore. Il se força au calme. Si quelque chose devait arriver, il aviserait. En attendant, qu'allait-il bien pouvoir faire de ce fameux code Minotaure, une fois qu'il serait en sa possession ? Il ne pouvait décemment pas le céder à son oncle Boris, même en échange d'Olga. L'ancien Spetsnaz le remettrait aussitôt à ses employeurs du moment. Et même si Dimitri se trompait à leur sujet et qu'il ne s'agissait pas du gouvernement russe, ça ne pourrait être que d'affreux profiteurs de la même trempe que Vladimir Alexandrov. Un instant, Dimitri eut un doute. Se pouvait-il que son oncle travaille pour Alexandrov ? Il abandonna rapidement cette idée. L'attaque de cette nuit n'aurait eu aucun sens. Il repensa au mail d'Alexeï. Il n'y avait laissé aucune instruction concernant l'utilisation du code Minotaure. Est-ce qu'il s'était posé les mêmes questions ?

L'arrivée de la Lincoln sur la place du Châtelet mit un terme à ses réflexions. Cyril gara sans vergogne la voiture sur une place destinée à la livraison et les trois hommes descendirent de voiture. Dimitri se dirigea vers le théâtre du Châtelet, jeta un bref regard à l'intérieur et fut soulagé de constater que le même vigile était toujours en faction. L'homme reconnut aussitôt le baron. Une lueur dangereuse s'alluma dans ses prunelles. Ses traits se durcirent. Pourtant, il ne bougea pas, résistant à la farouche tentation de venir en coller une à Dimitri.

— Il est ici le code Minotaure ? s'enquit Cyril, en sautillant sur place.

— Il faut juste que cet homme nous ouvre, lui répondit Dimitri.

Il tapa au carreau, mais le gardien resta de marbre.

— Je ne comprends pas, fit Dimitri.

Il haussa les épaules.

— Tant pis, ajouta-t-il. Nous repasserons plus tard pour récupérer le code Minotaure…

— C'est hors de question, ça ! s'exclama Igor.

Sur un signe de ce dernier, son collègue se mit à frapper au carreau. Le gardien lui décocha un regard mauvais, mais resta planté où il était.

— Eh ! Tu te ramènes, oui ? ordonna Cyril, donnant du poing contre la verrière.

Le vigile ne parvint pas à se contenir cette fois et fonça vers eux. Il se débattit avec la serrure, ouvrit la porte à la volée et s'approcha de Dimitri.

– Tu veux que je te fasse ta fête ? Comment oses-tu revenir ici ?

Dimitri recula, interposant les Bogdanov entre le gardien et lui.

– Eh, dis donc, toi ! fit Cyril en avançant, le menton levé. T'as pas à t'adresser à lui comme ça, hein !

Dimitri eut envie de remercier Cyril pour son impulsivité. Le gardien du théâtre et le garde du corps se toisèrent. Dimitri en profita pour faire un nouveau pas en arrière. Personne ne sembla le remarquer. Quelques badauds vinrent rejoindre les deux belligérants, attirés par l'espoir de voir les deux hommes se battre.

– Qu'est-ce qu'il me veut, le nabot ? éructa le gardien, frappant du plat de la main la poitrine de Cyril.

– Eh ! intervint Igor.

Voulait-il tenter de calmer la dispute ou prendre la défense de son collègue ? Cyril répliqua par un uppercut au menton de son agresseur. La suite échappa à Dimitri. Profitant de la confusion, il s'éclipsa. Il courut jusqu'à la bouche de métro, dévala l'escalier, fila le long du couloir, sauta par-dessus le tourniquet et parvint sur le quai alors qu'une rame arrivait. Il monta à bord et épia la sortie du couloir, mais ne vit personne. Il sourit. Il les avait semés.

Il descendit deux stations plus loin, à Rambuteau, et remonta à la surface, en direction du Centre Pompidou. Il fut bientôt au pied des gros tuyaux colorés qui ornaient le bâtiment d'art moderne. Il leva vers eux un regard plein de nostalgie. Quand Alexeï et lui se trouvaient à Paris, ils venaient souvent à Beaubourg voir les expositions ou lire dans la bibliothèque Kandinsky. Ils s'y sentaient à l'abri du monde, comme dans un cocon douillet. Deux entrées permettaient d'atteindre la bibliothèque, celle sur l'arrière du bâtiment et celle depuis la Piazza. C'est cette dernière que choisit Dimitri. Il aimait la Piazza, cette grande place où se réunissaient troubadours, jongleurs, cracheurs de feu et portraitistes. Pour quelques euros, on pouvait repartir avec une caricature ou un portrait. Il traversa l'esplanade et pénétra dans l'établissement, en passant sous l'énorme tuyau vitré qui escaladait la façade jusqu'au sixième étage et emportait les touristes en quête d'une vue dégagée sur Paris. Deux escalators et un ascenseur l'amenèrent au troisième étage. La porte de la cabine s'ouvrit et il resta interdit. Roxane Harris l'y attendait. Elle planta son regard émeraude dans le sien et lui sourit.

– Vous arrivez à point nommé. Ils sont incapables de me trouver un livre parlant de rose et de liberté…

Comment avait-elle su qu'il viendrait ici ? Rose et Liberté ? Bien sûr ! Dimitri grimaça. Kandinsky. Le nom de la bibliothèque. Il ne fallait pas être bien fin pour deviner. Alexeï avait fait une erreur. N'importe qui pouvait comprendre… Même les Bogdanov. Même Boris Korjev. Et Loukian Minovitch ? Il ne fallait pas traîner… Remis de sa surprise, il sortit de l'ascenseur.

– Vous ne posez sans doute pas correctement la question…

– Sans doute… mais vous allez m'aider, n'est-ce pas ?

– Vous avez retrouvé Olga ? demanda-t-il durement.

Elle leva les yeux au ciel.

– Mais oubliez donc cette fille ! Juste un instant…

– Dès qu'elle ne sera plus l'otage de ces détraqués…

Elle leva un sourcil, mi-étonnée, mi-amusée.

– Vous comptez votre oncle dans le lot ?

– Ça vous surprend ?

Elle haussa les épaules.

– Pas tant que ça, non…

– Bon, je ne voudrais pas paraître désagréable, mais je suis pressé.

Il s'avança vers le comptoir. Elle le suivit. Il s'arrêta.

– Il vaut mieux que vous restiez ici.

– Ah oui ?

– Oui…

– Très bien…

Elle se dirigea vers l'un des rayonnages, se plongea bientôt dans la lecture des différents titres. Il n'était pas dupe. Elle avait accepté bien trop aisément. Il leva le nez vers le plafond, aperçut presque aussitôt l'une de ces boules translucides contenant une caméra. Roxane avait sans doute piraté les lieux et l'observait à distance. Mais il n'avait pas vraiment le choix… Il avança jusqu'au comptoir de l'accueil, sourit en reconnaissant la bibliothécaire, une dame d'une soixantaine d'années, à la physionomie avenante : Rose.

– Que puis-je faire pour vous, jeune homme ? susurra-t-elle d'une voix haut perchée.

– Madame Constance ? Vous ne vous rappelez pas de moi ? Dimitri. Dimitri Hennessy.

Elle le dévisagea un long moment avant que la surprise et la joie n'inondent son visage.

– Dimitri ! Mon petit Dimitri ! Comme tu as changé ! Je ne t'avais pas reconnu…

Il n'osa pas lui demander d'être plus discrète. Elle semblait si heureuse de le voir. Durant toutes ces années où Alexeï et lui avaient fréquenté les lieux, elle avait été comme une seconde mère pour eux, attentive à leur bien-être et à la noblesse de leurs lectures. Les deux jeunes gens, enchantés par son affection bienveillante, l'avaient surnommé « Rose », un diminutif de son prénom « Rosalie ». Par-dessus le comptoir, elle le prit dans ses bras et il retrouva sa tendre odeur de lavande et la douceur de sa peau. Même après toutes ces années, elle n'avait pas changé. Elle finit par le lâcher.

– Je suis si heureuse de te voir, mon petit.

Il lui sourit.

– Moi aussi, madame Constance.

– Comment va ta grand-mère ?

– Très bien…

– Et tu habites toujours avec elle dans ce grand manoir écossais.

– Oui, toujours, madame Constance.

Elle lui pinça gentiment la joue.

– Et tu es marié ? Un joli garçon comme toi…

– Non, madame Constance… Pardonnez-moi, mais je suis un peu pressé et…

– Oui, oui… Bien sûr… Tu es venu chercher l'enveloppe…

La mine soudain sérieuse, elle fit le tour des lieux du regard, avant de soulever une pile de livres et d'en extirper une enveloppe qu'elle lui tendit.

– La voilà ! Alexeï a été bien mystérieux à son sujet. Il m'a juste dit de ne la confier qu'à toi seul.

Tâchant d'échapper à la caméra, Dimitri se saisit du pli et le cacha aussitôt dans la poche intérieure de son blouson. Rose avait repris son air débonnaire.

– Vous êtes toujours de petits cachottiers tous les deux, dit-elle. Vous n'avez pas changé. Ça me rappelle tellement de bons souvenirs de te voir ici…

– À moi aussi, madame Constance.

– Tu diras à ton ami que c'est un chenapan et qu'il ferait bien de venir me rendre une petite visite s'il veut que je continue à distribuer ainsi son courrier !

Dimitri se rembrunit. Elle n'était donc pas au courant de la mort d'Alexeï. Devait-il lui dire ? Sa mine radieuse l'en empêcha. Une autre fois. Il se promit de revenir la voir dès la fin de toute cette histoire pour tout lui raconter.

– Je… Il… bafouilla-t-il.

– Ta ta ta… Ne cherche pas à l'excuser. Je sais bien ce qu'est la vie, va. On n'a le temps de rien… surtout pas de venir voir de vieilles antiquités comme moi.

– Vous n'êtes pas du tout une antiquité, madame Constance. Je vous jure de revenir bientôt vous donner des nouvelles d'Alexeï.

Elle lui sourit avec tendresse.

– Tu es un brave garçon. Allez, file à présent. Tu es pressé…

Il partit, à regret. Rose lui rappelait tant de bons souvenirs… Il chercha Roxane du regard et ne l'aperçut pas. Avec un peu de chance, il pourrait l'esquiver.

Elle l'attendait à côté des ascenseurs. Il retint un soupir.

– Alors, cette enveloppe ? demanda-t-elle, en tendant la main.

Activation Apocalypse
7:59:56.019

– Sortons d'ici d'abord, dit Dimitri.

– Pour que vous vous éclipsiez ? ironisa Roxane. Je n'ai pas confiance…

Il ne put s'empêcher de sourire.

– Personne ne vous a demandé de me faire confiance… pas même moi.

Elle laissa retomber son bras, tendu jusque là.

– Je vous l'ai déjà dit, monsieur le baron. Vous n'êtes pas de taille à affronter Alexandrov, les Spetsnaz et Minovitch seul. Vous avez besoin de moi.

Dimitri dut admettre qu'elle n'avait pas tort.

– Dès que vous m'aurez dit pour qui vous travaillez…

Elle leva les yeux au ciel.

– Qu'est-ce que vous êtes têtu ! Qu'est-ce qu'on peut perdre comme temps avec vous !

Un nouveau sourire étira les lèvres de Dimitri. Elle l'amusait décidément.

– Est-ce qu'il y a le code Minotaure dans cette enveloppe, au moins ?

Dimitri fourra la main dans sa poche intérieure et tâta le papier.

– Non. Pas de clé USB, dit-il, dépité.

Il extirpa l'enveloppe de son blouson, la déchira. À l'intérieur, il découvrit un feuillet plié en deux. Il le déplia et se retrouva devant une vingtaine de lignes de chiffres et de lettres mêlées. Roxane était venue lire par-dessus son épaule.

– Qu'est-ce que c'est que ça ?

Dimitri demeura silencieux. Il reconnaissait l'aspect de l'un de ces messages codés grâce auxquels ils communiquaient, Alexeï et lui, en Suisse ou ailleurs. Un mot seulement connu du codeur et du décodeur permettait de rendre le message lisible. Mais quel mot ? L'un de ceux qu'avait déposés Alexeï au théâtre du Châtelet ? Kandinsky et Rose désignaient l'endroit où se trouvait l'enveloppe. Il ne restait que « Liberté », ce mot qu'ils utilisaient en Suisse. Est-ce qu'Alexeï aurait pris le risque de laisser ainsi connaître ce mot ?

– Mon Dieu ! Ils sont armés !

Le cri lui fit relever la tête. La porte de l'ascenseur venait de s'ouvrir. Les frères Bogdanov étaient à l'intérieur de la cabine et avaient sorti leurs pistolets. Ils virent l'enveloppe déchirée.

– Il a le code !

Ils jaillirent de la cabine.

– Vite ! fit Dimitri. Par ici !

Il fourra la lettre dans une poche, saisit la main de Roxane et l'entraîna vers les escalators extérieurs. Ils franchirent une porte et se retrouvèrent sur une plateforme surmontée d'une verrière.

– Venez !

Dimitri se taillait un chemin à coups de coude au travers d'un groupe de touristes, sa main toujours agrippée à celle de Roxane.

– À terre ! hurla soudain quelqu'un.

Un coup de feu résonna, suivi d'un autre. Des gens se mirent à crier. Dimitri et Roxane atteignirent le sommet de l'escalator, en panne.

— Arrêtez ! brailla Igor par-dessus les hurlements de terreur.

Dimitri et Roxane dévalèrent les marches. Un nouveau coup de feu retentit.

— Ils vont finir par nous tuer ! s'offusqua la jeune femme.

— C'est leur but, on dirait ! grommela Dimitri.

— Vous n'êtes pas censés leur dégoter le code Minotaure ?

— Ils croient que je l'ai sur moi !

Ils parvinrent au deuxième étage et Dimitri se permit un bref coup d'œil en arrière. Cyril et Igor descendaient les premières marches.

— Plus vite ! intima Dimitri.

Les deux jeunes gens arrivèrent au rez-de-chaussée. Les deux gardes avaient toujours un escalator de retard. Dimitri voulut entraîner sa compagne vers la piazza.

— Non. Suivez-moi !

Elle le dirigea vers l'arrière du bâtiment. Ils sortirent rue de Rambuteau.

— Venez !

Elle courut en direction d'un taxi stationné en double file, s'engouffra à l'intérieur. Dimitri referma la porte sur eux.

— Démarre ! Tout droit ! ordonna-t-elle au chauffeur.

Le taxi se glissa dans la circulation. Derrière eux, les frères Bogdanov émergeaient du centre Pompidou. Ils regardèrent autour d'eux, sans rien découvrir, avant de retourner à l'intérieur. Ils avaient perdu sa trace.

Dimitri se laissa aller contre la banquette, sourire aux lèvres. Roxane sortit un ordinateur portable d'un sac et le démarra.

– Déshabillez-vous !

Dimitri écarquilla les yeux.

– Pardon ?

Roxane se tourna vers lui.

– Il y a seulement deux possibilités… Soit vous avez parlé de Kandinsky à Alexandrov et il a compris où il pouvait vous retrouver, soit vous portez un émetteur-récepteur, soit les deux. Vous voulez prendre le pari ?

Dimitri jeta un coup d'œil au chauffeur qui se marrait, poussa un soupir, et retira son blouson. Roxane brancha son téléphone portable à son ordinateur.

– Et bien sûr, grommela-t-il, vous pouvez pirater des caméras un peu partout dans Paris, mais vous êtes infoutue de voir si j'ai des émetteurs sur moi…

Roxane ne daigna pas relever la tête. Elle avait pris une photo de la lettre codée d'Alexeï et la transférait sur son ordinateur.

– Bien sûr que je peux le savoir, mais ça prendrait trop de temps de les retirer et j'ai mieux à faire.

Dimitri déboutonna sa chemise, furieux de s'être laissé avoir aussi facilement.

– Et une fois à poil, je fais quoi ? Je me balade dans les rues de Paris en tenue d'Adam ?

– Tsss… Gilles !

Le chauffeur, goguenard, lui balança un sac depuis l'avant de la voiture.

– C'est à votre taille, commenta Roxane, en lui glissant un regard gourmand…

Dimitri leva les yeux au ciel, mais fit ce qu'on lui demandait.

– Je peux garder mon slip au moins ?

– Si vous ne l'avez pas laissé traîner n'importe où…

– Il est propre si c'est ce que vous voulez savoir…

Roxane jeta un regard dubitatif à son sous-vêtement, puis haussa les épaules.

– Gardez-le…

– Il faudrait être tordu pour mettre un dispositif électronique dans un slip, non ? questionna Dimitri, perplexe.

– On n'entendrait rien surtout, répondit Roxane, sans quitter son écran du regard.

Dimitri préféra ne pas commenter cette évidence. Il enfila les vêtements qu'on lui avait préparés : un jean, un pull à col roulé bleu et un court manteau brun.

– Mettez vos fringues dans le sac, m'sieur, lui lança le chauffeur.

Dimitri obéit, lui tendit le tout. Le chauffeur ralentit et balança le sac au pied d'une poubelle à papier.

– Et maintenant ? questionna Dimitri.

– Nous allons au 32 rue Lahire. C'est près de la bibliothèque de France.

– Et on va y faire quoi ? demanda Dimitri, sourcils froncés.

Roxane tourna son écran vers lui.

– Si on décode la lettre d'Alexeï avec le mot « Liberté », c'est ce qu'on découvre…

– Vous êtes une rapide…

Il ne lui parla pas de ses doutes concernant l'utilisation du mot « Liberté ». Ils ne trouveraient sans doute rien à cette adresse, si même elle existait. Quel mot avait bien pu servir de clé à Alexeï pour coder sa lettre ? C'était forcément un mot qu'il pouvait trouver, lui et lui seul, mais lequel ? À côté de lui, Roxane avait refermé son ordinateur. Tendue, elle fixait la route devant eux, impatiente d'arriver. Dimitri l'observa, songeant à quel point elle ressemblait à un personnage de manga avec son inhabituelle coupe de cheveux, ses grands yeux couleur émeraude et son étrange manteau gothique. La sérénité de ses traits, la chaleur de son regard, l'assurance féline de ses mouvements, tout en elle irradiait le mystère, la rendait attirante.

– Pour qui travaillez-vous, Roxane ?

Elle sursauta légèrement, se tourna vers lui, prit le temps de le dévisager avant de répondre.

– Pour des gens qui se soucient du bien-être de l'humanité.

Il sourit, amusé.

– C'est un peu caricatural, non ?

Elle sembla réfléchir.

– Sans doute, mais c'est la vérité.

Elle reporta son attention sur leur chemin.

– Et ils portent un nom, ces gens ?

– Ils en ont un, oui. Comme tout le monde…

– Qui est ?

– Ça ne vous dirait pas grand-chose…

– J'aimerais en juger.

Elle se tourna vers lui.

– Les Veilleurs.

Il fronça les sourcils. Elle haussa les épaules.

– Vous vous attendiez à quoi ? Les Rose-Croix ? Les Francs-Maçons ? Les Illuminati ?

Dimitri éluda, désigna Gilles du menton.

– Lui aussi travaille pour eux ?

– Oui.

Le chauffeur octroya un regard songeur au baron.

– Et donc, ils veillent sur le monde ? reprit ce dernier.

Roxane prit quelques instants avant de répondre.

– Je crois qu'on peut dire ça. Ils empêchent que des petits malins fassent sauter la planète.

– Avec des virus informatiques…

– Notamment, oui.

Le baron se demanda si les services d'espionnage classiques connaissaient cet organisme et ce qu'ils en pensaient.

– Comment ont-ils su pour le code Minotaure et Alexeï ?

– Je ne sais pas exactement. Je ne pose pas ce genre de questions.

– Et si vous récupérez le code Minotaure, vous leur donnerez ?

Elle acquiesça.

– Sans savoir ce qu'ils pourraient bien en faire ? insista Dimitri.

– J'ai confiance ! Tout est question de confiance.

– On est arrivés ! intervint Gilles. Enfin, si on veut… Il n'y a pas de trente-deux dans la rue Lahire. Ça s'arrête au numéro 20.

Dimitri masqua un sourire. Alexeï n'était pas si idiot que Roxane l'avait imaginé. Son sourire disparut aussitôt. Ça ne les avançait pas pour retrouver le code Minotaure. Roxane regardait autour d'eux.

– Il n'aurait eu ni le temps ni la possibilité, n'est-ce pas ?

– De venir jusqu'ici en échappant aux hommes de main d'Alexandrov pour y déposer le code Minotaure ? Non, j'en doute… Et puis, pourquoi ici ?

– Mais si la clé n'est pas le mot « Liberté », qu'est-ce que c'est ?

– Je l'ignore, répondit Dimitri.

Elle le dévisagea, l'œil sévère.

– Je l'ignore réellement, crut bon d'ajouter Dimitri.

– Et dans le cas contraire, vous ne me le diriez pas, n'est-ce pas ?

– Pour que vous remettiez cette arme entre les mains d'inconnus qui se prétendent sauveurs de l'humanité ? Certainement pas, non…

– Vous préférez sans doute qu'il tombe entre les mains d'Alexandrov ou de votre oncle ?

Elle avait marqué un point. Il ne connaissait pas les motivations profondes des Veilleurs, mais il restait une chance que ce ne soit pas de s'approprier davantage de pouvoir, comme le désiraient Vladimir ou les commanditaires de Boris.

– Je vais chercher… En attendant…

Il jeta un œil à sa montre. Il était près d'une heure.

– Gilles, ramenez-moi à la Tour Eiffel. Ce sera bientôt l'heure de mon rendez-vous avec tonton Boris.

– À quoi bon y aller ? fit Roxane, alors que Gilles reprenait la route. Vous n'avez pas le code Minotaure…

Il sourit.

– Ça va vous agacer, mais je pense à Olga. Ils sont capables du pire avec elle si je ne viens pas au rendez-vous. Et puis, à défaut du code Minotaure, je peux lui donner la lettre codée… Il ne pourra rien en faire, sans le mot clé…

– Vous avez forcément ce mot clé, Dimitri, insista Roxane. J'en suis sûre. Réfléchissez !

Dimitri hocha la tête.

– C'est ce que je fais, Roxane. C'est ce que je fais.

Activation Apocalypse
6:19:53.020

Assis en tailleur contre la carlingue, Loukian observait l'écran de son ordinateur avec une joie féroce. Il avait enfin coincé la pirate informatique et de la plus belle des manières encore. Par deux fois, elle avait débranché son ordinateur et changé son adresse IP pour l'empêcher de la retrouver, mais cette fois, il ne la lâcherait pas.

– Direction la Tour Eiffel, hurla-t-il.

Son cri résonna dans l'habitacle de la camionnette. Jean, cheveux longs retenus en queue de cheval et barbe longue, décrocha le combiné et prévint leur chauffeur. Rob, crâne rasé, petit bouc, visage et bras tatoués, mis en valeur par son marcel, resta assis, observant le maître Minovitch à l'œuvre. Annie, un anneau planté dans une narine, un autre dans le lobe de l'oreille droite, entortillait des mèches de longs cheveux blonds autour de son index, tout en mâchonnant un chewing-gum. Piotr se pencha sur l'écran de Loukian.

– Tu as piraté son PC ?

– Non, ricana Minovitch. C'est une maligne. Elle s'en serait aperçue.

Rob fronça les sourcils, en voyant Loukian parler seul, mais il en avait l'habitude et resta coi, attentif.

– Comment t'as fait alors ? questionna Piotr, sans se préoccuper du sang qui s'écoulait lentement de sa blessure au flanc.

– J'ai piraté sa connexion. Je vois toutes les données qu'elle envoie et reçoit. Elle croit sans doute sa connexion sécurisée, mais elle se trompe.

Annie se pencha vers Rob.

– À qui il parle ? murmura-t-elle.

– À son fils d'après Jean, répondit Rob de la même manière.

Piotr posa un doigt ensanglanté sur l'écran.

– Et comment tu la filmes ?

Loukian ricana.

– Il m'a suffi de lancer sa caméra, discrètement, sans déclencher ses cerbères. Tout est automatiquement envoyé sur le réseau.

Annie frissonna.

– Il me fait peur, chuchota-t-elle. Il est pas normal…

Rob haussa légèrement les épaules.

– C'est un génie. C'est comme ça, les génies.

– C'est de la balle ! s'écria Piotr.

Piotr resta un instant silencieux.

– Et ils l'ont trouvé ? Le code Minotaure ?

– Non. C'était une fausse adresse. « Liberté » n'est pas la clé.

Annie se serra un peu plus contre Rob.

– Tu crois qu'il va nous mener à la victoire ? questionna-t-elle à mi-voix.

Rob acquiesça.

– Et c'est quoi alors ? s'enquit Piotr. La clé ?

Loukian eut un sourire pervers.

– Je n'en sais rien, mais eux non plus… Jamais ils n'auront le temps de retrouver le code Minotaure avant qu'Apocalypse ne se lance !

– Ouais, mais si Apocalypse se lance pas ?

Un rictus déforma les traits de Loukian.

– Il se lancera !

Annie se mordit la lèvre inférieure, son index toujours entortillé dans sa chevelure. Elle n'osait plus bouger.

– Ouais, mais s'il se lance pas quand même ?

– Il se lancera !

Loukian avait bondi sur ses pieds comme un diable monté sur ressort. Piotr se marra et disparut. Rob sursauta, se mit debout. Loukian tourna vers Annie le regard acéré de ses petits yeux bruns.

– Vous êtes prêts ?

Annie lâcha sa mèche de cheveux, se redressa en prenant appui sur la cloison dans son dos. Rob acquiesça. Trois fusils mitrailleurs étaient ajustés à la carrosserie de la camionnette. Il en prit un, l'arma.

Loukian sourit. Annie ne pouvait détacher son regard de ce faciès inquiétant.

– Nous arrivons, annonça Jean.

Activation Apocalypse
6:04:18.021

Le taxi se gara à proximité de la Tour Eiffel. Dimitri ouvrit la portière.

– Je garderai un œil sur vous, lui lança Roxane.

– Vous continuerez de m'espionner, quoi…

Elle lui fit un grand sourire.

– Un homme… On ne sait jamais dans quel piège ça peut bien aller se fourrer…

Il lui rendit son sourire.

– Je tâcherai d'être prudent.

– Ils disent tous ça, fit Roxane, amusée.

– Tous ? s'enquit Dimitri, les sourcils froncés.

Devant le silence gentiment réprobateur de la jeune femme, il descendit de voiture.

– Dimitri ?

– Oui ?

Il se pencha à l'intérieur. Le visage de Roxane s'était fait sérieux. Il lui sembla lire de l'inquiétude dans l'émeraude de son regard.

– Faites attention à vous.

Il hocha doucement la tête.

– Vous aussi, Roxane. Et je compte sur vous pour me contacter si vous trouvez quelque chose…

– Bien sûr…

Il ne put s'empêcher de sourire. Elle lui mentait effrontément. Il le savait pertinemment.

– Vous avez toujours mon téléphone portable, n'est-ce pas ? questionna-t-elle.

– Sans carte SIM, oui.

Elle lui sourit avec chaleur.

– Ainsi, vous écoutez mes conseils, baron ?

– Quand il s'agit de bons conseils, Miss Harris.

Elle rougit joliment, fit signe à Gilles de redémarrer. Dimitri referma la porte, regarda le taxi s'éloigner avant de rejoindre le parvis de la Tour Eiffel. Quand il fut à ses pieds, il extirpa le téléphone portable de Roxane de sa poche et y replaça sa carte SIM. Le téléphone sonna aussitôt. Il décrocha.

– Il est treize heures, Dimitri ! aboya la voix de Boris à son oreille.

– Je n'ai pas le code Minotaure, mais une lettre chiffrée d'Alexeï… une lettre chiffrée et… sa clé. Je suis devant la Tour Eiffel.

Il raccrocha, retira la carte SIM du téléphone, la glissa au fond de l'une de ses poches de pantalon, espérant que les Spetsnaz ne l'y découvriraient pas en le fouillant.

En attendant l'arrivée de Boris, Dimitri continuait de chercher quel pourrait être le mot clé employé par Alexeï. Tout en réfléchissant, il admirait la Tour Eiffel. La vieille dame offrait à son regard la finesse de sa dentelle de métal. Il se rapprocha du pilier sud où un bâtiment surélevé recelait le départ des escaliers desservant les deux premiers étages. En d'autres circonstances, il aurait grimpé tout en haut, histoire de contempler Paris à ses pieds, mais il valait mieux rester sur le plancher des vaches.

– Monsieur !

L'appel le fit émerger de ses réflexions. À côté de la boutique de souvenirs, une jeune femme aux longs cheveux blonds, jean et blazer, piercing au nez et à l'oreille droite, lui faisait signe. Elle tenait un plan de Paris et semblait perdue. Il regarda autour de lui, n'aperçut nul personnage suspect et s'approcha. Elle lui fit un grand sourire.

– Je cherche le Louvre. Vous pourriez m'aider ?

Elle lui tendit son plan.

– Bien sûr…

Ensemble, ils se plongèrent dans la carte et le chemin le plus court pour rejoindre le Musée du Louvre. Dimitri eut soudain conscience d'un mouvement dans son dos, mais n'eut pas le temps de se retourner. Une douleur violente lui vrilla le cou. Il porta la main à la piqûre. Ses jambes se dérobèrent sous lui. Il serait tombé sans des mains secourables.

– Vite ! fit la fausse touriste.

Comme répondant à son commandement, une camionnette grise vint se garer devant eux. Dimitri y fut embarqué sans ménagement avant de sombrer dans l'inconscience.

– Il reprend ses esprits…
– Parfait.

Dimitri ouvrit des paupières encore lourdes de sommeil. Combien de temps était-il resté inconscient ? Où se trouvait-il ? Il chercha à bouger ses bras ou ses jambes, mais on l'avait solidement ligoté. Il était étendu sur le plancher de la camionnette et aux oscillations qu'il ressentait, ils roulaient à vive allure. Un visage émacié aux nombreuses taches de rousseur, surmonté d'une épaisse tignasse rousse, envahit son champ de vision. Ses petits yeux bruns l'observaient avec une férocité dérangeante.

– Bonjour, monsieur Hennessy, fit-il avec un fort accent russe.

Dimitri resta muet. L'inconnu eut un rictus.

– On n'est pas bavard, hein, mais ça va changer…

La folie se lisait sur ses traits. Du coin de l'œil, Dimitri aperçut la blonde en train de remplir une seringue.

– Ta petite amie n'est pas aussi maligne qu'elle l'imagine… Ses connexions sont sécurisées, mais pas assez pour un pirate tel que Loukian Minovitch ! Je sais tout !

Il se mit à ricaner. Des frissons remontèrent le long de la colonne vertébrale de Dimitri. Un homme à la queue de cheval et à la barbe fournie l'attrapa par son manteau et le redressa.

– Découvrez-lui le bras, ordonna Loukian.

Qu'est-ce que ce malade lui voulait ? Le tuer ? Une simple balle aurait suffi. La jeune fille s'approcha, la seringue à la main. L'homme lui releva la manche, lui tordant le bras au passage.

– Qu'est-ce c'est ?

– C'est qu'il se décide à parler… railla Loukian. Un sérum de vérité. Avec ça, tu vas nous dire quelle est la clé de décryptage de la lettre !

– Je n'en ai aucune idée ! plaida Dimitri.

— Je suis persuadé qu'elles vont venir, les idées, ricana Loukian.

La jeune fille s'agenouilla près de lui. Dimitri devait gagner du temps. Son oncle était averti de sa présence au pied de la Tour Eiffel. S'il avait assisté à son enlèvement, il interviendrait bientôt…

— Pourquoi retrouver le code Minotaure ? questionna-t-il. Vous n'en avez pas besoin !

— Non, c'est vrai, mais ainsi, personne d'autre ne le retrouvera. Une fois la clé USB entre mes mains, je la détruirai !

L'aiguille s'approchait de sa peau dénudée.

— Qu'est-ce que ça vous… commença Dimitri.

Il ne put poursuivre. La camionnette fut soudain projetée sur le côté. Le dos de Dimitri heurta douloureusement le torse du barbu. La jeune fille percuta la tôle, la tête la première, et resta étendue, immobile au sol, la seringue toujours à la main. Loukian avait atterri dos contre la porte coulissante et reprenait son souffle. La prise de l'homme à la barbe s'était relâchée. Dimitri banda ses muscles, bascula la tête en arrière de toutes ses forces. Un craquement sinistre. Un hurlement strident. Il lui avait brisé le nez. Dimitri se projeta sur ses pieds, retomba en avant, incapable de se maintenir debout avec les chevilles entravées.

— Tu vas me le payer, saleté de noble ! brailla le barbu.

La porte de la camionnette coulissa. Loukian se jeta de côté, s'empara d'un fusil mitrailleur à sa portée, visa la porte, mais personne n'entra. Une grenade rebondit sur le plancher, roula quelques instants avant de se stabiliser à quelques centimètres du visage de Dimitri. Le jeune homme se contorsionna pour s'en éloigner avant de se mettre en boule, attendant le choc. Une détonation. Un gaz emplit les lieux.

– Repli ! cria Loukian.

Le reste de sa phrase se perdit dans une quinte de toux. Dimitri ne parvenait plus à respirer. La fumée lui brûlait la gorge, emplissait ses poumons. Le pistolet-mitrailleur de Loukian tomba au sol, bientôt suivi par son propriétaire. Dimitri hoqueta une dernière fois avant que les ténèbres ne se referment sur lui.

Activation Apocalypse
5:49:03.022

Debout au côté de la BMW qui l'avait amené jusque là, Boris Korjev assistait à l'attaque de ses hommes contre la fourgonnette de Loukian Minovitch. Il leur fallut moins de deux minutes pour en sortir le pirate informatique et le baron, tous les deux dans le coaltar, mais entiers, les traîner jusqu'à la voiture et les embarquer. Le visage encagoulé des miliciens, leurs vêtements noirs, leur gilet pare-balles, leurs armes visibles et sans doute aussi le sigle GIGN apparent sur leur dos tenaient à distance les nombreux badauds. Boris fut le dernier à grimper à bord. Au loin, une sirène de police résonnait. Il eut un sourire moqueur. À leur arrivée, ils n'auraient plus qu'à ramasser les collègues de Minovitch et assurer la circulation des lieux. Avec leur casier judiciaire de fouteurs de merde, les potes de Loukian allaient se retrouver en tôle. Dimitri aurait alors les mains libres pour dénicher le code Minotaure. Dimitri et lui, Boris Korjev.

— En avant ! fit-il à son chauffeur.

Le véhicule prit la direction de leur QG. Dans le rétroviseur intérieur, il aperçut la voiture de police s'arrêter à côté de la fourgonnette. Déjà, un piéton s'approchait d'eux et leur désignait la BMW. Trop tard. Même la lecture des plaques ne leur apporterait rien. Elles étaient fausses. Le parvis de la Tour Eiffel disparut bientôt de sa vue.

– Parle !

Une gifle monumentale s'abattit sur la joue de Minovitch, les fit basculer sur le sol de terre battue, lui et sa chaise. Primakov les redressa tous les deux. Loukian en profita pour lui balancer au visage un crachat sanguinolent. Une nouvelle gifle mit fin à sa rébellion. À moitié assommé, Minovitch resta immobile. Primakov resserra les liens qui retenaient les poignets et les chevilles de son prisonnier à la chaise. Minovitch gémit sous la morsure des cordes dans ses chairs. Korjev fit signe que les choses sérieuses pouvaient commencer. Kassoline s'approcha avec une pince métallique. Les cris du cyberpirate emplirent bientôt la petite cave. Le milicien agita la pince, fit tomber l'ongle écarlate accroché à ses bords, s'appropria un autre doigt.

– Où est ta planque ? demanda Korjev depuis la porte d'entrée. Où sont tes complices ?

Loukian gémissait sourdement, incapable de répondre. Kassoline s'employa à lui faire sauter un autre ongle. Les hurlements reprirent de plus belle.

– Mon capitaine, le baron est conscient, l'avertit Andreiv, depuis le couloir.

Il jeta un œil à l'intérieur de la pièce et, sous le choc, recula. Korjev lui tapota gentiment l'épaule.

– J'arrive.

– Bi… bien, mon capitaine, fit Andreiv.

Korjev ne s'étonnait même plus de la sensibilité de son sergent. On ne l'avait pas recruté pour ses talents de tireurs ou son absence d'empathie, mais bien pour ses capacités technologiques. Boris aurait obligé tout autre membre de sa milice à assister au reste de la séance de torture, mais pas Andreiv. Le pauvre sursautait déjà quand on lui parlait un peu fort... Korjev fit signe à ses hommes de continuer sur un mode plus doux. Primakov saisit une matraque électrique avec un sourire carnassier. Le capitaine sortit et ferma la porte. L'huis fermé n'empêcha pas les cris de douleur de se répandre dans le couloir. Il haussa les épaules. Loukian Minovitch avait joué et perdu. Ce n'était qu'un sale traître, un renégat. Et ce n'était pas lui, Boris Korjev, ancien capitaine spetsnaz, qui allait prendre en pitié un mec qui avait failli faire la peau à son neveu et ne rêvait que de détruire la Russie, quel qu'en soit le prix...

Dimitri se trouvait dans ce qu'on aurait pu appeler une infirmerie si, faute de place, la pièce ne servait pas également au stockage des vivres et de l'eau. Il avait délaissé le lit et se tenait assis sur une chaise pliante. Il releva la tête à l'arrivée de son oncle.

– Comment tu te sens ?

– Ça peut aller... répondit le jeune homme, sur la défensive.

– Comment il va ? demanda Korjev au médecin de la milice.

– Il est en parfaite santé, à part quelques hématomes ici ou là...

– Laissez-nous.

– Bien, mon capitaine.

Le médecin s'éclipsa, laissant les deux hommes seuls. Korjev attrapa la seconde chaise pliante, la fit glisser devant Dimitri et s'y assit à califourchon.

– Tu es dans la merde, neveu !

Dimitri eut l'un de ces sourires ironiques que Boris lui connaissait.

– Tu es dans la merde également, tonton… Tu n'as pas le code Minotaure… Tes commanditaires ne doivent pas être contents…

Boris Korjev sortit la lettre codée de sa poche, la déplia lentement et la montra à Dimitri.

– Donne-moi la clé de décryptage.

– Dès que j'aurai récupéré Olga Alexandrov.

Boris baissa le papier.

– Tu me donnes la clé et tu la retrouveras…

– Tu me la montres, je te donne la clé, et tu nous libères… Tous les deux…

Korjev afficha un sourire goguenard.

– Tu me donnes la clé ou je la fais torturer. Ça fait un sacré paquet de jours que mes hommes n'ont pas eu une fille entre leurs pattes et c'est plutôt un joli petit lot, ton Olga Alexandrov.

La mâchoire de Dimitri se serra. Il blêmit légèrement.

– Tu n'es pas en position de négocier ! insista Korjev.

– Liberté !

– Quoi, Liberté ?

– Le mot clé pour décrypter la lettre est Liberté. C'est bien ce que tu voulais, non ? Maintenant, je veux voir Olga !

– Tu la verras ! Dès que j'aurai fait vérifier que ce mot décrypte bien la lettre.

– Tu n'as pas confiance en moi, tonton ?

Boris ricana.

– Non.

Sur ce, il se leva et quitta la pièce, prenant soin de fermer la porte à clé derrière lui.

Activation Apocalypse
4:20:50.023

Dimitri ne resta pas seul bien longtemps. Son oncle venait à peine de quitter la pièce qu'un milicien lui apportait une assiette de solianka, une soupe épicée composée de bœuf, de concombres marinés, de chou et de crème fraîche aigre. L'homme la posa sur un coin de meuble et s'éclipsa, refermant la porte à clé. Une odeur d'aneth envahit la petite pièce. Le ventre de Dimitri fit entendre un sonore borborygme. Le baron réalisa qu'il avait faim et après une hésitation, se décida à manger l'épaisse soupe, tout en réfléchissant à un plan pour s'échapper.

Son repas terminé, Dimitri se mit à observer les lieux, cherchant une issue. Les murs et le plafond étaient de pierre, le sol de terre battue. Le seul accès était la porte. Il ne lui restait plus qu'à essayer de l'ouvrir, trouver Olga et s'enfuir avec elle, sans que les Spetsnaz ne puissent leur mettre la main dessus. Il doutait fortement de réussir un tel plan, mais il ne pouvait rester à rien faire.

Il chercha parmi ses possessions ce qui pourrait lui être utile et constata qu'on lui avait retiré sa montre et le téléphone portable confié par Roxane. Par contre, la carte SIM était toujours au fond de sa poche de pantalon, mais sans téléphone où la glisser, elle ne lui était d'aucun secours. Il farfouilla dans les tiroirs et au milieu des ustensiles médicaux finit par découvrir une pince idéale pour s'attaquer à la serrure. Il l'introduisait quand il sentit une résistance. On insérait une clé. Il reposa la pince et retourna s'asseoir. La porte s'ouvrit. Il reconnut aussitôt l'homme qui se tenait devant lui. Il l'avait surnommé intérieurement Tête de Cheval à cause de son étonnant profil équin, le lieutenant Léonid Primakov. Derrière lui, il distingua celui qu'il avait baptisé l'Efflanqué, Sergueï Kassoline, deux fidèles de son oncle, deux hommes qu'il avait connus durant son enfance. À leur regard, il devina qu'il n'était pas de circonstance de céder aux joies des retrouvailles. Il n'était plus le neveu de leur capitaine, mais un homme à garder.

— Suis-nous !

Ils l'escortèrent le long d'un couloir. À son extrémité, deux portes cadenassées, percées de lucarnes, se faisaient face. Des gémissements s'élevaient de la porte de droite. L'Efflanqué déverrouilla celle de gauche.

— Dimitri ! s'écria une voix féminine.

L'Efflanqué le poussa à l'intérieur d'une grande bourrade dans le dos. Il se retrouva dans une cellule spartiate, entièrement cimentée, sans ouverture, sans toilettes. Une paillasse gisait à même le sol. Olga s'y trouvait, vêtue d'un ensemble militaire de camouflage bien trop grand pour elle. Elle se leva et se précipita dans les bras du baron.

— Eh eh, les amoureux ! ricana Tête de Cheval alors que l'Efflanqué verrouillait la porte.

Dimitri repoussa gentiment Olga.

— Tu n'as rien ?

– Non. Ils… ils ne m'ont pas touchée.

Sa lèvre et son œil demeuraient enflés, mais Dimitri savait que ce n'était pas l'œuvre des Spetsnaz.

– Nous allons sortir d'ici, lui assura-t-il.

– Comment ?

Il regarda autour de lui.

– Je ne sais pas encore, mais on va trouver…

– Tu leur as donné le code Minotaure ? s'inquiéta Olga.

– Non. Je ne l'ai pas…

– Mais tu sais où il est ?

Il focalisa son attention sur la jeune femme, fronça les sourcils.

– On dirait que le code Minotaure t'intéresse plus que de sortir d'ici. Qu'est-ce que tu gagnes, toi, dans cette histoire ?

Elle baissa la tête, rougissante.

– Tu as passé un pacte avec Boris Korjev ?

Elle releva le visage, offusquée.

– Bien sûr que non… Je me renseigne. C'est tout…

Il la dévisagea durement.

– Alors, pour ton information, non, je n'ai pas le code Minotaure et non, je ne sais pas où il se trouve. Tout ce que j'ai, j'avais, c'est une lettre cryptée, mais je n'ai pas la clé pour la décrypter. Voilà. Tu sais tout. Contente ?

Elle s'approcha de la couche au sol, s'y laissa tomber, passa sa main dans ses cheveux, haussa les épaules.

– Je suis enfermée, de toute manière…

Il étudia brièvement les lieux une nouvelle fois, tint pour acquis qu'il n'y avait aucune possibilité de fuir et vint s'asseoir à son côté. Après un long silence, elle se mit à parler à mi-voix :

– Alexeï tenait tant à ce code. Il est mort pour lui, pour que toi, tu le retrouves.

– Je sais, dit simplement Dimitri.

Son regard se perdit dans les pierres des murs. Quelle pouvait être cette clé ? Dans quelques heures à peine, Apocalypse se déclencherait et mettrait hors circuit une multitude d'ordinateurs sur toute la planète. Est-ce que les avions s'écraseraient alors ? Et les centrales nucléaires ? Exploseraient-elles ? Il ignorait exactement ce qui était relié à Internet, ce qui pouvait être contaminé. La menace était-elle vraiment là d'ailleurs ? Il se rappelait avoir lu dans les journaux que le virus était clairement identifié comme venant de la Russie. La mort des ordinateurs déclencherait-elle un conflit entre la Russie et les États-Unis ? Un conflit nucléaire ? Il n'osait l'imaginer. Il se leva. Il ne pouvait pas rester enfermé ici, à attendre que le monde s'effondre ! Il se rassit presque aussitôt, se prit la tête entre les mains. À quoi bon sortir de là, sans connaître la clé de décryptage ? Il lui fallait trouver cette foutue clé. Étrangement, il songea à Roxane. Peut-être ses logiciels avaient-ils trouvé la réponse à ses interrogations. Peut-être avait-elle déjà récupéré le code Minotaure et mit un terme à Apocalypse, faisant la nique à la Russie. Les Veilleurs. Il soupira. Existaient-ils seulement ? Il n'en avait jamais entendu parler. Et pourtant, n'était-ce pas son seul espoir en cet instant ? Une jeune femme, à mi-chemin entre le manga et le gothique, et son ordinateur.

Les deux jeunes gens demeuraient silencieux, perdus dans leurs pensées, quand la porte s'ouvrit. Dimitri se leva. Olga l'imita. Tête de Cheval et l'Efflanqué se tenaient dans l'embrasure. L'Efflanqué s'avança, saisit le bras d'Olga.

– Elle vient avec nous !

– Non ! hurla Olga, terrifiée.

– Qu'est-ce que vous lui voulez ? questionna Dimitri.

– La clé ne fonctionne pas… Le capitaine pense que tu as besoin de motivation pour nous donner la bonne.

– Non ! cria Olga, suppliante. Dimitri ! Ne me laisse pas avec eux !

– Ne t'inquiète pas, ajouta Tête de Cheval à l'intention du baron. On va en prendre bien soin…

Le regard vicieux qu'il coula sur la jeune femme ne laissait aucun doute sur ce qu'il voulait lui faire subir.

– Vous ne l'emmènerez nulle part ! décréta le baron.

– Ah oui ? rétorqua l'Efflanqué. Et c'est toi et tes petits muscles qui vont nous en empêcher ?

– Mes petits muscles valent bien ta petite cervelle ! lâcha Dimitri.

– Eh, mais c'est qu'il s'y croit le petit Dimitri… Ça te manque de pas avoir pris de raclée récemment ?

Le sang quitta les joues du jeune homme sous l'insulte. Il avait pensé que ces deux-là étaient des copains parce qu'il avait grandi en leur compagnie. Il réalisa brusquement qu'il s'était trompé.

– Viens donc voir qui va se prendre une raclée, lança Dimitri, rageur.

– Ça ne fait aucun doute, minable, éructa l'Efflanqué en repoussant Olga vers le fond de la cellule. Toi, la donzelle, tu restes ici, le temps que j'apprenne les bonnes manières à ton petit copain…

Dimitri se mit en garde, inquiet. Il n'avait pas combattu un adversaire aussi coriace depuis bien longtemps. L'Efflanqué retira sa veste, les yeux plantés dans ceux du baron, et fit jouer ses muscles. Il sautilla sur place, balança la tête de gauche et de droite. Dimitri l'observait, pieds écartés, poings levés. Du coin de l'œil, il évalua la position de Tête de Cheval. Le milicien attendait, tranquillement adossé à la porte, sa matraque électrique coincée dans sa ceinture.

Occupé à épier Tête de Cheval, Dimitri ne vit pas le premier coup venir. L'instant d'avant, l'Efflanqué se tenait à un bon mètre de lui, et l'instant d'après, il abattait son poing fermé contre sa joue gauche. Dimitri vacilla sur ses jambes, mais tint bon. Il se baissa pour éviter le coup suivant, vit une ouverture, se propulsa en avant et faucha son adversaire en pleine poitrine, lui coupant le souffle. Le dos de l'Efflanqué vint frapper le mur dans un bruit mat. Dimitri recula, l'épaule douloureuse. Son opposant quitta le mur en prenant son temps. Dimitri attendit, profita du répit pour reprendre son souffle. L'Efflanqué avança. Dimitri fit un pas en arrière. Tête de Cheval n'avait pas bougé d'un pouce, absorbé par le combat. Dimitri feignit un léger déséquilibre à gauche. L'Efflanqué y vit une merveilleuse occasion et avec une rapidité étonnante, balança sa jambe droite pour faucher celle de Dimitri. Le jeune homme encaissa le coup, se laissa aller en arrière, contre Tête de Cheval, et s'écroula à ses pieds. Les deux Spetsnaz éclatèrent de rire. Dimitri se saisit de la matraque électrique coincée dans la ceinture de Tête de Cheval, la tira à lui, la fit tourner sur son axe avec dextérité et appuya sur l'interrupteur. Tête de Cheval eut un hoquet de surprise. Son corps se tétanisa, fut parcouru de soubresauts avant de s'effondrer. Dimitri se releva, se tourna. L'Efflanqué avait sorti son arme de service et pointait le canon sur lui.

– Fini de rire ! Lâche ça !

Dimitri ricana.

– Range ça ! Tu vas blesser quelqu'un.

L'Efflanqué plissa les yeux, indécis. Il ne comprenait pas pourquoi l'autre n'obéissait pas alors qu'il pointait un flingue chargé vers lui.

– Je ne le répéterai pas ! fit-il.

– Korjev ne sera pas content du tout si tu m'abats et un Korjev mécontent…

Le Spetsnaz eut un sourire amusé.

– Il sera encore moins content si tu n'es plus là à son retour.

– Ça se tient, mais tu sais… Je connais mieux mon oncle que toi.

– Quoi ? Korjev est votre oncle ?

La voix d'Olga résonna étrangement dans la cellule. L'Efflanqué fut surpris de l'entendre. Il l'avait visiblement complètement oubliée. Il tourna légèrement la tête dans sa direction. Dimitri profita de cette seconde d'inattention, bondit, la matraque en avant. La décharge électrique projeta son adversaire en arrière. Dimitri avança, toucha l'Efflanqué du bout de la matraque. Un cri étranglé s'échappa de la gorge du Spetsnaz. Il s'écroula, le corps agité de spasmes puissants.

– Par ici ! Olga !

La jeune femme enjamba craintivement le corps de l'Efflanqué et quitta la cellule.

– Sortons d'ici ! fit le baron, en lui prenant la main.

– Emmenez-moi ! supplia une voix masculine, de l'autre côté du couloir.

Olga lâcha la main de Dimitri, s'approcha de la cellule.

– Qui êtes-vous ? demanda-t-elle, d'une voix où perçait la peur.

– Loukian Minovitch. Aidez-moi !

– Hors de question de le libérer, intervint Dimitri. Il veut nous tuer pour nous empêcher de retrouver le code Minotaure.

– Nooon, gémit le prisonnier. Ne me laissez pas ! Ils vont continuer de me torturer…

Olga se pressa contre Dimitri. Elle avait blêmi. Dimitri hésitait. L'homme avait essayé de lui faire la peau, et pourtant, il ne pouvait se résoudre à le laisser aux Spetsnaz. Il savait de quoi ils étaient capables. Minovitch finirait très certainement sa vie entre leurs mains, torturé à mort… comme Alexeï… Il ramassa les clés à la ceinture de Primakov et ouvrit la porte de la cellule.

– Vous pouvez venir. Mais si vous tentez quoi que ce soit contre nous…

Il s'interrompit. Dans la lumière, il avait aperçu les doigts sanguinolents de l'homme, les hématomes sur son visage, les tressaillements nerveux de ses paupières.

— Allons-y ! conclut-il.

Il prit la main d'Olga et l'entraîna à sa suite en direction de la porte au fond du couloir.

— Espérons que la sortie est par là…

Il déverrouilla la serrure et ils se retrouvèrent dans un passage étroit et mal éclairé.

— Avec un peu de chance, c'est une sortie de secours, fit Dimitri.

Olga agrippée peureusement à son bras, il avança à grandes enjambées. Minovitch les suivait comme il le pouvait, sa main blessée emmitouflée dans un mouchoir dont la blancheur se ternissait de plus en plus de rouge.

— Une échelle !

Ils étaient parvenus au bout du passage. Au-dessus de leurs têtes, à un bon six mètres de haut, il y avait une plaque circulaire.

— Suis-moi, dit Dimitri à Olga.

Il commença l'ascension, Olga juste derrière lui.

— Vite ! fit Loukian. Ils sont derrière nous !

En tendant l'oreille, le baron pouvait entendre les pas se rapprochant. Si les Spetsnaz les attrapaient, il ne donnait pas cher de leur peau.

— Dimitri !

Le cri de la jeune femme le fit regarder vers le bas. Les pieds dans le vide, elle se retenait d'une main à l'échelle. Loukian grimpait vivement vers lui. Il n'avait visiblement pas hésité à la pousser pour prendre sa place.

– Attention !

Dimitri se tourna sur l'échelle, se préparant à se défendre du cyberpirate, mais l'homme, halluciné, le dépassa sans lui prêter attention, visiblement obnubilé par la simple idée de s'enfuir. Dimitri se retourna vers Olga. Elle avait repris pied sur l'échelle et continuait de monter. Il l'attendit et ensemble, ils reprirent leur progression. Un rayon de lumière leur parvint soudain d'au-dessus. Minovitch avait fait glisser la plaque et se hissait en dehors du puits. Dimitri se hâta et atteignit bientôt le haut de l'échelle. Loukian repoussait déjà la plaque sur le trou. Dimitri la retint d'une main. Le pirate lâcha prise, disparut à sa vue. Dimitri monta deux échelons supplémentaires, passa la tête à l'extérieur et se prit un coup de pied dans le visage. À moitié assommé, il parvint de justesse à se retenir à l'échelle. Un raclement sinistre résonna. Loukian poussait de nouveau la plaque. L'ingrat voulait assurer son salut en donnant les deux jeunes gens en pâture aux Spetsnaz.

– Ils sont là ! cria Olga, terrorisée.

Les miliciens venaient d'apparaître et entreprenaient de gravir les six mètres qui les séparaient d'eux. Dimitri ancra ses pieds sur les barreaux, repoussa la plaque que maintenait Minovitch. Sans force, le cyberpirate perdait la lutte. Il renonça et une nouvelle fois, balança son pied dans la tête du baron. Ce dernier s'y attendait. Il l'évita aisément et se saisit de la jambe de Loukian. Il la tira violemment à lui. Avec un cri perçant, Minovitch perdit l'équilibre et bascula dans le puits. Son hurlement cessa quand son corps heurta le sol, six mètres plus bas, dans un bruit mat d'os brisés. Olga poussa un cri d'effroi.

– Vite ! la pressa Dimitri.

Il s'était hissé hors du puits et lui tendait la main. Elle s'en saisit et il l'aida à sortir. Il jeta un dernier regard au fond du conduit. Loukian n'avait très certainement pas survécu. Les Spetsnaz continuaient de grimper, indifférents au sort du cyberpirate. Dimitri repoussa la plaque et se redressa à la recherche d'un poids pour bloquer l'accès. Ils se trouvaient dans un parking souterrain et non pas à l'extérieur comme il le croyait. Il ne vit rien pour faire contrepoids, renonça. Ils n'avaient plus le temps. Il prit la main d'Olga et l'entraîna à sa suite.

– Il faut que l'on sorte d'ici !

Ils se mirent à courir dans l'allée centrale, cherchant du regard un panneau annonçant la sortie piéton. Une voiture démarra, tout près d'eux, klaxonna. Elle était derrière eux. Dimitri jeta un œil par-dessus son épaule, s'attendant à tout. Pourtant, surpris, il s'arrêta. Le taxi stoppa à leur hauteur. La portière arrière s'ouvrit.

– Besoin d'un taxi ? questionna Roxane.

Dimitri, soulagé, lui répondit d'un large sourire. Il le perdit presque aussitôt. Une rafale lui fit baisser la tête, égratigna le béton au-dessus d'eux. Dimitri poussa Olga dans la voiture et sauta à l'intérieur alors qu'une nouvelle rafale heurtait un pilier tout proche.

– En avant, Gilles ! ordonna Roxane.

Le moteur rugit. Le taxi bondit en avant, fila le long de l'allée. Les pneus crissèrent sur le bitume quand Gilles lui fit emprunter la rampe d'accès en spirale. Une minute plus tard, ils quittaient le parking souterrain.

– Ils ont repéré le taxi, dit Roxane. Gilles, dépose-nous à la prochaine station de tramway. Nous nous débrouillerons.

Elle glissa son ordinateur dans son sac, remit une mèche en place. Le taxi s'arrêta bientôt. Le trio descendit rapidement, s'engouffra dans un tramway sur le départ. Olga s'écroula sur un strapontin, le regard vide. Dimitri réalisa alors qu'elle avait les pieds nus.

Activation Apocalypse
2:40:37.024

– Comment nous avez-vous retrouvés ? demanda Dimitri.

Le trio avait trouvé refuge dans un hôtel sans prétention dans le vingtième, le Super Hôtel. Olga avait pris possession du lit double et s'était aussitôt endormie. Roxane avait gentiment posé une couverture sur elle.

– Mon drone vous a pisté, après votre enlèvement, du moins, tant qu'il l'a pu… Je vous avoue que nous étions sur le point de laisser tomber…

– Je suis heureux de votre pugnacité, commenta Dimitri, avec un sourire.

Il fronça les sourcils.

– Et pour le décryptage de la lettre, vous avez trouvé ?

Elle hocha la tête.

– Non, désolée. Le programme en est à la lettre « c » du dictionnaire… mais rien ne prouve qu'il s'agisse bien d'un mot du dictionnaire et je crains que nous n'ayons le temps d'arriver au « z ». Vous êtes… eh bien, la seule chance d'éviter une catastrophe planétaire…

Ils se turent un instant.

– Il faut que vous trouviez ce mot de passe, insista Roxane. Vous en êtes forcément capable. Alexeï vous en croyait capable, du moins.

Il lui jeta un regard ulcéré, puis secoua la tête, abattu.

– Je cherche, mais je ne vois aucune évidence…

– Vous n'avez pas le moindre indice ? Alexeï était un ami proche, n'est-ce pas ?

– Oui. Nous étions amis depuis le collège en Suisse. C'est là-bas qu'on a commencé à s'envoyer ce genre de courrier codé. C'était devenu un jeu. Il aimait tellement ça qu'il m'organisait même une course au trésor tous les ans, pour mon anniversaire. Il y avait toujours une…

Ses yeux s'agrandirent sous l'effet de la surprise.

– Margot ! Margot a dit qu'il avait créé cette lettre pour mon prochain anniversaire.

– Ça change quelque chose ? demanda Roxane, méfiante.

– Ça change tout ! C'est Opale, le mot de passe.

– Opale ?

Roxane s'assit devant une table branlante, ouvrit son ordinateur, le connecta.

– Opale, comme les pierres précieuses que vous cherchez ?

– Semi-précieuses, oui… mais vous avez vraiment besoin d'Internet ? Minovitch m'a dit qu'il avait piraté votre connexion…

Elle cessa de pianoter un instant, se tourna vers lui.

– Minovitch ? s'étonna-t-elle. Vous avez vu Minovitch ?

– C'est lui qui m'a enlevé sur le parvis de la Tour Eiffel. Vous ne vous en doutiez pas ? Vous ne m'aviez pas suivi avec un drone ?

– Si, mais je ne savais pas qu'il était aussi à bord de la camionnette… Qu'est-il devenu ?

Il haussa un sourcil.

– La dernière fois que je l'ai vu, il gisait au fond d'un puits.

Elle fronça les sourcils.

– Il a fait une mauvaise chute, expliqua le baron, de plusieurs mètres.

– Il est mort ?

– Vraisemblablement. Pourquoi ? Vous y teniez ?

Son regard le quitta pour se concentrer sur son écran.

– C'était un adversaire coriace…

Le commentaire le fit sourire. Ainsi, Roxane n'aimait pas la facilité, elle non plus. Il s'assit près d'elle, fixant l'écran sans comprendre véritablement ce qu'il regardait. Les doigts de Roxane volaient sur le clavier.

– Voilà, dit-elle. Il n'y a plus qu'à attendre, à présent.

Ils se turent, anxieux, regardant s'égrener lentement les minutes.

– Mais, fit soudain Roxane, il utilisait toujours le même mot de passe ? D'année en année ?

Dimitri eut un sourire mélancolique.

– Non, mais il était incapable de garder un secret et plus encore de déplaire. Chaque année, il s'escrimait à créer cette course au trésor, mais pour être certain que j'y trouve du plaisir, il me révélait plus ou moins le mot de passe final, à l'avance.

Elle lui jeta un regard peu amène.

– Dommage qu'il vous ait fallu tout ce temps pour découvrir une telle évidence…

Il lui rendit son regard, songeur.

– Oui, dommage…

Elle détourna les yeux. L'écran affichait une suite de lettres et de chiffres sans aucun sens.

– Ce n'est pas ça, souffla Roxane, dépitée.

– Bien sûr que si ! s'exclama Dimitri. Ce n'est pas possible !

Le baron scrutait l'écran, perplexe.

– Il a changé le mot de passe, mais pourquoi ?

– Pourquoi, on s'en moque. C'est ce qu'il a pu mettre à la place qui importe.

Dimitri réfléchit un instant et eut un sourire amusé.

– Il ne l'a pas changé, en fait.

– Comment ça ?

– C'est Opales au pluriel le mot de passe. C'était le genre de plaisanteries qu'affectionnait Alexeï.

Roxane ne sembla pas convaincue, mais saisit le terme donné. À nouveau, les minutes défilèrent sur la pendule de l'ordinateur. Le silence était total, Dimitri et Roxane tendus vers l'écran. Leurs deux visages se touchaient presque. Les lettres se modifiaient et, peu à peu, prenaient un sens.

– Coffre de l'hôtel L'Empire ! s'exclama soudain Roxane, rayonnante.

Elle se tourna vers Dimitri et se trouva nez à nez avec lui. Un instant, leurs regards se croisèrent. Dimitri pouvait sentir l'haleine mentholée de la jeune femme sur ses lèvres. Elle détourna la tête, pianota sur son clavier pour se donner une contenance.

– C'est près… près du Châtelet…

– Oui, je connais…

– Vous connaissez ?

– Oui, j'y ai séjourné, une fois, il y a longtemps.

Il secoua la tête.

– Forcément ! Ça ne pouvait être que près du Châtelet. Alexeï s'était abrité chez Margot, tout près de là. Il ne pouvait pas se permettre de s'éloigner de son refuge.

Il se leva.

– Allons-y !

– Et Olga ? questionna Roxane. Que faisons-nous d'elle ?

Dimitri lui jeta un coup d'œil rapide.

– Elle dort. Laissons-la…

Roxane s'empressa de ranger son ordinateur dans son sac à dos et suivit Dimitri à l'extérieur.

Olga entrouvrit les yeux. Elle vérifia du regard qu'elle était bien seule et, rassurée, décrocha le téléphone. Elle composa un numéro et attendit.

– Vladimir ? C'est moi, Olga. Je sais où est le code Minotaure.

Activation Apocalypse
2:10:20.025

– Il a eu le moindre doute ? questionna Korjev, mâchoire serrée.

Le lieutenant Primakov, l'air satisfait, venait de terminer son rapport concernant la fuite de Dimitri et Olga. Il n'avait manifestement pas souffert de l'attaque à la matraque électrique. Avec l'ampérage au plus bas, il ne risquait pas grand-chose. Et un Spetsnaz supportait bien pire. Le seul dégât collatéral de cette fuite arrangée avait été la mort de Loukian Minovitch. Il s'était brisé les cervicales en atterrissant au bas du puits. Korjev s'en accommodait en se disant que personne ne lui avait demandé de ramener le bonhomme en Russie, du moins, pas vivant.

– Non, mon capitaine, mais…

– Mais, lieutenant ? s'enquit Boris d'un ton peu affable.

– N'aurions-nous pas mieux fait de garder Dimitri ? Il est le seul à connaître la clé de décryptage.

– Il ne la connaît pas…

– Sans vouloir vous offusquer, mon capitaine, c'est ce qu'il prétend.

– Et je le crois… D'ailleurs, c'est ce qu'il a dit à Olga. Pourquoi croyez-vous que j'aie fait installer des micros dans cette cellule ?

– S'il ne connaît pas la clé… continua le lieutenant, avant de s'arrêter.

– Il va la trouver ! Et quand il ira récupérer le code Minotaure, nous serons là. N'est-ce pas, sergent Andreiv ?

L'homme ainsi hélé se tassa sur son siège sous le regard sévère de Korjev.

– Oui, mon capitaine.

– Le traceur que porte Dimitri fonctionne ?

– Oui, mon capitaine !

– Parfait ! Je veux savoir où mon neveu et cette espèce de pouf se rendent.

– Bien, mon capitaine, fit Andreiv, légèrement plus serein.

– Et ne me décevez pas, cette fois, sergent !

– Ils sont au Super Hôtel, mon capitaine, fit Andreiv une dizaine de minutes plus tard d'un air qui pouvait passer pour guilleret chez un milicien.

Boris cessa de faire les cent pas, pour le soulagement de ses hommes. Le voir tourner encore et encore comme une bête en cage dans leur dos, les rendait nerveux. Korjev s'arrêta devant son sergent, le regard enflammé.

Bordel, sergent ! hurla-t-il. Je me fous de savoir si leur hôtel est super ou pas !

L'assurance du sergent fondit comme neige au soleil.

– Mais… essaya timidement Andreiv.

– Mais quoi ? aboya le capitaine, se penchant dangereusement vers lui.

Ce dernier déglutit.

– C'est le nom de l'hôtel, mon capitaine. Super Hôtel…

Korjev se redressa. Une expression de profond dégoût déformait ses traits.

– Y a vraiment de ces abrutis, sur Terre ! Super Hôtel…

Il observa Andreiv qui demeurait immobile.

– Qu'est-ce que tu attends, putain ? aboya-t-il. Donne-nous l'adresse ! On décolle !

– Oui, mon capitaine… Tout de suite, mon capitaine…

Le Super Hôtel n'était pas bien loin du QG des miliciens et, un quart d'heure plus tard, Korjev et quatre de ses hommes attendaient au pied de l'hôtel, dans une jeep Cherokee noire.

Le capitaine spetsnaz ne cessait de consulter sa montre, nerveux. L'heure du déclenchement d'Apocalypse approchait et il n'y avait toujours aucune trace de son neveu. Il allait ordonner à ses hommes d'aller le cueillir quand Dimitri sortit enfin de l'hôtel. Korjev fronça les sourcils. Son neveu n'était pas seul. Il était accompagné par une jeune femme à l'étrange coupe de cheveux et à la démarche féline.

– Qui est cette fille ?

– Moi, je la prends, mon capitaine !

Devant les mines réjouies de ses collègues, l'homme rectifia :

– En photo… Je la prends en photo.

Boris fit semblant de ne rien avoir entendu. Dimitri et l'inconnue descendirent dans la bouche de métro.

– Qu'est-ce qu'on fait, mon capitaine ? demanda le chauffeur.

Boris prit son téléphone, appela le QG. Le sergent Andreiv décrocha.

– Andreiv ! beugla Korjev dans le combiné.

– Oui, mon capitaine.

– Est-ce que votre traceur fonctionne dans le métro ?

– Oui, mon capitaine. Je le vois nettement.

– Parfait… Nous allons les suivre en surface !

– Mon capitaine ?

– Sergent Andreiv !

– Vladimir Alexandrov, Vassili Domachev et quatre hommes viennent de quitter la propriété Alexandrov.

– Je veux qu'on les suive… ordonna Korjev.

– J'ai déjà donné ces ordres, mon capitaine.

– Très bonne initiative, mon petit Andreiv… Très bonne initiative.

Boris ne doutait pas un seul instant que Vladimir soit parti récupérer le code Minotaure. Pour quelle autre raison aurait-il eu besoin de quatre hommes ? Comment savait-il où se rendre ? Dimitri ne portait que les traceurs Vympel. Korjev s'en était assuré. Dimitri n'était pas suivi. Les miliciens auraient repéré les hommes d'Alexandrov… Les anarchistes de Minovitch ? Non, sans Loukian, ils ne représentaient plus aucun danger. Pourquoi cet enfoiré de Vladimir avait-il pris la peine de sortir de chez lui avec un tel nombre de gardes ? Korjev ne voyait qu'une hypothèse valable. Vladimir avait une adresse et cette adresse, ce n'était certainement pas Dimitri qui la lui avait donnée. Boris jeta un œil à l'entrée de l'hôtel.

— Primakov !

— Oui, mon capitaine.

— Vous allez questionner cette fille, cette Olga. Faites d'elle ce que bon vous semble, mais je veux savoir où est le code Minotaure. Discrètement et vite !

Un rictus cruel parcourut les lèvres de l'homme à la tête de Cheval. Il fit signe à Kassoline de le suivre. Les deux hommes descendirent de voiture. Boris se demanda quelles méthodes ils allaient employer avec l'épouse Alexandrov. Cela faisait si longtemps qu'ils n'avaient pas eu les coudées franches avec une femme. Il aurait peut-être dû préciser de la laisser en vie. Il haussa les épaules. Peu lui importait le devenir du mannequin. Seule comptait l'information obtenue. Il la lui fallait et vite.

— Mon capitaine, fit Andreiv toujours en ligne. Ils se dirigent vers Châtelet.

Korjev fit signe au chauffeur. La Jeep démarra.

Activation Apocalypse
1:10:51.026

Olga raccrocha le téléphone et s'étira langoureusement. Elle se savait rentrée dans les bonnes grâces de Vladimir. Avec l'adresse qu'elle venait de lui confier, il allait pouvoir récupérer son code Minotaure et leur vie reprendrait comme avant. Ce serait de nouveau les galas, les jets privés, le caviar, le champagne, toutes ces petites attentions qu'il n'avait plus daigné lui montrer depuis qu'Alexeï lui avait volé le code Minotaure. Alexeï. Elle eut une pensée triste pour le jeune homme. Entre ses draps, il lui avait donné de si bons moments. Qu'est-ce qui lui avait pris de vouloir jouer les héros ? Il voulait sauver le monde… Sauver le monde… Il y avait perdu la vie. Ce genre de choses ne lui arriverait pas à elle. Elle savait jouer de son corps pour obtenir ce qu'elle désirait. Et le reste, elle l'obtenait par son intelligence et son opportunisme.

– Mon pauvre Alexeï…

Elle haussa les épaules. Elle en trouverait un autre. Les beaux garçons prêts à devenir ses amants n'étaient pas ce qui manquait à Paris ou ailleurs.

Elle se leva, se découvrit dans une glace en pied, sale, les cheveux en bataille, la mine déplorable, vêtue de cet uniforme militaire d'un horrible vert et bien trop grand pour elle. Elle s'allongea langoureusement à plat ventre sur le lit, décrocha le téléphone pour appeler l'accueil et fut très déçue d'apprendre que l'hôtel ne disposait ni d'une restauration ni d'une boutique de luxe. Elle raccrocha, boudeuse, pour décrocher aussitôt. Elle composa un numéro. On répondit à la seconde sonnerie.

– Propriété Alexandrov. Vous désirez ?

– Walter. C'est moi. Olga.

– Oh, madame. Je suis heureux de vous entendre.

– Merci, Walter. Je suis dans une situation un peu délicate. Je n'ai littéralement rien à me mettre. Veuillez me faire porter un tailleur Givenchy, le crème, au Super Hôtel, et mon nécessaire de maquillage et… et tout ce qui est essentiel à mon habillage. Vous voyez ?

– Je vois très bien, madame. Je vous envoie le chauffeur immédiatement.

Elle raccrocha, sourire aux lèvres, se leva et se dirigea vers la salle de bain. Elle aurait voulu prendre un bain, mais les lieux ne disposaient que d'une douche. Elle jeta un regard dédaigneux aux produits de beauté proposés par l'hôtel avant de pousser un profond soupir. Elle devrait faire avec. Elle était vraiment trop sale. Et une fois rentrée chez elle, elle pourrait prendre un long bain reposant.

Elle se déshabilla et passa dans la cabine de douche. L'eau chaude sur sa peau lui fit un bien fou. Elle la laissa couler un long moment sur sa tête et ses épaules, pensant à son prochain voyage à New York et aux hommes qu'elle pourrait y fréquenter.

Soudain, un bruit la tira de sa douce torpeur. Elle tendit l'oreille, n'entendit rien. Elle se força à se détendre. Ici, elle était à l'abri, bien loin de ces affreux militaires et de la course au code Minotaure. Elle avait fait ce que lui avait demandé Vladimir et à présent, il était temps de goûter aux joies d'un repos bien mérité. Une nouvelle fois, elle crut entendre un bruit provenant de la chambre. Elle arrêta l'eau. Soudain, la clenche de la porte s'abaissa. Olga sortit de la cabine de douche, s'empara d'une serviette.

— Qui est là ?

La porte s'ouvrit et elle poussa un hurlement. Une main se plaqua aussitôt sur sa bouche. Un bras lui entoura la taille, la souleva tout en la maintenant fermement collée contre le militaire au profil équin.

— Tu vas être gentille… lui glissa l'affreux type à l'oreille. C'est compris ?

Elle hocha la tête. Elle n'avait aucune intention de se débattre. Elle ferait ce qu'on lui dirait pourvu qu'on ne lui fasse pas de mal. L'homme l'entraîna jusqu'à la chambre. Un autre militaire, de plus haute stature, armé, se tenait là. Elle reconnut le grand maigrichon qui avait gardé sa cellule chez les Russes. Il pointa son arme sur elle alors qu'on la jetait sur le lit sans ménagement. La serviette tomba au sol. Olga se recroquevilla sur l'édredon, tremblante, tentant de cacher sa nudité de ses mains. Ils se mirent à ricaner.

— La demoiselle est vraiment bien gaulée, hein, fit le plus petit au visage de cheval.

— Ouais, répondit le grand, un sourire libidineux sur son faciès.

— Et il paraît qu'elle a de gros besoins, la demoiselle… On est pressés… mais si la demoiselle nous y oblige…

Les regards concupiscents des deux hommes terrorisèrent Olga.

– Ne me faites pas de mal, supplia-t-elle.

– On est pressés, précisa le grand, mais le capitaine a dit de faire ce qu'on voulait d'elle…

Olga poussa un cri étranglé.

– On pourrait voir la marchandise, déjà, fit le plus petit.

Tétanisée, Olga demeurait immobile. Le grand s'avança, l'arme pointée sur elle.

– Lève les mains qu'on te dit ! aboya-t-il.

Elle obéit, se mit à sangloter.

– Ben voilà… encouragea le plus petit. Tu vois que c'était pas si dur…

Elle détourna la tête, incapable de supporter ces regards pervers qui violaient son corps nu. Elle tressaillit sous le froid du métal. Le grand faisait glisser le canon glacial de son arme sur sa peau. Le plus petit s'assit près de sa tête.

– Où t'as envoyé Vladimir, la demoiselle ?

L'extrémité du canon se posa sur sa gorge. Elle se mit à trembler de peur. Ils allaient la tuer. Elle en était sûre. Une main gantée s'aventura sur sa poitrine, la pétrit. La tuer ou pire…

– Non, gémit-elle.

Elle était incapable de se souvenir de quoi que ce soit, terrorisée, obnubilée par cette main qui courait sur sa peau, par le mal qu'on allait lui faire.

– Où tu l'as envoyé, bordel ?

Elle se remit à sangloter, tenta de parler.

– Je… Je…

La main caressa son ventre. Elle se raidit. Le canon s'enfonça un peu plus contre sa gorge. Elle bascula la tête en arrière pour y échapper, gémit de détresse, incapable du moindre geste. Les doigts palpèrent son entrejambe. Elle se mordit les lèvres, le corps secoué de sanglots.

– L'adresse et je lui dis d'arrêter, lui murmura le petit à l'oreille.

Un doigt ganté la pénétra. Elle poussa un cri de surprise et de douleur. La souffrance explosa dans son ventre, l'empêcha de respirer.

– L'adresse, bordel !

Elle hoquetait, incapable de parler. Le petit la prit par les cheveux, lui tira la tête sans ménagement. Elle hurla de peur et de souffrance, mit ses mains sur ses cheveux pour desserrer les siennes, en vain.

– L'adresse ! Ou je le laisse te faire tout ce qu'il désire. Et il désire beaucoup…

Le grand militaire, sourire carnassier aux lèvres, ricana. Olga tremblait de tous ses membres.

– Un hôtel… C'est un hôtel, sanglota-t-elle.

– Y en a des milliers, bordel ! Lequel.

Il la secoua.

– Tu veux qu'il recommence ? En pire ?

– Ne le laissez pas me faire de mal ! supplia Olga.

– Dépêche-toi de causer alors…

Le grand, tout près d'elle, la fixait avec un regard concupiscent. Elle frissonna.

– L'Empire. L'hôtel L'Empire. Le coffre. C'est dans le coffre.

– Parfait. Tu vois quand tu veux…

Le petit la rejeta sur le lit. Elle s'y recroquevilla, attrapa la couverture et l'attira petit à petit à elle, tâchant de cacher sa nudité. Les militaires arrachèrent les fils de téléphone et de la lampe de chevet. Le grand s'empara des poignets d'Olga et utilisa les câbles pour lui entraver les bras derrière le dos et attacher ses chevilles. Le petit défit une taie d'oreiller, poussa le tissu dans la bouche de la jeune femme. Cette dernière demeurait immobile, les yeux écarquillés d'effroi, se demandant ce qu'on allait lui faire, espérant une proche délivrance. Le petit la prit par le menton, lui releva la tête.

– Et si jamais tu racontes quoi que ce soit à qui que ce soit, on te retrouvera, et cette fois, c'est pas un doigt qu'on te mettra. Compris ?

Elle hocha la tête, les joues baignées de larmes. Les deux militaires ouvrirent la porte, s'éclipsèrent. Olga se retrouva seule, complètement nue, attachée sur le lit d'une chambre d'hôtel. Elle poussa un cri de détresse étouffé par son bâillon.

Enfin, au bout de longues minutes, un homme passa dans le couloir. Il glissa un regard curieux par la porte laissée ouverte, découvrit Olga ligotée et bâillonnée. Il entra, les yeux fixés sur son corps nu. Elle gémit, le suppliant du regard de la détacher.

– La vache ! Les copains me croiront jamais ! La vache !

L'homme la contempla encore un long moment et sortit de la chambre, sans refermer la porte.

– Ben, dis donc, y a de ces tarés…

Olga ne put contenir ses larmes.

Activation Apocalypse
0:45:27.027

Roxane et Dimitri se hâtèrent de sortir de la bouche du métro Châtelet et se dirigèrent à grands pas vers l'hôtel L'Empire tout proche. Il était six heures et quart. Il leur restait peu de temps. Le baron vérifiait régulièrement qu'ils n'étaient pas suivis, incluant l'espace aérien au-dessus de leurs têtes dans son inspection. Il ne vit rien de suspect. Avec la mort de Loukian Minovitch, il ne pensait plus devoir se garder des hommes qui avaient tenté de le tuer par deux fois. Cependant, il restait Vladimir Alexandrov et Boris Korjev. Ces deux-là n'étaient pas du genre à laisser tomber. Dimitri regrettait de ne pas s'être davantage méfié d'Olga. Avait-il vraiment la certitude qu'elle dormait alors qu'il cherchait le lieu où se trouvait le code Minotaure ? Et sinon ? Était-elle du genre à appeler son époux ? Elle semblait parfois si fragile pour se révéler l'instant d'après une terrible manipulatrice. « Salope » avait dit Margot et Dimitri était persuadé que ce n'était pas le genre de jugement qu'elle avait l'habitude de porter sur autrui. Quant à tonton Boris, il ne pouvait s'empêcher de penser qu'Olga et lui étaient sortis assez facilement de ses griffes. Tête de Cheval et l'Efflanqué avaient subitement manqué de discernement, acceptant un combat qu'ils auraient dû refuser. Dimitri secoua la tête. Cette histoire le rendait paranoïaque.

– Nous y sommes ! fit Roxane.

De l'autre côté de la rue, deux grandes vitrines encadraient l'entrée proprement dite de l'hôtel L'Empire. L'une d'elle masquait le café restaurant de l'hôtel. L'autre, une salle de conférence. Dimitri et Roxane traversèrent la voie, franchirent le court porche de l'entrée, puis une double porte vitrée ouverte et arrivèrent dans un vaste hall. Sous leurs pieds s'étalait un sol noir, agrémenté par endroits de lignes de losanges blancs et noirs. À quelques pas sur leur gauche, une large porte vitrée donnait sur un bar coloré. Face à eux se trouvait une grande salle de télévision. Sur leur droite, coincé entre trois murs, plongé dans un univers de losanges noirs et blancs un comptoir se dessinait. Dimitri plissa les yeux, gêné par la lumière vive et les jeux de miroirs. Ce n'était pas le genre de décor qu'il affectionnait.

Derrière le comptoir, affable, un couple de concierges attendait les visiteurs. Sur la droite, s'ouvrait une porte. Roxane se dirigea vers le jeune homme aux traits gracieux, délaissant la jeune femme avenante.

– Que puis-je pour vous, madame ?

Roxane lui décocha son plus beau sourire, posa son sac à dos sur le comptoir. Dimitri la laissa agir, curieux.

– Nous voudrions récupérer un objet qui se trouve dans votre coffre.

– Rien de plus simple, madame.

Le beau gosse fit glisser une feuille de papier sur le comptoir, lui proposa un stylo plaqué or.

– Je vous laisse remplir ce formulaire.

Roxane prit le stylo et le tendit à Dimitri.

– Monsieur le baron…

L'attitude des concierges se modifia légèrement à l'audition de son titre. Lui se redressa, son sourire à elle s'agrandit. Dimitri remplit les cases sans leur prêter attention, rendit le tout au préposé.

– Puis-je voir votre carte d'identité, monsieur… monsieur le baron ? demanda le concierge, avec du ravissement dans la voix.

Dimitri chercha son portefeuille dans son manteau.

– Ce ne sera pas la peine, intervint une voix grave. Indiquez-nous juste la route.

Les concierges perdirent leur sourire.

– Messieurs ? croassa le préposé.

Dimitri et Roxane se retournèrent. Vladimir se tenait dans l'entrée de l'hôtel. Quatre hommes en costume noir l'accompagnaient. À la bosse sous leur veste, Dimitri devina qu'ils étaient armés. D'un signe de la main, Vladimir ordonna à Dimitri et Roxane de s'écarter. Dimitri obéit aussitôt, vint s'adosser contre le mur donnant sur l'extérieur. Roxane, contrariée par ce revirement de situation, récupéra son sac à dos d'un geste sec et rejoignit le baron. Vladimir s'approcha des concierges.

– Où est le coffre ?

– Une diversion ! Il nous faut une diversion ! murmura Dimitri à l'oreille de Roxane.

Elle fit signe qu'elle avait compris, glissa sa main dans son sac à dos, y fourragea le plus discrètement possible.

– C'est que nous ne pouvons vous laisser accéder ainsi au coffre, monsieur, se défendait le préposé.

Dimitri se demanda si c'était du courage ou de l'inconscience, opta pour la seconde solution. Vladimir l'attrapa par le devant de sa chemise, l'attira à lui, l'œil mauvais.

– Je t'ai demandé où était ce coffre !

Le concierge hoqueta sans qu'un son parvienne à quitter sa gorge. Il parvint juste à indiquer une direction d'une main tremblante.

– Lâche-le !

Boris Korjev et quatre Spetsnaz venaient d'apparaître à l'entrée de l'hôtel. Les gardes Alexandrov se retournèrent et sortirent leur pistolet avec un bel ensemble. Les Spetsnaz firent de même. Tout le monde se tenait en joue. Le concierge, libéré de la poigne de Vladimir, leva les mains, bientôt imité par sa collègue. Personne ne semblait faire attention à Dimitri et Roxane.

– Maintenant ! ordonna le baron.

Roxane lâcha une bille de la taille d'une balle de tennis qui roula avec un bruit métallique sur le sol, droit entre les deux factions. Les regards convergèrent vers l'objet. Roxane donna un coup de coude à Dimitri, ferma les yeux, se boucha les oreilles. Le baron fit de même. L'instant d'après, le monde se diluait dans un vacarme de fin du monde et une explosion de lumière. Le chaos ne dura que quelques secondes, bientôt remplacé par les cris de souffrance des victimes. Dimitri rouvrit des yeux douloureux, libéra ses oreilles écorchées. Les belligérants se tordaient de douleur au sol, tous.

– Efficace ! fit Dimitri, étonné.

– Oui, hein ! dit Roxane, fièrement. Et maintenant ?

– Par ici !

Il n'avait séjourné qu'une nuit ou deux dans cet hôtel, mais se rappelait de la configuration des lieux. La lingère aux courbes gracieuses n'y était pas pour rien. Dimitri et Roxane s'engouffrèrent dans le passage laissé libre par les gardes Alexandrov et les Spetsnaz, contournèrent le mur de séparation à la hâte et franchirent la porte entre l'ascenseur et le mur.

Activation Apocalypse
0:30:43.028

Dimitri et Roxane se retrouvèrent dans un couloir. Trois portes s'ouvraient sur le mur d'en face. Une sortie de secours apparaissait tout au bout. Un chariot surchargé de draps et de serviettes attendait sagement dans un coin. Roxane se jeta sur la porte du milieu. Dimitri, lui, chercha du regard de quoi bloquer la porte derrière eux.

Dimitri avait suivi Roxane dans la pièce du milieu et découvert une lingerie, sans aucune trace d'un quelconque coffre. Il avisa une chaise et sourit. Ce serait parfait. Il ressortit avec son butin alors que Roxane se précipitait sur la porte de droite. Il cala la chaise sous la poignée de la porte donnant sur le reste de l'hôtel, testa la solidité de l'ensemble. Ce n'était pas un rempart infranchissable, mais avec un peu de chance, ça tiendrait quelques instants, peut-être même une minute.

– J'ai trouvé ! fit Roxane.

Il la rejoignit dans un bureau qui avait connu des jours meilleurs. Le papier peint des murs affichait de grosses fleurs mauves comme on en faisait dans les années 70. Le sol disparaissait sous une moquette verdâtre. La table de travail, en pin, était constellée de zébrures dues à son intense utilisation. Roxane se trouvait agenouillée dans le coin gauche, devant un énorme bloc de métal posé à même le sol. Dimitri s'approcha, s'accroupit à ses côtés.

– Il est fermé par une serrure électronique, constata-t-il.

Roxane fouillait dans son sac à dos.

– C'est dans mes cordes, assura-t-elle.

– C'est dingue ce qu'on apprend aux membres d'Interpol, ironisa Dimitri.

Elle lui jeta un regard agacé, avant d'extirper de son sac une petite boîte noire. Il fronça les sourcils.

– C'est quoi ? Une sorte de décodeur ?

Elle semblait satisfaite de son petit effet.

– Non, monsieur le baron… On n'est pas dans un film…Tu vas voir.

Elle ouvrit la boîte, révélant une poudre épaisse.

– On se tutoie, maintenant ? questionna-t-il, amusé.

Elle releva la tête, étonnée.

– Ça vous dérange ? Je ne suis pas assez bien née pour cela ?

Il lui sourit.

– Non. C'est juste inattendu…

Elle lui rendit son sourire, avant de souffler de la poudre sur les touches de la serrure. Des empreintes apparurent plus nettement sur quatre d'entre elles.

– Tss… Les gens ne changent jamais leur code et pourtant, ce n'est pas faute de leur dire…

Elle étudia les touches un long moment puis appuya sur chacune d'elles dans un ordre qu'elle était la seule à avoir perçu. Le coffre émit un bip et s'ouvrit.

– Et voilà, conclut-elle, en rangeant sa boîte.

– Finalement, l'électronique, ce n'est pas aussi compliqué que je le croyais.

– Il suffit de connaître, ironisa-t-elle. Et c'est comme tout… Mal utilisé, ça ne sert pas à grand-chose…

Dimitri releva un sourcil, mais ne fit aucun commentaire. À l'intérieur du coffre apparaissaient plusieurs sacs de toile noire fermés par des cordons rouges. Sur chacun d'eux, l'hôtel avait apposé une étiquette avec le nom du propriétaire. Roxane se mit à farfouiller pour lire les étiquettes.

Activation Apocalypse
0:25:08.029

L'explosion l'avait laissé sur le carreau. Le capitaine Spetsnaz reprit lentement conscience du monde qui l'entourait, les oreilles bourdonnantes comme après un tir de mortier trop proche. Il était au sol. Tous étaient au sol. Il ramassa son pistolet, se releva. Vladimir Alexandrov gisait à quelques pas de lui, parmi ses gardes, incapables de le défendre. Avec contentement, Boris s'approcha de lui et lui plaqua le canon de son arme sur la tempe.

– Debout !

Son ordre résonna entre les murs de la réception de l'hôtel, vint chatouiller la conscience des hommes à terre. Chacun se remit sur ses pieds comme il put. Korjev avait eu l'instinct ou la chance de fermer les paupières au pire moment de l'explosion. Ce n'était pas le cas des autres. Ils ne semblaient pas voir distinctement autour d'eux, clignaient frénétiquement des yeux.

– Debout, j'ai dit ! gronda de nouveau Boris.

Vladimir battit des paupières avant de se redresser. Le canon de l'arme suivit le moindre de ses mouvements.

– Vous ! Contre le mur ! aboya Korjev aux gardes du corps Alexandrov.

Tous obéirent, laissant leurs armes au sol. Les Spetsnaz les ramassèrent. Leur capitaine se félicita de l'entraînement de ses hommes. Même diminués par l'explosion, ils continuaient de se comporter en bons soldats. Il fit signe à deux d'entre eux, les plus en forme.

— Trouvez-moi ce coffre !

Aussitôt, ils obéirent, se dirigeant vers la seconde partie du hall.

— *Je suis en place, mon capitaine*, fit la voix de Molpec dans son oreillette.

Boris ne répondit pas.

— Accompagnez-les ! ordonna Vladimir à deux de ses gardes.

Boris le tenait toujours en joue, mais cela ne semblait pas affecter le milliardaire. Les hommes désignés hésitèrent. Les Spetsnaz pointèrent leurs armes sur eux.

— Pas bouger ! menaça Korjev.

Les deux gardes Alexandrov levèrent les mains en signe de reddition et se replièrent contre le mur.

— *Mon capitaine*, fit la voix d'Andreiv dans son oreillette. *La police rapplique.*

— Faites ce que je vous dis ! aboya Vladimir à l'intention de ses hommes. Il n'a aucune intention de me tuer !

— Ah oui ? s'étonna Boris.

— Sans mon intervention auprès du préfet après l'enlèvement de mon épouse, vous auriez la police française à vos trousses depuis longtemps. Allez-y ! Abattez-moi ! Et vous ne sortirez pas du territoire français ! On vous pourchassera comme la vermine que vous êtes !

Le ton condescendant ne plaisait pas au capitaine Spetsnaz. La police française… La police française. Il parviendrait très certainement à la circonvenir, d'une manière ou d'une autre. Des plans d'évasion pour situation de crise, il en avait plus d'un. Et puis, s'il était pris, il serait jeté dans une cellule d'une prison française et il y avait nettement pire comme bagne ! Non, ce qui aurait pu éventuellement lui faire peur, ce serait son retour dans la mère patrie et l'accueil que le gouvernement russe lui ferait. Il ne donnait pas cher de sa peau, dans un tel cas. « Discrétion » avait martelé Joldine…

Deux coups de feu résonnèrent soudain. Un choc les suivit de près. Les hommes à la poursuite de Dimitri forçaient une porte.

Ce fut le moment que choisit la police parisienne pour faire son apparition sur le front. Les sirènes de plusieurs voitures se rapprochaient rapidement de leur petite sauterie. Les flics ne tarderaient pas à investir les lieux. Il faudrait alors se justifier, montrer patte blanche. Tout serait compliqué et Dimitri et sa petite copine auraient largement le temps de se tirer avec le code Minotaure.

– On se tire ! fit Boris, désignant le mur de séparation derrière lequel avaient disparu ses deux miliciens.

Les deux hommes qui lui restaient se mirent à reculer. Korjev fit de même, entraînant Vladimir dans son repli. Les gardes du corps s'entreregardèrent puis suivirent le mouvement d'ensemble.

Activation Apocalypse
0:20:33.030

– Je l'ai ! s'écria Roxane. Un sac au nom de « Dimitri Hennessy ».

Deux coups de feu résonnèrent soudain. Dimitri et Roxane relevèrent la tête, en alerte.

– Vite, fit Dimitri ! Il faut sortir d'ici !

Il se saisit de la main de Roxane et l'entraîna dans le couloir. Sous un coup de boutoir, la porte qu'il avait barricadée céda. Elle s'ouvrit à la volée, percuta le mur dans un bruit mat, et Dimitri se retrouva face à deux Spetsnaz inconnus.

– Eh merde, fit-il.

Roxane, le sac toujours contre sa poitrine, son sac à dos balançant à son bras par l'une de ses lanières, recula derrière Dimitri. Le premier Spetsnaz tapa du poing droit contre sa main gauche ouverte.

– Cette fois, pas de cadeau pour le petit neveu…

L'autre l'arrêta en posant ses doigts sur son bras.

– Si tu lui fais la peau, le capitaine va pas apprécier…

– Ouais, mais s'il s'enfuit, le capitaine va encore moins apprécier…

– C'est pas faux…

Le Spetsnaz retira sa main du bras de son collègue. Dimitri se mit en position de combat. Il allait pouvoir vérifier si son oncle lui avait donné un coup de pouce pour s'enfuir de son QG ou pas. Il surprit un mouvement dans son dos alors que le premier milicien s'avançait vers lui. Le Spetsnaz profita de sa distraction pour lui balancer son poing en pleine figure. Dimitri recula instinctivement, mais trop tard. Le coup, violent, le repoussa contre le mur. Il posa la main sur sa mâchoire douloureuse, se massa.

– Ta copine se casse, on dirait, fit son adversaire, amusé.

Dimitri vit Roxane courir vers la sortie de secours. Elle appuya sur la barre d'ouverture. La porte s'ouvrit, déclenchant une sirène stridente. Les trois hommes portèrent leurs mains aux oreilles. Dimitri fut le premier à réagir. Il avait moins souffert de l'explosion que les deux autres. Il retira ses mains de ses oreilles, fit demi-tour, bascula tout son poids sur sa jambe droite et frappa le visage du Spetsnaz de son pied gauche. Un cri bestial surpassa la puissance de la sirène. Le milicien tomba à genoux, le nez cassé. Dimitri n'attendit pas qu'il se relève ou que son collègue s'attaque à lui. Il prit ses jambes à son cou, en direction de la sortie. Derrière lui, un coup de feu résonna. Il sentit une éraflure brûlante contre sa cuisse, sauta en avant par l'ouverture, se retrouva à plat ventre au sol, se retourna sur le dos et balança son pied dans la porte. Elle se referma. Dimitri entendit distinctement deux nouvelles balles s'écraser contre elle.

Il faisait nuit. L'endroit où il se trouvait, une cour probablement, n'était éclairé que par quelques étoiles et les lueurs de fenêtres voisines. Ses ennemis n'allaient pas tarder à le rattraper. Il se releva, la cuisse douloureuse. Il y passa une main, sentit un liquide chaud et poisseux. Il était blessé. Était-ce grave ? Il fit un pas en s'appuyant sur sa jambe blessée. Elle désapprouva le mouvement par une vive douleur, mais elle était capable de soutenir son poids. Ça ne devait pas être bien sérieux. Un bruit l'avertit de la présence de quelqu'un, tout proche, mais il n'eut pas le temps d'en savoir plus. On ouvrait la porte dans son dos. Il se plaqua contre le mur de l'hôtel, derrière la porte ouverte, attendit. Dans la lumière en provenance de l'ouverture, l'ombre d'un homme se découpait. L'ombre s'étala. Dimitri regarda par l'interstice de la porte, aperçut la silhouette derrière. L'homme fit un nouveau pas. Le baron repoussa la porte de toute la force de ses deux bras. Elle frappa son adversaire en plein visage. Dimitri n'attendit pas de savoir s'il l'avait blessé ou pas et s'élança dans la nuit, en direction du bruit qu'il avait entendu plus tôt. Un rectangle de lumière apparut. Roxane s'y dessina. Elle se redressait. Le voyant arriver, elle pénétra dans le bâtiment, repoussa la porte avec force avant de s'enfuir. Le baron bloqua le battant avec sa jambe, poussa un gémissement alors qu'il se refermait sur sa cuisse blessée. Il ouvrit la porte, se glissa à l'intérieur, referma derrière lui. Comme à l'hôtel L'Empire, c'était une issue de secours. Roxane l'avait crochetée depuis l'extérieur pour pouvoir entrer. Par contre, ici, son ouverture n'avait déclenché aucune sirène. Dimitri prit le temps de reprendre son souffle, jeta un coup d'œil à sa blessure. La balle avait tracé une ligne sanguinolente dans sa chair. C'était douloureux, mais superficiel. Il survivrait. Il lui fallait retrouver Roxane, au plus vite.

Il se trouvait dans un vaste salon. Fauteuils et canapés entouraient des tables basses en verre et fer forgé. Ici ou là, des gens buvaient un verre en discutant à voix basse. Tout n'était que cristal, discussion posée, cuir, ambiance feutrée, moquette épaisse, robes de hautes coutures, costumes de chez Hermès. À son intrusion, les conversations s'étaient taries. Tous s'étaient tournés vers lui.

– Auriez-vous vu une jeune femme aux cheveux courts entrer par cette porte ?

Un silence religieux accueillit ses paroles. Un serveur, à l'autre bout de la pièce, fut le seul à daigner lui répondre.

– Elle n'a fait que traverser. Elle est sortie par là…

Il désignait la porte tournante, de l'autre côté du hall. Ignorant la douleur lancinante de sa cuisse blessée, Dimitri y courut. Il finissait de franchir la porte tournante quand il aperçut Roxane. Elle n'était qu'à quelques mètres de lui, de l'autre côté de la rue et s'engouffrait dans un bar. Contre elle, le sac de l'hôtel L'Empire. Dimitri traversa.

Activation Apocalypse
0:15:21.031

– Rattrapez-le, moi ! Bordel ! aboya Korjev.

Il maintenait toujours le canon de son arme contre la tempe de Vladimir, tout en surveillant les gardes du corps du milliardaire. Tous avaient rejoint le couloir de l'hôtel donnant sur l'issue de secours.

Le milicien à moitié assommé par le coup de la porte s'adossa contre le mur, reprenant ses esprits. Le nez ensanglanté, l'autre se relevait. Ledjine et Arjanov prirent la relève et foncèrent vers la sortie de secours. Ils la franchirent l'un derrière l'autre. Korjev aperçut un rectangle de lumière en face qui s'effaça presque aussitôt. Il reporta son attention sur les gardes du corps Alexandrov.

– Police !

Tous se tournèrent vers la porte donnant sur le reste de l'hôtel. S'ils entendaient distinctement la voix du policier, il ne le voyait pas. Il devait être en train de parler aux concierges de l'établissement.

– Lâchez-moi ! ordonna Vladimir. Si vous ne voulez pas que la police se mêle de nos petites affaires !

Les gardes du corps observèrent leur supérieur avec des airs de chien battu. Korjev se tut, pensant à l'inanité des paroles d'Alexandrov. Il était bien trop tard pour que la police ne se mêle pas de leurs petites affaires. Ils avaient montré leurs armes aux concierges qui devaient être en train de tout déballer aux flics. Il n'y avait aucun moyen de se sortir de cette situation.

– *Il n'y a pas d'issue, mon capitaine !* fit Ledjine, dans son oreillette, en écho à ses pensées.

Le capitaine fronça les sourcils.

Boris fit signe à ses hommes blessés de se diriger vers la sortie. Il recula, tenant toujours Vladimir en joue.

– Imbécile ! s'écria Alexandrov.

Il n'y avait aucune peur dans son ton, juste l'implacabilité de sa volonté. Les miliciens étaient sortis. Korjev n'attendit pas davantage. Il balança Alexandrov dans les pattes de ses gardes du corps, franchit l'issue de secours et referma la porte derrière lui.

– Là-haut ! ordonna-t-il, en rangeant son arme. Molpec !

Une corde descendit de l'étage alors qu'une lumière puissante emplissait les lieux. Korjev fut le premier à attraper la corde. Moins d'une minute plus tard, les six hommes se retrouvaient sur les toits. La lumière fut éteinte, la corde rapatriée. C'est le moment que choisirent les policiers pour ouvrir l'issue de secours. À l'aide de puissantes lampes torches, ils cherchèrent une présence humaine, en vain.

– Où est le baron ? murmura Korjev à Molpec.

– Il est entré dans le bâtiment en face, mon capitaine.

– Parfait. Allons-y ! ordonna Korjev à voix basse.

En file indienne, les six hommes arpentèrent les toits jusqu'à se retrouver au-dessus de l'hôtel Louvres Rivoli. Korjev jeta un regard en bas et un sourire étira ses lèvres. Il n'avait pas besoin de l'émetteur placé sur Dimitri. Il le vit clairement traverser la rue et pénétrer dans un bar, juste en face.

Activation Apocalypse
0:10:07.032

Vladimir Alexandrov s'était difficilement redressé avec l'aide de ses gardes du corps. Il était d'une humeur massacrante. Quatre officiers de police surgirent soudain, l'arme au poing.

– Les malfrats sont partis par là ! leur signifia Alexandrov, d'un ton autoritaire.

Deux des policiers ouvrirent l'issue de secours, l'un couvrant l'autre. Les deux autres s'intéressèrent d'un peu plus près à Vladimir.

– Vous êtes ?

– Un respectable citoyen français agressé par des mafiosi russes ! s'indigna Alexandrov.

– Puis-je voir vos papiers, monsieur ?

Vladimir sortit son passeport de sa veste et le tendit à l'officier. Il aurait aimé que toute la procédure aille au plus vite, mais savait qu'il serait inutile de presser le mouvement. Il ne ferait qu'exacerber les doutes de la flicaille. Mieux valait faire profil bas.

– Vous permettez que je passe un coup de fil ? demanda-t-il, en montrant son téléphone portable.

Le policier acquiesça. En communication avec le QG, il vérifiait l'identité de l'homme devant lui. S'il s'avérait qu'il s'agissait bien de Vladimir Alexandrov, le fameux milliardaire qui venait de perdre son fils et de voir sa femme enlevée, il valait mieux être le plus aimable possible. L'homme avait le bras long... Vladimir passa un coup de fil à son avocat, lui intimant l'ordre de venir instamment, pour le tirer d'embarras. L'homme ne pourrait pas être sur place avant une bonne heure, mais lui assura la présence d'un de ses confrères du cabinet dans les plus brefs délais, à peine dix minutes. Vladimir raccrocha, fou d'une rage qu'il masquait derrière des traits impassibles. En dix minutes, tout pouvait arriver. Il décrocha de nouveau son téléphone, s'écarta et appela Vassili Domachev.

– J'espère que vous avez de bonnes nouvelles...

– Votre idée de surveiller les rues adjacentes était excellente, monsieur.

Il s'en fichait des compliments. Ce qu'il voulait, c'était des résultats et uniquement des résultats.

– Et ? dit Alexandrov d'une voix sourde de menaces.

– Le baron vient d'entrer dans un bar, face à l'hôtel Louvres Rivoli, monsieur. Je m'apprêtais à l'y suivre.

– Il a le code Minotaure. Récupérez-le ! Employez toutes les méthodes possibles ! Toutes ! Je me suis bien fait comprendre ?

– Oui, monsieur ! Parfaitement !

Vladimir raccrocha.

– Monsieur Alexandrov.

À quelques mètres de lui, l'officier de police lui tendait son passeport. Vladimir s'approcha et le lui reprit.

– Tout est en règle, monsieur Alexandrov, fit l'officier. Je vais prendre votre déposition.

– Vous la prendrez plus tard. Je suis pressé…

– C'est que…

– À l'évidence, c'est moi qui ai été agressé, n'est-ce pas ?

– Euh, oui, monsieur…

– Je suis donc libre de tout mouvement…

– Oui, mais…

– Mais ?

– Les concierges nous ont parlé de port d'armes par vos… vos amis, dit-il en regardant les quatre hommes en costume noir.

– Ils ne sont pas armés ! Constatez par vous-même !

L'officier de police hésita.

– Et même s'ils l'étaient, j'ai une autorisation exceptionnelle de la part du ministre de l'Intérieur pour assurer ma protection. Voulez-vous que je l'appelle ?

L'officier recula d'un pas.

– C'est parfait, monsieur. Vous pouvez… euh… disposer.

Vladimir masqua difficilement un sourire de vainqueur. Il l'avait allègrement roulé dans la farine. Il fit signe à ses hommes de le suivre et sortit de l'hôtel, sans le moindre regard pour le duo de concierges, ébranlés par les événements, qui répondaient aux multiples questions de deux agents de police. Il inspira profondément.

– Allons apprendre la vie à ce baronnet présomptueux !

Activation Apocalypse
0:05:03.033

Le baron pénétra dans l'établissement au doux nom de Dernier bar avant la fin du monde. Il ne put s'empêcher de songer que ce nom était parfaitement adapté à la situation. Il y avait une salle bondée au rez-de-chaussée et un escalier qui descendait dans les entrailles du bâtiment. Dimitri accosta un serveur et lui demanda s'il avait vu une fille avec une coupe de cheveux étrange. L'homme jeta un regard à la pièce, haussa les épaules, et lui désigna l'escalier. Dimitri, agacé, descendit et se retrouva devant une autre salle un peu moins remplie où il ne décela aucune trace de Roxane. Un autre escalier menait au sous-sol. Il l'emprunta et déboucha sur un long couloir, jouxté de petites alcôves propices aux conversations intimes. Il le parcourut jusqu'au bout, en cherchant Roxane du regard, et atteignit une salle assez sombre. Quelques tables occupaient l'espace. Une dizaine de personnes y conversaient joyeusement. Au fond de la pièce, un énorme siège, peut-être un trône, encombrait les lieux. Dimitri aperçut Roxane dans un coin. Elle avait sorti son ordinateur portable et pianotait sur son clavier. Elle leva la tête à son arrivée.

– Vous êtes enfin là !

– Ce n'est pas grâce à vous…

Elle lui sourit.

– Ne faites pas votre mauvaise tête. Nous avons le code Minotaure. C'est l'essentiel, non ? Et j'ai besoin de votre aide…

Dimitri prit place à côté d'elle. De là, il apercevait l'ensemble de la pièce et un bout du couloir. Il pensait avoir semé ses poursuivants, mais s'ils l'avaient trouvé une fois, ils étaient très certainement capables de le retrouver une nouvelle fois. Il porta son attention sur l'écran de Roxane.

Un Minotaure, vêtu d'une armure de métal, y rugissait, la gueule grande ouverte, ses deux bras armés levés au-dessus de sa tête. Sur le torse de l'hybride homme taureau s'alignaient les options d'un menu en russe. En dessous, un chrono décomptait le temps qui restait avant le lancement d'Apocalypse. Il affichait « 2:34 ».

– Ce sont des heures, n'est-ce pas ? s'inquiéta Dimitri.

– Non, des minutes… et je n'y comprends rien. Tu peux me traduire ?

– Ils ne vous apprennent pas le russe à Interpol ? ironisa Dimitri.

– Ce n'est pas le moment de faire de l'humour, monsieur le baron !

– C'est bon… La première ligne est « Identifier Cible », la seconde « Lancer Apocalypse », la troisième « Stopper Apocalypse » et la dernière « Détruire Apocalypse ». C'est clair. Il n'y a qu'à cliquer sur la dernière ligne…

Roxane dirigea le pointeur de sa souris vers la ligne, cliqua. Rien ne se passa. Elle cliqua de nouveau avec le même résultat.

– Le menu n'est pas actif… s'étonna-t-elle.

– Comment ça ? demanda Dimitri.

– Ça ne fonctionne pas… On ne pourra probablement activer l'option qu'à l'heure dite. Dans un peu moins de deux minutes à présent.

– J'embaucherais pas le développeur de ce truc…

– C'est sans doute pour pouvoir faire un maximum de dégâts. Si on déclenche trop tôt le virus, il n'aura pas eu le temps de s'installer sur suffisamment de machines et ça ne sera qu'un petit pétard, mais si on attend suffisamment…

– Ça provoquera l'apocalypse. Je comprends le concept…

– Ils sont là !

La voix puissante leur fit relever la tête.

Activation Apocalypse
0:00:59.034

– Boris ! s'exclama Dimitri, en se levant.

Deux Spetsnaz se précipitaient déjà vers eux. Roxane poussa un cri de surprise, attrapa son ordinateur et se planqua derrière Dimitri.

– Retiens-les ! Il reste moins d'une minute !

Le baron se mit en position de combat, conscient qu'il avait peu de chance de tenir tête à ces deux-là et encore moins de les tenir loin de Roxane durant une minute. Les Spetsnaz ne cherchèrent pas à l'attaquer, mais le contournèrent pour s'emparer de l'ordinateur de Roxane.

– Dimitri !

Elle lui lança le portable avant que les mains des miliciens ne se referment sur elle. Il l'attrapa au vol et s'élança vers la sortie, stoppa net en voyant apparaître Vassili et deux de ses hommes derrière Boris. Ce dernier, au regard de son neveu, devina qu'il se passait quelque chose dans son dos et se retourna. Dimitri recula, jeta un coup d'œil rapide à l'écran. Il restait trente malheureuses petites secondes.

– Donnez-moi le code Minotaure ! fit Vassili en tendant la main vers l'ordinateur.

– Venez le chercher ! répondit Dimitri avec hargne.

Vassili fit un geste en direction de ses hommes. Korjev fit à peu près le même pour les siens. Les Spetsnaz libérèrent Roxane, convergèrent vers Dimitri. Le baron se retrouva face à quatre hommes. Il regarda le chrono. Il restait vingt secondes.

– Dimitri !

Roxane lui faisait de grands gestes depuis le fond de la salle. Ils n'avaient plus rien à perdre. Il lui lança le portable alors que ses assaillants se jetaient sur lui. Il évita un uppercut, sentit la douleur d'un poing s'abattant sur son épaule, répondit d'un coup de poing sur une tempe. L'ennemi avait déjà changé de cible et se dirigeait vers Roxane. Elle poussa un cri de frayeur.

– J'appelle les flics ! s'écria l'un des clients des lieux.

Dimitri les avait presque oubliés, spectateurs flous d'une scène qu'ils ne pouvaient comprendre. Roxane lança une nouvelle fois l'ordinateur vers Dimitri. Trop tard. Gênée dans ses mouvements par ses agresseurs, elle rata son lancé. L'appareil s'écrasa sur une table avec un bruit cinglant d'écran brisé.

– Non ! cria Roxane.

Dimitri s'élançait déjà, mais fut rattrapé par deux des gorilles, un Spetsnaz et un garde Alexandrov. Ils lui maintinrent douloureusement les bras dans le dos. Sur l'écran fendu en deux, le baron pouvait voir deux icônes en russe : « Oui » et « Non ». Le message stipulait « Voulez-vous détruire Apocalypse ? » Il ne restait qu'à cliquer sur « Oui ». Il poussa un juron de dépit, se débattit, en vain. Il était si près !

– Faites quelque chose ! s'écria Dimitri en s'adressant au couple assis à la table, deux jeunes gens médusés. Si vous ne faites rien, ce sera la fin du monde !

– L'ordinateur ! ordonna Vladimir qui venait d'arriver sur les lieux.

– C'est un jeu de rôle ? s'étonna le jeune homme aux cheveux bruns, en jetant un œil à l'écran.

– Appuyez sur la touche !

– N'en faites rien ! aboya Alexandrov.

Korjev se précipitait déjà vers la table. Vassili l'intercepta, du moins, essaya. Le poing du Spetsnaz l'envoya valser contre un mur où il demeura, à moitié assommé.

– Non ! hurla de nouveau Roxane, en tentant d'échapper à ses agresseurs.

Korjev arriva près de la table. Le jeune homme se recroquevilla. Sa compagne semblait sur le point de fondre en larmes.

– J'ai appuyé… J'ai gagné quelque chose ? demanda le jeune homme.

– Bordel ! vociféra Boris en abattant son poing sur la table.

Les mains qui retenaient Dimitri se desserrèrent. Le baron se rapprocha de l'écran. Le Minotaure avait laissé tomber ses armes. Son armure gisait à présent à ses pieds. « Apocalypse supprimé » clignotait. Un sourire étira les lèvres de Dimitri. Son oncle lui octroya un regard mauvais.

– Content de toi ?

Vladimir repoussa le baron, se prit la tête entre les mains en lisant le message, poussa des jurons.

– Vous permettez ?

Dimitri le poussa à son tour, arracha la clé USB de son logement, la fit tomber par terre et l'écrasa sous son talon d'un violent coup de pied.

– Et comme l'aurait dit Alexeï ! Rideau !

Épilogue

De gros flocons de neige tombaient sous la lumière jaune des belvédères londoniens. Quelques voitures osaient s'aventurer dans les rues devenues blanches. Les rares piétons se hâtaient de rentrer chez eux. Attablé devant une Kilkenny dans un café typique de West End, Dimitri attendait Roxane.

La veille, les poursuites contre lui pour troubles à l'ordre public avaient été levées. Étonnamment, les vidéos attestant de sa présence sur le lieu des fusillades avaient disparu, visiblement effacées par erreur. Sans preuve, les charges contre lui étaient tombées. Dimitri avait suspecté Roxane d'être pour quelque chose dans ce piratage pour le sauver de l'opprobre d'un procès. Le bref coup de fil de la jeune femme le matin même l'avait conforté dans sa supposition. Elle disait avoir enfin découvert ce qu'il lui avait réclamé.

Après la destruction d'Apocalypse, Dimitri s'était efforcé de prouver la culpabilité de Vassili Domachev et de Vladimir Alexandrov dans la disparition d'Alexeï, mais il n'avait rien pu démontrer. Il ne pouvait supporter que Domachev et Alexandrov restent impunis. Aussi, démuni, il avait appelé la boîte vocale de Roxane et lui avait demandé son aide. Ce jour, elle venait lui donner les preuves dont il avait tant besoin.

– C'est moi !

Perdu dans ses pensées, il ne l'avait pas vue arriver. Il se leva.

– Bonjour.

Elle portait un très long manteau entièrement noir, boutonné sur toute la longueur, aux manches évasées et au haut col relevé qui ne laissait voir que l'émeraude de son regard. Elle se défit de son vêtement, révélant un pantalon noir dont il manquait le haut des cuisses, remplacé par des lanières de cuir, et une chemise blanche à manches amples. Elle se glissa sur sa chaise avec une grâce féline. Il se rassit, le regard pétillant, heureux de la revoir.

– Merci pour le coup de main, dit-il.

Elle lui sourit.

– Je suppose que tu parles de ton procès... De rien...

Un serveur s'approcha. Elle commanda un chocolat chaud.

– Voilà ce que tu m'as demandé, dit-elle, en glissant une clé USB dans sa direction.

Il la prit entre ses doigts.

– Comment as-tu fait ?

– Oh, c'est très simple. Ce sont les enregistrements des caméras de surveillance de la propriété Alexandrov. Domachev a eu la mauvaise idée d'y faire ses révélations sur la mort d'Alexeï. Il n'y a pas de son, mais une personne sachant lire sur les lèvres traduira ce qu'il faut. Je les avais conservés, au cas où...

Il acquiesça, la gorge soudain nouée. Alexeï allait enfin pouvoir reposer en paix. Ses meurtriers allaient croupir en prison. Elle posa sa main sur la sienne.

– Ne te fais tout de même pas trop d'illusions… Même si Domachev tombe, il y a fort à parier qu'Alexandrov sera juste éclaboussé par le scandale. Il quittera certainement Paris, mais…

– Je sais… J'aviserais si cela arrive.

– Et tu sais que tu peux compter sur moi !

Elle retira sa main alors que le serveur apportait sa tasse. Elle trempa aussitôt ses lèvres dans le breuvage brûlant. Dimitri posa son regard sur Roxane.

– Est-ce qu'Apocalypse a vraiment été détruit ?

Elle reposa sa tasse.

– Nous l'espérons…

– Tu as fait une copie du code Minotaure en mon absence, n'est-ce pas ?

Elle prit un air légèrement contrarié.

– Pourquoi me poser une telle question, Dimitri ?

– Pour avoir une réponse.

– C'était nécessaire… Il nous fallait savoir comment fonctionnait le code Minotaure et si Apocalypse était vraiment détruit.

– Et vous l'ignorez encore ?

Elle baissa la tête. Ses deux longues mèches de cheveux auburn cachèrent son beau visage.

– Ce n'est pas moi qui suis chargée de son étude…

– Ah, un autre Veilleur s'en charge, je suppose, ironisa-t-il.

Elle releva la tête.

– Tu ne devrais pas te moquer ainsi des Veilleurs. Sans eux, sans moi, nous serions retournés au Moyen-Âge, monsieur le baron.

Il ne put s'empêcher de sourire.

– C'est possible… D'ailleurs, j'ai pu mesurer votre puissance.

Elle fronça les sourcils, suspicieuse.

– Ah oui ?

– Que ni la DGSE, ni le MI-6, ni la CIA ne s'intéressent à cette enquête…

Elle rit doucement.

– Nous n'avons pas ce pouvoir… Ils n'étaient au courant de rien, voilà tout.

Ce fut à son tour de froncer les sourcils.

– La civilisation risquait d'être anéantie et ils n'étaient au courant de rien ?

Elle se pencha vers lui.

– C'est pour cela que les Veilleurs existent…

Il se pencha vers elle à son tour.

– Et vous n'auriez pas mieux fait de les alerter ?

Elle avança encore.

– Tu plaisantes ? Ils se seraient tirés dans les pattes et nous auraient empêchés d'agir.

Leurs lèvres étaient si proches que Dimitri pouvait sentir la douceur de son haleine mentholée.

– D'ailleurs, reprit Roxane. Nous aimerions que tu nous rejoignes.

Il recula légèrement, surpris.

– Moi ? Pourquoi ?

– Tu sais toujours quand on te ment, n'est-ce pas ?

Il se renfonça dans sa chaise, incrédule. Il n'avait jamais parlé à personne de cette étrangeté chez lui.

– Comment ?

– Peu importe comment… Tu es un aventurier. Tu parcours le monde pour chercher les opales de ton grand-père. Je te propose juste de continuer à vivre ainsi en aidant les Veilleurs en temps utile.

Il resta silencieux.

– Je ne te demande pas de me répondre tout de suite…

Elle but une nouvelle gorgée, se leva, renfila son manteau. Elle prit une carte dans sa poche et la posa sur la table.

– Si ça te tente, appelle…

Il prit la carte. Il n'y était inscrit qu'un numéro de téléphone, celui d'un portable anglais. Il releva la tête. Roxane avait tourné les talons. Il la regarda s'éloigner, quitter le bar, avant de sortir son téléphone portable. Tout en étudiant la carte de visite, il appuya sur une touche.

– Henry, préparez ma valise. Je retourne à Paris, dès cet après-midi. J'ai enfin de quoi faire tomber des têtes !

Il raccrocha aussitôt, se leva. Il regarda encore longuement la carte de visite. Les Veilleurs. Avait-il envie de rejoindre un tel groupe ? Sans en connaître davantage sur eux ? Il se jura de prendre le temps de faire des recherches à leur sujet, jeta un dernier regard à la carte et la fourra dans sa poche. Le seul numéro de téléphone qu'il désirait, c'était celui de Roxane Harris.

FIN

La suite des aventures de Dimitri Hennessy

Le génome Walkyrie